すべての月、すべての年

Toda Luna, Todo Año

ルシア・ベルリン ｜ 岸本佐知子 訳

ルシア・ベルリン作品集

Selected Stories　Lucia Berlin

講談社

すべての月、すべての年——ルシア・ベルリン作品集

目次

装幀　クラフト・エヴィング商會［吉田浩美・吉田篤弘］
カバー著者写真　Buddy Berlin (©2018 Literary Estate of Lucia Berlin LP)

ルシア・ベルリン Lucia Berlin（1936～2004）
Photo: Buddy Berlin (©2018 Literary Estate of Lucia Berlin LP)

虎に噛まれて

エルパソが近づいて、列車は速度を落とした。わたしは赤ん坊のベンを起こさずに、そのまま抱っこしてデッキに出た。外の景色をながめたかった。それに匂いもだ、この砂漠の匂いを嗅ぎたかった。カリーチェ土、セージ、精錬所の硫黄、リオ・グランデ河岸のメキシコ人小屋の焚き火の匂い。聖なる土地。戦争中に、祖母のメイミーと祖父と同居するためにはじめてここにやって来て、そのときはじめてイエス・キリストやマリア様や聖書や罪のことを聞いた。だからエルパソのぎざぎざの山並みや砂漠は、わたしの頭の中ですっかりイェルサレムとごっちゃになっていた。川べりのイグサ、いたるところにある大きな十字架。イチジクにザクロ。黒いショールにくるまって赤子を抱いた女たち。貧しく痩せさらばえ、受難者の目・救い主の目をした男たち。夜空の星は歌そのままに大きく明るく、これでもかというくらい輝いてみせるので、あの三人の博士たちがそのどれかを追いかけずにいられなかったのも無理はないと思えた。

タイラー伯父さんの肝入りで、クリスマスに親戚が一堂に会することになっていた。わたしと両親を仲直りさせたいという狙いも、伯父さんにはあった。両親に会うのは恐ろしかった。わたしが夫のジョーと離婚したので、二人ともカンカンに怒っていた。そもそも十七で結婚したことで憤死寸前だったのに、今回のこれはラクダの背中の最後のワラ一本だった。それでも従姉のベラ・リンや、LAから来るジョン叔父に会うのは楽しみだった。

ほら、そのベラ・リンだ！　駅の駐車場で、パウダーブルーのキャデラック・コンバーチブルの中で立ちあがって、こちらに向かって手を振っている。フリンジのついたスウェードのカウガールふうの衣装だ。ベラ・リンはたぶん西テキサス一の美人で、これまで数えきれないほどたくさんの美人コンテストで優勝してきた。プラチナブロンドの長い髪、イエローブラウンの瞳。でも笑顔は、いや声だ、彼女のからからと大きな笑い声は深くかげりを帯びて、どんな楽しさの奥にもひそむ悲しみのありかをほのめかしつつ茶化していた。

ベラ・リンはわたしたちの旅行カバンとベンの小さなベッドを後部座席に放りこんだ。わたしたちモイニハンの人間はみんな強い、すくなくとも肉体的には。彼女はわたしとベンをまとめてハグし、何度も何度もキスをした。それからみんなで車に乗りこんで、街の向こう側にあるA&W〔訳注・車に乗ったまま食事ができるドライブイン・レストランのチェーン店〕めざして出発した。空気は冷たいけれどからりと澄んで、彼女はヒーターの目盛りをいっぱいに上げて車の幌《ほろ》をたたみ、片手でハンドルを持ったまましゃべり通しにしゃべった。片手運転なのは、すれちがう人全員にいちいち手を振っていたからだ。

「はじめに言っとくけど、クリスマスおめでとうってな感じの楽しい雰囲気にはとてもなりそうにないわよ。ジョン叔父が来るのはあさってだって、クリスマスの前の日よ、まったくやんなっちゃう。あんたのママのメアリとうちのママは飲みだしたと思ったらたちまち大ゲンカ。うちのママはガレージの屋根に上がったっきり降りてこないし、あんたのママは手首切るし」

「ああ、もう」

「まったくよ。こんなこと言いたかないけど、遺書にはあんたのせいでずっと自分の人生めちゃめちゃだったって書いてあったわよ。しかも署名が〝ブラディ・メアリ〟！　いまはセント・ジョセフの精神病棟で七十二時間拘束中。おたくのパパが来ないのがせめてもの救いね。なにしろほら、あんたのリの字でおかんむりだから。そのかわり、あたしのイカれたお祖母《ばあ》ちゃんはすでにご到着。まったくとんだルーニー・テューンズよ！　ラボックとスウィートウォーターからも恐怖の親戚軍団が大挙して押しよせてて、うちのパパがまとめて一つモーテルに放りこんだんだけど、それがみんな車でうちにやって来て、一日じゅう食べたりテレビ観たり。あの人たち全員ガチガチのクリスチャンだから、あんたやあたしは骨の髄までただれきってるって思われてるでしょうよ。そうそうレックス・キップも来てるの！　うちのパパとレックスとで、恵まれない人たちのためにプレゼントやなにかを朝から晩まで買いまくってて、二人でずっとパパの仕事場にこもりきり。ああ、だからあんたたちが来てくれてほんとにうれしいわ……」

ドライブイン・レストランで、わたしたちはいつものようにパパ・バーガーとフライドポテトとビールを頼んだ。ベンには自分のぶんを分けるからいいとわたしは言った。まだ十か月の赤ん坊なのだ。それでも彼女はベンにもパパ・バーガーとバナナスプリットを注文した。浪費はうちの家風なのだ。いえ、でもわたしの父は全然そんなふうではない。父はニューイングランドの出で、倹約家で万事きちんとしている。わたしはモイニハンのほうの血だ。

親戚大集合のあれやこれやをたっぷり語って聞かせてくれたあと、ベラ・リンは、たったの二か月間だけ夫婦だったクレティスのことを話しだした。結婚したとき、彼女の両親はわたしのときに負けずおとらず怒り狂った。クレティスは建設作業員でロデオ乗りの荒くれだった。ベラはきれいな頬っぺたに涙をはらはらこぼしながら、事の次第を語った。

「ルー、あたしたちほんとに幸せいっぱい《ハッピー・アズ・クラムズ》だったのよ。こんなに純粋に愛しあってる二人はこの世にいないってくらいに。なんだってハマグリ《クラムズ》がそんなに幸せなんだろ。あたしたち、サウスバレーの川沿いにかわいらしいトレーラーハウスを買ってさ。空色の小っちゃな愛の巣よ。このあたしが家を掃除して、お皿まで洗ってたんだから！　料理だってしたのよ、パイナップルのアップサイドダウン・ケーキとか、マカロニとか、そんなのをたくさん。あたしは彼の自慢の奥さんだったし、彼もあたしの自慢の旦那さまだった。最初の不幸は、パパが結婚のことを許してくれると言って、家を買ってくれたこと。リム通りの、わかるでしょ、ポーチに柱なんかついてる、そりゃもう豪邸。でもあたしたち、家なんか欲しくなかったからそう言ったら、クレティスとパパが大ゲンカになって。だからあたしパパに必死に説明したの、パパの立派な家は必要ない、あたしはクレティスといっしょならトラックの荷台でだって幸せなんだって。それにクレティスにも何度も何度も言って聞かせなきゃならなかった。引っ越すのは断ったのに、あの人すごくヘソ曲げちゃって。それからある日、あたしポピュラー・ドライグッズ百貨店に行って服とかタオルとかをいくつか買って、大昔からずっと使ってる口座で支払いをしたの。そしたらクレティスがカンシャクを起こしちゃった、お前は俺が半年かかってやっと稼ぐ金を二時間で使いやがるって言って。だからあたし買ったものぜんぶ外に運んで、灯油をかけて燃やしてやったわ。それで二人でキスして、すぐに仲直りよ。ああルーちゃん、あたしあの人のことが大好き、死ぬほど愛してる！　ところが次にあたしがバカをやらかして、なんであんなことしちゃったのか自分でもわからないんだけど。うちのママが家に遊びに来たの。たぶんあたし、すっかり人妻気分だったのね。大人の女っていうの？　コーヒーいれて、小さなお皿でオレオなんか出しちゃって。で、事もあろうにセ……の話をぺらぺらしちゃったのよ。もう大人どうしなんだからセ……の話ぐらいしてもいいだろうって思ったのね。ああもうあたしのバカ。でもほんとにわからなかったから訊いたわけ、ねえママ、クレティスのあれを飲んだら妊娠するかしらって。ママは家からすっ飛んでパパのところに一目散。そこから先がもう地獄よ。その夜パパとレックスがやって来て、クレティスをこてんぱんに叩きのめした。鎖骨を一本、肋骨も二本折って病院送り。この変態野郎め、ソドムの罪で牢屋にぶちこんでやる、この結婚も無効だとかなんとか言って。ひどいじゃない、正式に結婚した夫のアレをしゃぶるののどこが法律違反なわけ？　ともかくあたしはパパのところには帰らずに、クレティスが退院するまでずっと病院で付き添っていた。それでまたあたしたちは元どおり、例のハマグリみたいに幸せになったんだけれど、こんどはクレティスが、しばらく仕事に行けないのにかこつけてお酒を飲みだした。で、先週ふと外を見たら、新品ぴかぴかのこのキャデラックが家の前に置いてあるじゃない。中に大きなサンタのぬいぐるみが乗ってて、車ぜんたいにサテンのリボンまでかけてあって。あたし思わず笑っちゃった、だっておかしいじゃない？　でもクレティスは『へえ、そんなにうれしいか、え？　どうせ俺はお前のご立派なパパみたいにお前のことを喜ばせてやれねえさ』って言って出てっちゃった。最初はきっとカッとなって出ていっただけだ、すぐに帰ってくるだろうって思ってた。ああ、なのに彼、帰ってこないの。ほんとに出てっちゃったのよ! ルイジアナの油田に働きに行ったんだって。あの人は電話ひとつよこさないけど、あの人の貧乏ったらしい母親が服とサドルを取りにきたときにそう言っていた」

ベンは本当にハンバーガーを平らげ、バナナスプリットもあらかた食べてしまった。そのあとそれを全部吐いて、自分の服とベラ・リンのジャケットを汚した。彼女はジャケットを後部座席に放って、水にひたしたナプキンでベンをぬぐってやり、その間にわたしは着替えとおむつを荷物から出した。でもベンは一度も泣かなかった。ロックンロールやヒルビリーの音楽が気に入ったらしい。それにベラ・リンの声や髪もだ、彼女をしげしげ見て、いっときも目をはなさなかった。

わたしはそんなに愛し合っているベラとクレティスがうらやましかった。わたしはジョーを崇拝していたけれど、彼のことがいつも怖くて、喜ばせようとしてばかりいた。向こうはたぶんわたしのことを大して好きでもなかったのだろう。悲しくてみじめな気分だったけれど、ジョーが恋しいからというより、結婚をしくじって、それがぜんぶ自分のせいみたいに思えたからだった。

わたしはベラに短く悲しい身の上話をした。ジョーがすばらしい彫刻家だったこと。グッゲンハイムの奨励金をもらって、パトロンがついて、イタリアにヴィラと工房をもたせてもらうと、さっさと出ていってしまったこと。「芸術が彼の人生だったのね（わたしは誰にでもドラマチックにそう言う癖がついていた）。ううん、養育費もなし。彼の住所も知らないんだもの」

ベラ・リンはわたしをハグし、ひとしきり泣いてからため息をついた。「まあ、でもあんたにはこの子がいるじゃない」

「この子たちよ」

「え？」

「妊娠してるの、もうじき四か月。それがジョーにとって最後のワラだったの。もう一人子供が産まれるってことが」

「あんたにとっての最後のワラよ、おバカさん！　だってどうするつもり？　あんたの親はぜったい助けてなんかくれないわよ。このこと聞いたらあんたのママ、またぞろ自殺をやらかすかもね」

「あたしだってどうしていいかわからない。それにもう一つ困った問題があって……こっちにどうしても来たかったのに、証書受託会社がクリスマスも休ませてくれなくて。だから辞めて来ちゃった。これから大きいお腹で仕事を探さないと」

「ルー、堕《お》ろしなさい。それ以外にないわ」

「だって、どこでそんなことができるの？　それに子供を一人育てるのも二人育てるのも同じくらい簡単よ、きっと」

「同じくらい大変です。それにね、あんたまちがってる。いまベンがこんなにいい子なのは、赤ちゃんのころにあんたが付きっきりだったからよ。今はもう大きいから人に預けて働きに出ることもできる、もちろん子供を置いてくなんて褒められたことじゃないけど。でも生まれたての赤ちゃんを置いてくことなんてできっこないもの」

「そこが問題よね」

「おたくのパパみたいな口きかないの。問題はね、あんたは十九で、美人さん。だから何をおいてもベンを自分の子みたいに愛してくれる強くて優しくてまっとうな男を見つけるべきなの。でも子供二人となると、もうそんな男はちょっとやそっとじゃ見つからない。いたとしても、おためごかしの慈善家か聖人みたいなタイプで、恩義を感じて結婚したところで後ろめたさからだんだん夫に嫌気がさして、しまいに風来坊のサックス吹きかなんかに入れあげるのがオチよ……ああ、そうなったらもう悲劇、悲劇よルー。よく考えなさい。ここが正念場よ。いいからあたしの言うことを聞いて、ぜんぶ任せてちょうだい。今まであたしの言うとおりにして、まちがったことが一度だってあって？」

事実はまったくその逆だったけれど、わたしはあまりに気が動転しすぎて何も言えなかった。こんなこと言わなければよかった。こっちに来てみんなと会って、面倒なことをぜんぶ忘れて楽しくやりたかっただけなのに。でも来てみればなお悪かった。母はまたもや自殺未遂だし、父は来ないし。

「ちょっとここで待ってて。二、三電話をかけてくるから、あたしのぶんのコーヒーも頼んどいて」彼女はドライブインのほかの車から声をかけてくる人たち——たいてい男だった——に笑顔で手を振りながら、電話ボックスのほうに歩いていった。彼女はなかなか出てこなかった。とちゅうセーターを借りにきてコーヒーを一口飲んだのと、追加の小銭を取りに来たのと、二度ほど車に戻ってきた。ベンはカーラジオのつまみをいじってしばらく遊び、それからワイパーを動かしたり止めたりした。ウェイトレスが哺乳瓶のミルクを温めてくれて、ベンはそれを飲むとわたしの膝の上で寝てしまった。

ベラは戻ってくると車の幌をかけ、わたしに向かってにっこりしてからメサ通りをプラザに向けて走りだした。「国境の南……いざメキシコへ！」運転しながら歌った。

「オーケイ、ルー。手はずは整ったわ。あたしも経験あるの。つらいけど、安全だし清潔なところよ。夕方の四時にあっちに行って、帰りは朝の十時。帰りに抗生物質と痛み止めの薬をくれるけど、でもそんなに痛くはないの、生理痛と変わらない感じ。うちにはさっき電話して、三人でこれからファレスで買い物をして、今夜はカミノ・レアルに泊まるって言っといた。あたしとベンと二人でそこに泊まって仲良くやっておくから、あんたも終わったらすぐにいらっしゃい」

「待ってよベラ、まだ決心がついてないのに」

「でしょうよ。だからあたしが代わりに決めてあげたの」

「もしも失敗したら？」

「そしたら米国《こっち》でお医者を呼んであげる。テキサスのお医者はちゃんと命を救ってくれるし、何だってできる。ただ堕胎だけができないの」

「もしも死んじゃったら？　そしたら誰がベンの面倒を見るの？」

「あたしがやるわよ！　あたし、きっとあんたに負けないくらいいいお母さんになると思う」

わたしは思わず笑いだした。たしかにそうかもしれない。そしてそう思うと急に心が軽くなった。ベンのほかに、このうえお腹の子のことまで心配する必要はもうないんだ。ああ、ほっとした！　ベラの言うとおりだ。堕ろすのがいちばんいい。わたしは目を閉じ、革のシートに体を預けた。

「でもお金がない！　いくらかかるの？」

「五百。現金でね。ところが、あたしがちゃあんとここに持ってるんだな。お金なら腐るほどあるのよ。あたしがママやパパのところに行くたびに――あたしはただハグしてほしかったり、クレティスが恋しいとか、秘書学校にでも通おうかしらって言いたいだけなのに――そのたびに二人とも、これで何か素敵なものでも買いなさいって言ってお金をよこすの」

「でしょうね」わたしは言った。わたしにも覚えがある。いや、あった、両親に勘当される前までは。「昔はよく考えたっけ、もしも自分が大きくておっかない虎に片手を嚙みちぎられて、ママのところに走っていっても、きっとママはちょん切れた手の先にお札を握らせようとするだろうなって。それかジョークを言うかも……『あら何の音かしら、片手でする拍手？』とかなんとか」

国境の橋まで来ると、メキシコが匂った。煙とチリとビール。カーネーションとロウソクと灯油。オレンジとデリカドス煙草とおしっこ。わたしは車の窓をおろし、頭を外に出して懐かしさにひたった。教会の鐘の音、ランチェラ音楽、ビバップジャズ、マンボ。みやげ物屋が鳴らすクリスマス・キャロル。けたたましい車の排気、クラクション、フォート・ブリスの酔っぱらいの米兵たち。エルパソの奥様がたは手に手にピニャータ〔お菓子や玩具を入れたくす玉。クリスマスに子供たちが目隠しをして割る〕やラム酒を提げて、クリスマスの買い物に余念がない。前はなかったショッピング街が新しくできていて、建ったばかりの豪華なホテルがあった。そこに着くなり一人の若者がうやうやしく車を受け取り、べつの一人が荷物を持ち、さらにもう一人が寝ているベンを起こさずに抱っこした。部屋は品よく、敷物も掛け布も上等で、よくできたレプリカの骨董や色あざやかな民芸品が飾ってあった。鎧戸《よろいど》つきの窓の向こうはパティオで、タイル貼りの噴水や、緑したたる庭園や、湯気のたつプールがあった。ベラは全員にチップをあげ、電話でルームサービスを頼んだ。ポットのコーヒー、ラム、コーラ、ペストリーにフルーツ。わたしはベン用に粉ミルクとシリアル、それに消毒した哺乳瓶をたくさん持ってきていたので、お願いだからこの子にお菓子やアイスクリームは食べさせないでよと念を押した。

「フラン〔スペインのカスタード・プディング〕は?」彼女が訊いた。わたしはうなずいた。「それからフランも」彼女は電話で言った。ベラは売店にも電話をかけ、八サイズの水着とクレヨン、玩具をありったけ全部、それにファッション雑誌を持ってくるように言った。「もういっそずっとここにいない?クリスマスなんか全部うっちゃってさ!」彼女は言った。

わたしたちはベンを真ん中にはさんでホテルの中を歩きまわった。すっかりくつろいだ、愉快な気分になっていたので、急にベラ・リンに言われてはっとなった。「さてルー、そろそろ行く時間よ」

彼女が五百ドル渡してくれた。帰りはここまでタクシーに乗ってらっしゃい、呼んでくれればあたしが降りてきてお金を払うから。「よけいなお金も身元がわかるものもいっさい持っていっちゃだめ。向こうにはあたしの名前とこの番号を言って」

彼女はわたしをタクシーに乗せ、料金を払って行き先を告げると、ベンといっしょにバイバイと手を振った。

わたしはタクシーでヌエバ・ポブラナというレストランの駐車場の裏口まで連れていかれ、そこで黒服黒メガネの男二人を待つように言われた。
二、三分もしないうちに、男たちは背後から現れた。古いセダンが一台、すみやかに音もなく来て停まった。片方の男がドアを開け、わたしに乗るように手で合図し、もう一人が走って反対側にまわった。男の子と言っていい若い運転手があたりを見まわし、車を出した。後ろの窓にはカーテンがかかり、シートもうんと低かったので、外の景色は見えなかった。車が同じところを何度かぐるぐるまわる気配がして、それからごとん、ごとん、ハイウェイらしきまっすぐな道を走り、またぐるぐるまわって、停まった。重たい木のゲートが軋《きし》みながら開く音。車が数ヤード進んで停まると、背後でゲートが閉まった。
黒い服を着た年寄りの女に案内されて中に入っていくとき、中庭がちらっと見えた。彼女はわたしを蔑《さげす》むような目で見はしなかったけれど、話しかけもあいさつもせず、ふつうのメキシコ人らしい人なつこさや愛想のかけらもない態度に、見下されたような気持ちになった。

建物は黄色のレンガ造りで、もしかしたら元は工場だったのかもしれない。地面はすっかりコンクリートに覆われていたけれど、それでもカナリアが鳴き、鉢にオシロイバナやポーチュラカが咲いていた。ボレロ音楽や笑い声、皿がカチャカチャ触れあう音が庭の向こうから聞こえてくる。チキンの料理、タマネギとニンニク、それにメキシコ茶の匂い。

事務的な感じの女の人がデスクごしに会釈をよこし、わたしが腰を下ろすと握手をしてきたが、名は名乗らなかった。わたしの名前をたずね、五百ドルいただきます。それから何かあった際の連絡先の名前と番号。訊かれたのはそれだけで、何にもサインを求められなかった。彼女の英語は片言だったが、わたしは彼女にも、ほかの誰にもスペイン語を話さなかった。それをここでするのは親密すぎる気がした。

「五時にドクターいらっしゃいます。診察して、子宮にカテーテル入れます。夜のあいだに陣痛、でも睡眠薬、だからそんなに痛みないです。夕食のあと、食べ物、水、いけません。たいてい朝早くに自然流産。六時に手術室に入り、眠って、ソウハ受けます。目が覚めたらベッドの上。感染予防のアンピシリンと、痛み止めのコデインあげます。十時に車が来て、ファレスかエルパソ空港か、バスまで送ります」

さっきの老女に自分のベッドまで案内された。暗い部屋で、ほかに六つベッドがあった。女は片手を上げて五時、と示し、ベッドを指さし、それから廊下の向こうのラウンジを指し示した。

部屋はかたりとも音がしなかったので、そこに女が二十人もいるのに気づいて驚いた。全員がアメリカ人だった。うち三人はまだ子供と言ってもいいような年ごろで、母親に付き添われていた。あとの人たちは独りの殻に閉じこもり、座って雑誌を読んでいた。うち四人は四十代、事によると五十代で、おそらく更年期に入ってうっかり妊娠してしまったのだろうと思い、じっさいそうだと後でわかった。それ以外は十代後半から二十代前半といったところだった。どの顔もおびえ、とまどい、そして何より深く恥じ入っていた。自分はひどいあやまちをおかしてしまったのだ。恥ずかしい。女たちのあいだには連帯も共感もなかった。わたしが入っていっても誰も気づきもしなかった。お腹の大きいメキシコ人の女が汚れた濡れモップを動かしながら、あけすけな好奇心と侮蔑のいりまじった目をわたしたちに向けた。わたしはなぜだか彼女にむしょうに腹が立った。せいぜい神父様に告げ口するがいい、ビッチ。どうせあんたは夫もいなくて七人の子持ちで、こんな嫌な場所で働きでもしなければ飢え死にするんでしょう？　ああ、でもきっと本当にそのとおりなのだ。わたしはひどい無力感と、とほうもない悲しみを感じた。彼女に、そしてこの部屋にいるすべての女たちに。

わたしたちみんな、それぞれに独りぼっちだった。若い娘たちがたぶん一番そうだった。うちの二人は泣いていたのに、その母親たちはどこかよそよそしく、自分自身の恥と怒りに囚われて、部屋の一点をじっと見つめていた。独りぼっち。わたしの目に涙がこみ上げた。ジョーが行ってしまったから。母が自分のそばについていてくれることなどけっしてないから。

堕ろしたくない。堕ろす必要なんてない。この部屋の女たちがここに来たいきさつを想像すると、どれも悲惨で過酷で受け入れがたいものばかりだった。レイプ、近親相姦、その他いろんなひどいできごと。でもわたしはこの子を育てられる。きっとみんなで家族になれる。この子と、ベンと、わたしと三人。本物の家族に。狂っているのかもしれない。でも、すくなくとも自分でそう決めるのだ。いつもわたしに指図するベラ・リンではなしに。

わたしは廊下に出た。ベラ・リンに電話をかけたかった、帰りたかった。ドアはどれも閉まっていて、一つだけ開いていた厨房も、コックたちに追い払われてしまった。

ドアが閉まる音がした。ドクターが到着したのだ。見かけはアルゼンチンの映画俳優かラスベガスのナイトクラブの歌手のようだったけれど、ひとめ見てドクターだとわかった。さっきの老女がキャメルのコートを脱がせ、マフラーを受け取った。高級なシルクのスーツにロレックスの腕時計。尊大で権威めいた態度が、まぎれもなく医者そのものだった。黒髪で、流れるような色気があり、歩き方は盗人のようにひそやかだった。

医者がわたしの腕をとった。「お部屋にもどってくださいよ、お嬢さん。もうすぐ診察が始まりますからね」

「わたし、気が変わったんです。帰らせてください」

「まあまあ部屋にもどって。一時間で十回も気が変わる人もいるんですよ。あとでゆっくり話しましょう……さあ、行って《アンダレ》！」

わたしは自分のベッドにもどった。ほかの女たちもそれぞれのベッドの縁に腰かけていた。若い子たちのうちの二人も。老女に言われてみんな服を脱ぎ、ガウンに着替えた。いちばん若い女の子はふるえて、恐怖で半狂乱になっていた。医者はまずその子から始めた。彼は意外にもやさしく辛抱づよく説きつけたけれど、女の子は彼を手ではらいのけ、足をばたつかせて母親を寄せつけなかった。医者は女の子に注射をし、毛布をかけた。

「後でまた来ます。どうか落ちついて」そう母親に言った。

医者はもう一人の女の子にもまず鎮静剤を打ってから、形ばかりの診察をはじめた。ざっと病歴を訊ね、聴診器で心音を聴き、体温と血圧をはかった。誰にも採血も採尿もしなかった。一人ずつすばやく内診をし、うなずくと、老女がその女の子宮に長さ三メートルほどもある点滴チューブを、ゆっくりと、七面鳥に詰め物でもするように押しこんでいった。手袋もしないまま、患者から患者へつぎつぎやっていく。何人かはひどく苦しげな叫び声をあげた。

「これは少々痛みをともないます」医者がわたしたちみんなに言った。「これによって陣痛が引き起こされ、ごく自然に、健康的に胎児が排出されます」

医者がわたしの隣の年配の女を診察した。最後の月経はいつかと訊かれて、彼女はわかりません、もう生理は止まっていたから……と答えた。医者は長いことかけて彼女を診《み》た。

「残念ですが」と彼は言った。「もう五か月を過ぎています。リスクが大きすぎます」

医者は彼女にも鎮静剤を打った。彼女は茫然となって天井を見あげていた。ああ、ああ。神様、どうしたらいいの。

「おやおや、君か。われらが家出嬢」彼はわたしに体温計をくわえさせ、腕に帯を巻き、もう一方の腕を指でおさえた。胸の音を聴くために手を放したところで、わたしは体温計を口から出した。

「帰らせてください。気が変わったの」

医者は聴診器を耳につけていて、聞こえていなかった。肺の音を聴きながら、ふてぶてしい笑みを浮かべてわたしの胸を手で触った。わたしは怒ってぱっと身を引いた。医者はスペイン語で老女に言った、「ふしだら女め、誰にもおっぱいを触られたことがないみたいな顔してやがる」。わたしもスペイン語で言い返した。ざっと翻訳するなら、「そっちこそ触るんじゃないよ、このゲス野郎」。

医者は笑った。「これはひどい、人に苦手な英語をしゃべらせておいて！」そうして詫びを言い、日に十五人も二十人も診ていると、どうにも気持ちがささくれて口が悪くなってしまうのだ、と言い訳した。悲しいがこの仕事は必要悪だ、とか何とかかんとか。聞いているうちに、わたしはだんだん彼のことが気の毒になり、彼に腕をさすられながら、あろうことか大きくうるんだ茶色の瞳にとろんと見入ってしまっていた。

でも今はそれどころじゃない。「お願い、先生《ドクター》。わたし、これはやりたくないの。今すぐ帰らせて」

「お金は返ってきませんよ。それはわかっているかな？」

「かまわない。それでもやめたいの」

「いいでしょう《ムイ・ビエン》。だが今夜はここに泊まってもらうしかない。ここは街から遠く離れているし、運転手は明日の朝にならないと戻って来ないからね。よく眠れるように鎮静剤を打ってあげよう。明日の朝十時には出ていける。もう一度だけ訊くが、お嬢さん《ミ・イハ》、本当にいいんだね？　考え直すなら今だよ」

わたしはうなずいた。彼はわたしの手をにぎっていた。慰められるような気がした。どうしようもなく泣きたかった、抱きしめられたかった。ほんのわずかな慰めを得るためなら、人はどんなことでもするだろう。

「きみに頼みがある」彼は言った。「部屋の隅にいるあの子供なんだが、ひどくおびえているんだ。母親はひどいありさまで、助けになりそうにない。おそらく胎児の父親が訳ありか、何かよほど深刻な事情があるんだろう。あの子にはぜひとも堕胎が必要だ。彼女を診るのを手伝ってくれないか？　そして今夜そばについて、安心させてあげてくれないか？」

わたしは医者といっしょに女の子のベッドまで行き、自己紹介した。それから彼を通訳して、これから何をするか、どんなことが起こるか説明し、すべて安全で簡単で、何も心配することはないと言った。はい、では今から心臓と肺の音を聴くからね……これからちょっと中に手を入れるよ……（彼は痛くないと言った）。わたしは痛いと言った）。これは何も問題がないか、確かめるために必要なことなんだよ。

それでも女の子はいやがった。「ア・フエルサス！」医者が言った。押さえつけろ。老女とわたしが彼女を押さえた。ついで医者とわたしの二人で押さえて、彼女に話しかけてなだめているあいだに、老女が小さな体の中にチューブを一フィートまた一フィートと押しこんでいった。終わるとわたしは女の子を抱きしめた。彼女は泣きながらわたしにしがみついた。母親はベッドの足元の椅子に無表情で座っていた。

「ショックを受けているの？」わたしは医者に訊いた。「いや。泥酔しているんだ」言いおわると同時に母親は床にくずれ落ちた。みんなで抱えあげ、娘の隣のベッドに寝かせた。

それから医者と老女は出ていった。患者でいっぱいの部屋が、あと二つ残っている。インディオの若い女の子二人が夕食のトレイを運んできた。

「そっちでいっしょに食べてもいい？」わたしが訊くと、女の子はうなずいた。名前はサリー、ミズーリから来た。話したのはそれだけだったが、食事はすごい勢いでがつがつ食べた。トルティーヤなんて食べたことがない、普通のパンがよかったな。これは何？　アボカド。おいしいよ。トルティーヤに肉といっしょにのせて、巻いて食べるの。ほら、こうやって。

「お母さんは大丈夫かしら」わたしは訊いた。

「たぶん朝になったら具合が悪くなると思う」サリーはマットレスを持ちあげてみせた。ジム・ビームの半パイント瓶があった。「もしあたしがいなくてあなたがいたら、これを飲ませてあげて。飲まないと具合が悪くなっちゃうから」

「わかるわ。あたしの母も飲む人だから」わたしは言った。

トレイが下げられると老女がセコナールの大きな錠剤をもってやって来て、みんなに飲ませた。若い子たちには注射を打った。老女はサリーの母親の前ですこし迷ってから、眠っている彼女にもバルビタールを注射した。

わたしはベッドで横になった。シーツは目が粗《あら》く、お日さまに干したいいにおいがした。メキシコの毛布も粗い手ざわりで、原毛のにおいがした。ナコドチェスで過ごした夏を思い出した。

あのお医者、さよならも言わずに行ってしまった。もしかしたらジョーがもどってくるかもしれない。ああ、あたしったらなんて馬鹿。やっぱり堕ろすべきだったのかも。一人育てるのだって満足にできないのに、まして二人だなんて。ああ神さま……いったいどうすればいい？……わたしは眠った。

どこかで誰かがすすり泣くような、気味のわるい声がする。部屋は真っ暗だったが、廊下からぼんやり洩れてくる灯で、サリーのベッドが空《から》なのが見えた。廊下に走り出た。はじめのうち、洗面所のドアはなかなか開かなかった。彼女はドアに寄りかかるように倒れて気を失っていた。顔が死人のように白かった。あたりは血の海だった。サリーはひどく出血し、幾重にもとぐろを巻いた点滴のチューブに、狂ったラオコーン像のようにからみつかれていた。チューブは血のかたまりのようなものにまみれ、彼女のまわりで生き物のように首をもたげ、ねじれ、のたくっていた。脈はあったが、呼んでも目を覚まさなかった。

廊下を走ってあちこちドアを叩き、やっと老女が起きてきた。彼女はまだ白衣を着たままで、靴をはくと洗面所に走った。現場をひと目見るなり事務所に電話をかけに走った。わたしは外に立って聞いていたが、ドアを足で閉められてしまった。

わたしはサリーのところにもどり、顔と腕をふいてあげた。

「ドクターが来ます。あなたは部屋にもどって」老女が言った。後ろにインディオの女の子たちが控えていて、わたしの腕をつかむとベッドに連行した。老女がわたしに注射を打った。

目を覚ますと、部屋に光があふれていた。六つのベッドは空で、きちんと整えられて明るいピンクのベッドカバーが掛かっていた。外ではカナリアとフィンチがさえずり、マゼンタ色のブーゲンビレアが風に揺れて、開け放った鎧戸を撫でていた。ベッドの足元にわたしの服があった。それを抱えて洗面所に行くと、床はもうすっかりきれいになっていた。顔を洗って服を着、髪をとかした。薬のせいでまだ足がふらついた。部屋にもどると、ほかの女たちが車つきの担架でつぎつぎベッドに運ばれてきた。堕胎を受けられなかったあの人は、椅子にすわって窓の外を見ていた。インディオの女の子たちが、トレイにカフェ・コン・レチェと甘い菓子パン《パン・ドゥルセ》、カットしたオレンジとスイカをのせて運んできた。何人かは朝食をたべ、何人かは洗面器にもどしたり、ふらふらとトイレに立っていった。誰もかれもがスローモーションで動いた。

「やあ、おはよう《ブエノス・ディアス》」医者は長い緑の上っぱりを着てマスクを顎まで下げ、長い黒髪が乱れていた。彼は笑顔を見せた。

「よく眠れたかな。最初の車があと何分かで出るので、きみにはそれに乗ってもらうよ」

「サリーはどこ？　あの子のお母さんは？」舌がもつれた。言葉がうまく出てこない。

「サリーは輸血が必要になった」

「あの子、ここにいるの？」生きているの？　とは言えなかった。

医者はわたしの手首をつかんだ。「サリーは心配ない。支度はどうした？　車がじきに出てしまうよ」

わたしたち五人は廊下を小走りに急ぎ、建物を出て車に乗りこんだ。車は走りだし、ゲートが背後で閉まる音がした。「エルパソ空港に行く人は？」わたし以外はみんな空港行きだった。

「わたしは橋の、ファレス側で下ろしてください」わたしは言った。車は走りつづけた。誰も口をきかなかった。わたしは何かものすごく馬鹿げたことを言いたくてしかたがなかった、「今日はいいお天気ね！」とか。じっさいその日はいい天気で、からりと晴れて雲ひとつなく、空はあくどいくらいのメキシコの青だった。

だが、車内には打ち破りがたい恥と痛みの沈黙が重くたれこめていた。ただ恐れだけが消えていた。

ファレスのダウンタウンの騒音も匂いも、子供のころとすこしも変わっていなかった。わたしは子供のころにもどったような、あたりをあてもなく歩きまわりたいような気分になったけれど、手を挙げてタクシーを停めた。ホテルはそこからほんの数ブロックしか離れていなかった。料金はドアマンが払ってくれた。ベラ・リンが手を回しておいてくれたのだ。お連れはお部屋にいらっしゃいます、とドアマンが言った。

部屋は足の踏み場もない惨状だった。ベンとベラはベッドの真ん中にいて、けらけら笑いながら雑誌のページを破っては宙にばらまいていた。

「この子、この遊びが気に入っちゃって。大きくなったら評論家になるんじゃない？」

ベラは立ちあがってわたしをハグし、じっと目をのぞきこんだ。

「あきれた《ジュダス・プリースト》！　あんた、やらなかったのね。もう馬鹿、ほんとに馬鹿！」

「そうよ、やらなかった！」わたしはベンを抱きよせた。ああ、この子のにおい、しっかり骨のある小さな体、愛してる。ベンはしきりにバブバブ何か言っていた。ベラといてよほど楽しかったのだろう。

「そう、あたしやらなかった。お金は払わされたけど、でもきっといつか返すから。ねえベラ、お願いだからお説教はしないで。あっちに女の子がいてね、サリーっていう名前で……」

人はベラ・リンをわがままだ、軽薄だと言う。脳天気で何も考えていない、と。でも彼女ほど物事をわかっている人はいない。彼女はすべてを察してくれた。わたしは何も言う必要がなかった……もちろんあとでぜんぶ話したけれど。でもそのときはただ泣いて、するとベラも泣いて、ベンも泣きだした。

でもわたしたちモイニハンの人間は、泣いて、怒って、それでおしまいだ。さいしょにベンが飽きて、ベッドでぴょんぴょん跳びはねだした。

「ルー。もちろんお説教なんかしやしないわ。あんたがやったことなら、あたしは賛成にきまってる。あたしが知りたいのは、いまから何をするかってこと。テキーラ・サンライズ？　ランチ？　ショッピング？　あたし、お腹がぺこぺこ」

「あたしも。じゃあ何か食べようよ。それにベラのお祖母ちゃんとレックス・キップにプレゼントも買いたいし」

「いいわ。ベン、あんたもそれでいい？　〝ショッピング〟って言ってごらん？　この子にも物の価値ってやつを教えてあげなきゃね。ショッピング！」

ルームサービスがベラのフリンジつきのジャケットをもってきた。わたしたちは着替え、メイクをし、ベンにも服を着せた。湿疹ができていると思ったのは、ベラに顔じゅうにキスされた口紅のあとだった。

ホテルの素敵なダイニングルームでランチを食べた。わたしたちは陽気で脳天気だった。若く、きれいで、自由で、未来は目の前にどこまでも広がっていた。二人で他愛のないおしゃべりをし、声をたてて笑い、ダイニングルームにいる人たち一人ひとりの身の上話を勝手に空想した。

「さてと、そろそろ親戚大会に顔を出さないとね」カルーア入りのコーヒーを三杯お代わりしたところで、わたしはやっとそう言った。

わたしたちはプレゼントを買い、籐のバスケットも買って、そこにプレゼントと部屋にあった玩具をぜんぶ放りこんだ。帰りぎわにベラ・リンがため息まじりに言った。「ホテルってわが家みたい。いっつも帰りたくないって思っちゃう」


タイラー伯父さんの邸宅の大きな玄関扉を開けると、ロイ・ロジャースとデイル・エヴァンスの大音量のデュエットが飛びこんできた。入ったところにシャボン玉マシンも据えつけてあったので、まっ先に目に入った大きなクリスマスツリーは、シャボン玉の虹色ごしにかすんで見えた。

「あきれた、まるで洗車機の中を通ってくみたい！　見てよ、この敷物」ベラ・リンはマシンのコンセントを抜き、音楽も止めてしまった。

板石張りの階段をおりて、広大なリビングに入っていった。暖炉には薪が、まるごとの木のまま燃えていた。タイニー伯母さんの親類が、革ばりのカウチやリクライニングチェアをのうのうと占拠してテレビでフットボールを観ていた。ベンもすぐさま座った。テレビを見るのがはじめてだったのだ。えらい子だ。はじめて家から外に出て、でもあっと言う間に外の世界になじんでいる。

ベラ・リンがわたしたちを紹介してくれたが、みんな自分の皿や画面を見たままちょっとうなずいただけだった。それぞれ葬式か結婚式みたいに一張羅《いっちょうら》を着ていたが、それでも昔の小作人か、竜巻で家をなくした人の群れのように見えた。

わたしたちは二階に上がった。「明日のパパのパーティでのあの人たちが見ものよね。あたしたち、明日の朝はジョン叔父を迎えにいって、それから病院に寄ってあんたのママを脱獄させましょ。そのあと盛大なオープンハウスの始まりよ。来るのはおあつらえ向きの独身男ばかりだから、まずあたしたちの趣味じゃないけどね。でも古い知り合いもたくさん来るのよ。みんなあんたと赤ちゃんに会いたがってる」

「なんとまあ、わが救い主さま！」タイニー伯母さんの母親の年とったミセス・ヴィーダーだった。彼女は杖を放りだしてベンを抱きあげると、あっちへよろよろ、こっちへよろよろしながらダイニングルームを歩きまわった。そうやって二人でサイドボードや飾り戸棚に激突し、クリスタルガラスが落ちて割れるたびに、ベンは何かのゲームだと思ったらしく、きゃっきゃと笑い声をたてた。「人生はいたるところ危険だらけ」とはうちの母のお得意の台詞だ。ミセス・ヴィーダーはよたよたしながら自分の部屋に行った。そこには昼メロがつきっぱなしのテレビがべつにあり、ベンを何か月も飽きさせないくらい大量のがらくたがベッドの上に広げてあった。テクサカーナみやげの屋外便所型の塩コショウ入れ。プードルの形のトイレットペーパー・カバー。フェルトの香り袋。石の取れたブレスレット。どれもクリスマス・プレゼント用に何度も使いまわされ、薄黒く汚れていた。ミセス・ヴィーダーはベンもろともベッドに倒れこんだ。ベンはその部屋で何時間もすごし、彼が暗闇で光るキリスト像をかじる横で、彼女は皺くちゃの古い包装紙ともつれたリボンでプレゼントをせっせとラッピングした。「主われを愛す、主は強ければ！」と歌いながら。

食卓は、さながらクルーズ船のバイキング料理の宣伝写真だった。わたしが肉料理の大皿や、サラダや、スペアリブや、ゼリー寄せや、シュリンプ、チーズ、ケーキにパイの山を眺めて、いったいこんなにたくさんどうやって食べ切れるんだろうと見ているそばから、タイニー伯母の親類がどっと押し寄せて、目にも留まらぬ早さで略奪し、また走って戻ってフットボールの続きを観戦し、料理はみるみる減っていった。

台所には黒のお仕着せを着たエステルがいて、大きな桶いっぱいのマサの上にかがみこんでタマレスをこしらえにかかっていた〔マサはトウモロコシの粉で作った生地。タマレスはマサと肉などの具をトウモロコシの皮で包んで蒸した料理〕。オーヴンではミンスパイが焼けていた。ベラ・リンは、何か月も家を留守にしていたみたいにエステルを抱きしめた。

「あの人から電話あった？」

「あるもんかね。これからもないでしょうよ」エステルはベラを抱きかかえして、ゆらゆら揺すった。ベラ・リンが赤ん坊のころからずっと世話をしてきたのだ。ただしみんなのように彼女を甘やかしはしなかった。わたしはずっと、エステルのことをおっかないと思っていた。そしてじっさい彼女はおっかない。彼女はわたしを見て「おやおや……おつむ空っぽの娘さんが一人増えたよ！」と言ってから、わたしのことも抱きしめた。小柄で華奢《きゃしゃ》で、でも誰のことも包みこんでくれる。

「気の毒な坊やはどこだね？」彼女はベンを見にいって、もどってきてまたわたしをハグした。

「ああ、すばらしいねえ。あの子は天からの贈り物だ。ちゃんと感謝するんだよ？」わたしはうなずき、ほほえんだ。

「タマレスを作るのを手伝いたいんだけれど」とわたしは言った。「その前にタイラー伯父さんとレックスにあいさつしないと。それにタイニー伯母さん。でもどこに……？」

「降りてきやしませんよ。電気毛布からラジオからお酒までもって上がってるんだから。当分あのままでしょうよ」

「ああもう神様」ベラが言った。

「仕事場にいる大きい坊やたちに何か食べ物をもっていっておあげ。レックスにはシュリンプをたんとね」

タイラー伯父の〝仕事場《ショップ》〟というのは古い日干しレンガの家のことで、大きな書斎とゲストルーム、新しいのから骨董のまで銃が山ほど置いてある広い部屋があった。書斎には大きな暖炉があって、壁じゅうに狩りで仕留めた動物の頭が飾られ、床のタイルには熊の毛皮が敷いてあった。バスルームの床は一面のおっぱい、ゴムでできたいろんな色と大きさのおっぱいのカーペットだった。そのカーペットは、かつて大統領候補になったことのあるバリー・ゴールドウォーターから贈られたものだった。

日が落ちて、空気は澄んで寒かった。わたしはベラ・リンのあとについて庭の小径を歩いた。

「このあばずれども！　クズ白人！」

わたしはぎょっとして立ちすくんだ。ベラが笑った。

「うちのママよ。屋根の上」

レックスとタイラー伯父はわたしを見て喜んだ。もしジョーの野郎がまたアメリカの土を踏むことがあったらいつでも連絡しろ、八つ裂きにしてやるからな、そう言った。二人はバーボンをやりながら名簿を作っていた。部屋のあちこちに紙袋が山と積んであった。二人は毎年、老人ホームや子供病院や孤児院にクリスマス・プレゼントを配っていた。何千ドルとつぎこんで。単に小切手を切るようなことはしなかった。自分たちでプレゼントを選んで、食べ物やサンタクロースといっしょに届けるのが楽しみなのだ。

今年はそこに新たな計画が加わった。レックスが小型飛行機を手に入れたからだ。タイラーの南側の牧草地に着陸させたパイパーカブがそれだった。クリスマスイブに、ファアレスのスラム街の上空から玩具と食べ物の入った袋を空中投下しようというのだ。男二人は笑いながらいそいそと計画を練っていた。

「でもパパ」とベラが言った。「ママはどうなるのよ。それにメアリ叔母さんは？　ルーとあたしは？　虎たちがこの子を腹ぼてにして、あたしの旦那を連れてっちゃったっていうのに」

「お前たち、あしたのパーティにすごいドレスを着てきてくれよ。ケータリングを頼んではあるが、それでもエステルには手伝いがいるだろう。レックス、体の不自由な子供たちに配るキャンディ・ケインはいくつあったら足りるだろうな？」

エル・ティム

教室のドアの前に一人ずつ尼さんが立ち、黒の衣が風で廊下にひるがえっている。一年生が声を合わせてお祈りを唱えはじめる、「めでたし、聖寵《せいちょう》、満ちみてるマリア」。すると廊下の向こうで二年生もはきはきした声ではじめる、「めでたし、聖寵、満ちみてるマリア」。校舎の真ん中に立って耳を澄ませていると、やがて三年生の高らかな声が一年生の「天にましますわれらの父よ」に重なり合い、そこに四年生の声がいちだん低く「めでたし、聖寵、満ちみてるマリア」とはじまる。

年次が上がるにつれてお祈りの口は速くなるので、しだいに声と声は混ざりあい、ふいに一つになって、意気揚々と最後の一節をいっしょに唱える——「父と子と聖霊のみ名において、アーメン」。

わたしは新設された中学校でスペイン語を教えていた。校舎は校庭をはさんで小学校とは反対側の端に、色つきの玩具のように建っていた。毎朝、授業がはじまる前に、わたしは小学校の校舎の中を通りぬけた。お祈りを聞くためもあったけれど、教会に行くように、建物そのものに入りたかった。この学校はもとは修道院で、一七〇〇年にスペイン人の手で、砂漠の中でも長く建っていられるようにと造られた。歴史のある学校はおしなべて、硬く静かな殻で子供たちを守るものだけれど、この学校にはそれだけではない何かがあった。伝道所、聖所のもつ厳かさをまだどこかに残していた。

小学校では尼さんたちは笑い、生徒も笑った。尼さんはみんな年寄りで、でもバス停によくいるようなハンドバッグを握りしめた草臥《くたび》れた老婆たちとはちがい、堂々として神にも子供たちにも愛されていた。その愛に、彼女たちは優しさと、分厚い木の扉の向こうにしっかりと守られた柔らかな笑い声とで応えた。

校庭では中学校の尼さんたちが地面をホウキで掃いて、タバコの吸殻が落ちていないか調べている。こっちの尼さんたちは若く、ぴりぴりしていた。彼女たちが教えるのは〝恵まれない子供たち〟や〝非行少年予備軍〟だ。やせた顔は疲れ、白けた視線にさらされて倦《う》んでいた。小学校の尼さんのような威厳も愛も、彼女たちは持ちあわせていなかった。自分たちの務めであり人生そのものである生徒たちに情を見せず、心を固くよろうことだけが、彼女たちを守る武器だった。

九年生の窓の列がきらっきらっと光った。シスター・ルルデスがいつものように、始業ベルのきっかり七分前に窓を開けたのだ。わたしはアルファベットの振られたオレンジ色の扉の前に立ち、自分の教え子の九年生たちが金網フェンスの前を行ったり来たりするのをながめた。くつろいだしなやかな肉体で、歩きながら首を上下に動かし、自分にしか聞こえないトランペットのビートに合わせて手足をリズミカルに揺らしている。

生徒たちはフェンスに寄りかかり、英語とスペイン語とヒッピー語をまぜこぜにした言葉で声なき笑いを笑っていた。女の子たちは紺色の制服を着て、鳴かない小鳥みたいに男の子たちにじゃれかかり、男の子たちはとさかのようにふくらませた髪をかしげ、オレンジや黄色やターコイズのペグパンツで色鮮やかに飾りたてている。黒の開襟シャツかVネックのセーターを素肌に着て、すべすべした茶色の胸に十字架が光っている――パチューコ〔メキシコ系アメリカ人のギャング集団。派手なズート・スーツで着飾ることで知られる〕がするような十字架で、手の甲にも同じ形の刺青を入れている。

「おはよう」

「おはようございます、シスター」シスター・ルルデスが外に出てきた。七年生が列に並んでいるか確かめにきたのだ。

シスター・ルルデスはここの校長で、わたしは彼女に雇われた。スペイン語の話せる尼僧が一人もいなかったので、しぶしぶお金を払って外から教師を雇ったのだ。

「さて、あなたはこのサンマルコ校はじまって以来の俗人の先生なので」とシスター・ルルデスは最初に言った。「生徒たちの扱いには少々手こずるかもしれませんね。なにしろあなたとそう変わらない歳の子たちも大勢いるのでね。あなたには若いシスターたちの轍《てつ》を踏んでいただきたくないのです。いいですか、子供たちと友だちになろうなどとはけっして思ってはいけませんよ。彼らはつねに上下関係、力関係で人を見るの。ですから教師は力を誇示しなければなりません――毅然として、規律を重んじ、罰を与え、服従させる。スペイン語は必修科目ではないので、好きなだけ落第点をつけてかまいません。最初の三週間で落ちこぼれた生徒はわたしのラテン語のクラスに送っていただいて結構です。わざわざ好きこのんでは誰も来ないクラスです」そう言ってシスターはにっこりした。「このありがたみがあとでわかると思いますよ」

最初のひと月は順調だった。ラテン語クラスの脅しは効果絶大だった。最初の二週間で、わたしは七人の生徒を追い出した。こんな比較的少人数の、しかも下から四分の一を足切りしたクラスで教えるとは、ずいぶんとぜいたくな身分だった。わたしの流暢なスペイン語は大いに役立った。こんな〝白人女《グリンガ》〟が自分の両親と同じ、いやそれ以上に上手なスペイン語を話すことに生徒たちは驚いた。汚い言葉や、マリファナや警察を意味するスラングがわかるのにも目を丸くした。みんなまじめに勉強した。彼らにとってスペイン語は身近で大切なものだった。授業中はおとなしかったが、彼らの不承不承の従順やオウム返しの返答に、わたしへの反発が見てとれた。

生徒たちはわたしの言葉や言いまわしをからかって、自分たちでも真似して使うようになった。わたしの髪形を〝ラ・ピーニャ（パイナップル）〟とはやし立て、女の子たちが同じヘアスタイルにしはじめた。わたしがブロック体で板書をすると「あの馬鹿、字もまともに書けねえぜ」とひそひそ言うのが聞こえたが、やがて自分たちも答案用紙にぜんぶブロック体で書くようになった。

彼らはまだパチューコにはなっていなかった。なんとかあの愚連隊の仲間入りをしたくて、机に何度も飛び出しナイフを突き立てて、やりそこなってナイフを下に落としては、うろたえて顔を赤らめた。彼らはまだ「あんたに見せてもらうものなんか何もないよ」とは言っていなかった。肩をそびやかして、こっちが何か見せるのをじっと待っていた。でも、わたしがこの子たちにいったい何を見せられるというのだろう。わたしの知っている世界が、彼らがせいいっぱい歯向かっている世界より、どれだけマシだというのだろう。

わたしはシスター・ルルデスを観察した。彼女はわたしとちがって、力で尊敬を集めているわけではなかった。生徒たちはシスターが神に帰依し、一生を捧げていることを知っていた。そこに免じて彼女の圧政も大目に見ていることに、シスター自身は気づいていなかった。

シスターは生徒たちといっしょに笑うこともできなかった。彼らが笑うのは他人を馬鹿にするとき、誰かが質問や笑顔やヘマやおならで自分の弱みを見せてしまったときだけだった。わたしは彼らの冷ややかな笑いを黙らせるたびに、それとは正反対の、無邪気で楽しげな小学生たちの笑い声や歓声のことを思った。

そんなわたしも週に一度だけ、九年生たちと声をたてて笑った。毎週月曜日、とつぜん薄ぺらな鉄の扉を居丈高に叩く音がする――バン、バン、バン、バン！　窓をふるわせ、校舎じゅうに響きわたるほどの大きな音。そのたびにわたしは飛びあがり、クラスじゅうがそれを見てげらげら笑う。

「どうぞ」わたしが言うと、ノックが止んで入ってくるのが小さな一年坊主なので、わたしも生徒もどっと笑う。一年生はズック靴で教壇までそうっと歩いてくると、「あの、すみません」とひそひそ声で言う、「給食の献立表をもらいに来ました」。そうして抜き足差し足教室を出て、ばたんと大きな音をたてて扉を閉めるので、そこでまた笑いが起きる。

「ローレンス先生、ちょっといいですか」ある日わたしはシスター・ルルデスの後について校長室に入り、彼女がベルを鳴らすあいだ待った。

「ティモシー・サンチェスが学校にもどってくるの」シスターはそう言って、わたしの反応を待つように言葉を切った。「今まで少年院にいたのです――もう何度めかしらね、窃盗と、それから麻薬で。向こうの人たちは彼をできるだけ早く卒業させるべきだと考えているの。クラスの子たちよりもずっと歳が上だし、向こうでやった試験の結果、飛び抜けて知能が高いことがわかったのです。〈学習意欲をかき立て、奨励するべし〉、そうここに書いてある」

「わたしに、なにか特別にできることがありますか?」

「いいえ。正直、わたしからアドバイスできることは何もありません。あの子の難しさはちょっと次元がちがうの。だから前もってひとこと言っておかねばと思って。経過は保護観察官がチェックすることになっています」

次の日はハロウィーンで、小学生たちはみんな仮装して登校した。わたしは校舎を歩いて、何百という魔女や悪魔たちがか細い声で朝のお祈りを言うのをながめた。わたしが九年生の教室の前に着くと、ちょうどベルが鳴ったところだった。「天主の御母、聖マリア、我らのために祈りたまえ」生徒たちは唱えた。わたしはドアのところに立って、シスター・ルルデスが出席を取るあいだ待った。わたしが教室に入っていくとみんな起立して「おはようございます」と言い、椅子が床にこすれる音とともにまた着席した。

教室が静まり返った。「エル・ティム（あのティム）だ！」ささやく声がした。

彼はドアのところに立っていた。廊下の天窓から射す光を背に、シスター・ルルデスと並んでシルエットになっていた。全身黒ずくめで、シャツの前をウエストまではだけ、ズボンはずり下げて細い腰のところで締めていた。太いチェーンの先に金色の十字架が光っていた。薄笑いを浮かべてシスター・ルルデスを見おろし、やせた頰に睫毛がぎざぎざの影を落としていた。髪は黒く長くまっすぐで、それをほっそりとした指で鳥のようにすばやくかき上げた。

教室が恐れと尊敬に打たれるのがわかった。女の子たち——ふだんはトイレで彼氏や恋愛の話ではなく、結婚や堕胎について小声で話しあっているあのきれいな女の子たちが、息をのみ、頰を上気させて彼を見つめていた。

シスター・ルルデスが教室の中に入ってきた。「ティム、あなたの席はここよ」そう言って教壇のすぐ前の席を手で示した。彼は広い肩をそびやかし、首を突き出し、チッチ、チッチとパチューコのリズムで歩いてきた。「ごきげんにクレイジーなシスターだぜ！」彼はわたしを見てニヤリと笑った。教室がどっと笑った。「静かに！」シスター・ルルデスが言った。彼女はティムの横に立った。「こちらローレンス先生よ。そしてこれがあなたのスペイン語の教科書」彼はまるで聞いていなかった。シスターの数珠がかちゃかちゃと神経質に鳴った。

「シャツのボタンを留めなさい」彼女は言った。「シャツのボタンを留めなさい！」

彼は両手を胸のところにもっていき、片方の手でゆっくりボタンを光にかざし、もう片方の手でボタンホールをまさぐった。シスターがその手をはらいのけ、せかせかとシャツのボタンを留めた。

「いやあ、シスターがいなけりゃ、おれなんにもできないなあ」彼がうそぶいた。彼女は出ていった。

その日は火曜日、書き取りの日だった。「紙とエンピツを出して」クラスは機械的に言われたとおりにした。「あなたもよ、ティム」

「紙」彼が静かにそう命じた。何枚もの紙が先を争って彼の机に集まった。

「Llegó el hijo.（息子が到着した）」わたしは読みあげた。ティムが立ちあがり、教室の後ろに向かって歩きだした。「エンピツが折れてた」そう言った。低くかすれた声、人が泣きだす寸前のようなかすれ声だった。彼はひどくゆっくりエンピツ削りをまわし、ドラムをブラシで撫でるような音を立てた。

「No tenían fe.（彼らは神を信じていなかった）」ティムが立ち止まり、一人の女子の髪に触れた。

「座って」わたしは言った。

「そうカッカすんなよ」彼がぼそりと言った。みんなが笑った。

彼の答案は白紙だった。いちばん上に大文字で〈エル・ティム〉とだけ書いてあった。

その日を境に、すべてはエル・ティムを中心にまわりだした。彼は授業にあっと言う間に追いついた。テストの点数も文章の課題も、いつも飛び抜けていた。けれども生徒たちは彼の不遜な態度や、物言わぬ、処罰すれすれの不服従にばかり魅《ひ》きつけられた。テキストを音読したり、黒板に動詞の変化を書いたり、ディスカッションしたり、それまでおおむね楽しくできていたことが、もはやほとんど不可能になってしまった。男の子たちはまじめに何かやるなんて恥だとばかりに斜に構え、女の子たちはティムの前に出ると恥じらってもじもじした。

わたしは授業を筆記中心に切りかえた。これなら机から机へ歩きまわって一人ずつ見てやることができる。作文やレポートもたくさん書かせた。九年生のスペイン語のクラスでやるようなことではなかったが、ティムが嫌がらずにやるのはこれだけだった。彼は机に向かって消しゴムで消しては書きなおし、スペイン語の辞書をめくって熱心に取り組んだ。彼の作文は独創的で、文法も完璧だったが、書くのはいつも人間以外のことだった——道路とか、木とか。わたしは答案にコメントをつけ、彼の文章をほめた。ときには彼の書いたものを教室で読みあげた。これでみんなも感化されてやる気になるといいと思ったが、手おくれだった。みんなはティムが褒められることにとまどうだけだったし、彼は彼で得意げに鼻を鳴らしてこう言った——

「教師なんてチョロいもん《プエス・ラ・テンゴ》さ」。

エミテリオ・ペレスは何でもティムの言いなりだった。発達の遅い子で、学校をやめてもいい歳になるまでずっと九年生に留め置かれていた。彼はプリントを配り、窓を開ける係だった。わたしはなんでもほかの生徒と同じことをやらせた。彼は上機嫌に笑いながら、ちまちまと意味のない字のようなものを何ページでも書きつらね、わたしはそれにちゃんと点数をつけて返した。たまにBをつけて返すとそれはそれは喜んだものだが、その彼すらもう勉強しなくなってしまった。「なあ、そんなことして何になる《バラ・ケ・オンブレ》?」ティムは彼にそうささやいた。エミテリオはどうしていいかわからなくなって、ティムとわたしの顔を交互に見た。泣きだすこともあった。

わたしはクラスが壊れていくのをなすすべもなく見守った。もはやシスター・ルルデスでも手に負えないほどの混乱ぶりだった。以前ならシスターが入ってくればみんなしんとなったが、今では教室じゅうがざわめいていた——顔を手でごしごしこする音、消しゴムを机にこつこつ打ちつける音、教科書のページをめくる音。みんな何かを待っているのだ。そこにきまってティムの低い声がゆっくりと響く。「この部屋、寒いなあ。シスター、そう思いません?」「シスター、なんだか目が変なんです。こっちに来て、見てくれませんか?」毎朝毎日シスターが事務的にティムのシャツのボタンを留めるのを、わたしたちは身じろぎもせずに見守った。「あとはいいですね?」シスターはわたしにそう言うと、教室を出ていった。

ある月曜、顔を上げると、小さい子が教壇に近づいてきた。わたしはその子を見、それから笑顔のままティムを見た。

「こいつら毎回ちょっとずつ小さくなってくんだ……先生、気がついてた?」彼はわたしにだけ聞こえるように言った。彼がわたしに笑いかけた。わたしも彼に笑い返した。うれしさで気が遠くなりそうだった。と、とつぜん彼が鋭い音をたてて椅子を引き、教室の後ろに向かって歩きだした。途中、ドロレスの前で立ち止まった。醜くておどおどした、背の低い女の子だった。彼は両手をのばして彼女の胸を悠然ともんだ。ドロレスはうなり声をあげ、泣きながら教室を飛び出した。

「こっちにいらっしゃい！」わたしは彼に向かって叫んだ。彼の歯がひらめいた。

「力ずくで引っぱってこいよ」彼は言った。わたしは教壇にもたれかかった。目まいがした。

「出ていきなさい。帰って、二度とわたしのクラスに来ないで」

「はいよ」彼はにやにや笑った。そしてわたしの前を通ってドアのほうに向かった——チッチ、チッチと指を鳴らしながら。教室は水を打ったようだった。

ドロレスを探しに出ていこうとした瞬間、石が飛んできて窓を割り、ガラスの破片といっしょに教壇の上に落ちた。

「なにごとです！」シスター・ルルデスが戸口に立っていた。横をすり抜けていくことはできなかった。

「ティムを帰らせました」

シスター・ルルデスは蒼白で、ボンネットが小刻みにふるえていた。

「ローレンス先生。あの子に対処するのがあなたの仕事でしょう」

「すみません。でも無理です」

「この件について修道院長と話をします」とシスターは言った。「あすの朝、校長室にいらっしゃい。早く座って！」後ろの扉から入ってきたドロレスに向かって彼女はどなった。そうして去っていった。

「九十三ページを開いて」わたしは言った。「エディ、最初のパラグラフを読んで、英語に訳して」

次の朝、わたしは小学校の校舎に行かなかった。シスター・ルルデスは校長室の執務机に座って待っていた。ガラスのドアの向こうにはティムが壁にもたれかかり、ベルトに両手をひっかけて立っていた。

わたしは前の日にあったことを手短に話した。シスターはうつむいてそれを聞いていた。

「あなたはもう一度、彼からの尊敬を取り戻さなければなりませんよ」

「もう彼を教えるつもりはありません」とわたしは言った。シスターの正面に立ち、木の机の角をきつくつかんだ。

「ローレンス先生。彼には特別に目をかけてやる必要があると言われているの。〝学習意欲をかき立て、奨励するべし〟、と」

「中学校では無理です。彼は大人すぎるし、頭も良すぎます」

「がんばってこの困難を乗り越えるのです」

「シスター・ルルデス。もしティムをわたしのスペイン語のクラスにもどすとおっしゃるなら、わたし修道院長と保護観察官のところに行きます。そして何があったか全部話します。彼が来る前と、来てからのクラスの子たちの成績を見せます。ティムの書いたものも見せます。とても九年生のレベルじゃありません」

シスターは静かな声で突き放すように言った。「ローレンス先生。わたしたちはあの子に対して責任があるのですよ。仮釈放委員会は彼をわたしたちに託したの。彼をあなたのクラスにもどします」彼女はわたしのほうにぐっと身を乗り出した。顔が青ざめていた。「こういう問題をうまく収めるのがわたしたち教師の務めです。困難を乗り越えて教える、それが教師というものです」

「とてもできません」

「あなたは弱すぎる！」彼女はヒステリックに叫んだ。

「ええ、弱いです。彼の勝ちです。わたしやクラスに対する彼の態度、どうしても許すことができません。もしどうしてももどすとおっしゃるなら、辞めさせていただきます」

シスターは椅子の背にぐったりもたれかかった。そして疲れた声で言った。「せめてもう一度だけチャンスをあげてちょうだい。一週間でいい。そのあとはあなたの好きにしたらいいわ」

「わかりました」

彼女は立ちあがり、ドアを開けた。ティムは彼女の机の端に腰かけた。

「ティム」彼女が優しく言った。「わたしとローレンス先生と、それからクラスのみんなに、自分が悪いことをしたと認めますね？」彼は返事をしなかった。

「あなたをまた少年院にもどしたくないのよ」

「へえ、どうして？」

「あなたがとても聡明な子だからよ。わたしはね、あなたにこのサンマルコ校で何かを学んでほしいし、卒業してほしいと思っているの。高校に入って、そして……」

「よせよ、シスター」ティムがからかうように言った。「あんたはおれのシャツのボタンを留めたいだけだろ」

「だまんなさい！」わたしは彼の頬を打った。彼の浅黒い肌にわたしの手形が白くついた。彼は動かなかった。わたしは吐きそうだった。シスター・ルルデスは部屋を出ていった。ティムとわたしは向かい合って立ち、シスター・ルルデスが九年生にお祈りをはじめさせるのを無言で聞いた――「御身は女のうちにて祝せられ、御胎内の御子イエズスも祝せられたもう……」。

「なんでぶったんだよ」ティムが小声で言った。

わたしは言おうとした、「あなたが生意気で無礼だからよ」。けれどもわたしの答えを見越して、彼の顔にもう軽蔑の笑みが浮かぶのがわかった。

「あなたをぶったのは、頭にきたから。ドロレスのことも、石のことも。すごく傷ついたし、自分がみじめだった」

彼の黒い瞳が探るようにわたしの顔を見た。瞬間、ベールが消えていた。

「じゃ、これで対等だね、おれたち」と彼が言った。

「そうね」とわたしも言った。「教室にもどりましょ」

わたしはティムといっしょに廊下を歩いた。彼の歩くビートから距離をとりながら。

視点

もしもチェーホフの「ふさぎの虫」が一人称で書かれていたとしたら、どうだろう。老人が読者に向かって、ついさいきん息子が死んだと語りだす。読み手はとまどい、辟易《へきえき》し、退屈もするだろう。小説の中の辻馬車の乗客たちの反応がまさにそれだ。だがチェーホフの客観的な声がこの老人に尊厳を与える。読み手は作者の老人への同情を感じとって、息子の死に、そして馬に話しかける老人の姿に、深く心を動かされる。

たぶん、わたしたちはみんな心がとても弱いのだ。

もしもわたしがこれから始めようとしている女の話をこんなふうに書いたらどうだろう――〈わたしは五十を過ぎた独り身の女だ。医院で事務の仕事をしている。職場へはバスで通っている。毎週土曜日になると洗濯をし、ラッキーの店で買い物をし、『クロニクル』の日曜版を買って家に帰る〉。もうけっこう、と読者は言うだろう。

かわりにわたしはこんなふうに物語を始める――〈土曜日、コインランドリーと食料品店に寄ったあと、彼女はきまって『クロニクル』の日曜版を買う〉。これだと読み手はこの女・ヘンリエッタのくだくだしい日常の瑣末事の羅列に耳を傾ける気になる。三人称の語りのなせるわざだ。こう思うのだ——ふむ、この退屈な人物に何か語るに値するものがあると語り手が思っているのなら、きっとそうなんだろう。何が起こるか先を読んでみよう。

実際には大して何が起こるわけでもない。そもそも話はまだ書かれてもいない。わたしがやりたいのは、こと細かなディテールを使ってこの女をいかにも本当らしく作りあげ、読者が感情移入せずにいられなくなるように書くことだ。

たいていの作家は、小道具や舞台を自分の実人生から拾ってくる。たとえばわがヘンリエッタは毎晩のつましい食事をするのに、わざわざブルーのランチョンマットを敷き、イタリア製の重厚で美しいステンレスのカトラリーを使う。クーポン券でペーパータオルを買うような女には不釣り合いな、おかしなディテールだが、読者はそこに興味を引かれる。すくなくとも、わたしの目論見《もくろみ》では。

話の中でそれについて説明することはしないつもりだ。わたしも似たような美麗なカトラリーで食事をしている。去年、ニューヨーク近代美術館のクリスマスのカタログで六人ぶんのカトラリー・セットを注文した。百ドルと値は張ったが、その価値はあると思った。家には皿が六枚、椅子も六脚ある。ディナーパーティを開いてもいいかもしれない。ところがそれは六点で百ドルという意味だった。フォーク二本、ナイフ二本、スプーン二本。ちょうど一人ぶんのセットだ。返品するのもきまりが悪くて、来年また買い足せばいいさと自分に言い聞かせた。

ヘンリエッタは優雅なカトラリーで食事をし、脚つきのグラスでカリストガ・ワインを飲む。

木のボウルにサラダ、皿の上にはリーン・キュイジーヌ〔冷凍食品のブランド〕。食べながら、彼女は新聞の「ディス・ワールド」の欄を読む。どの記事も同じ人物が一人称で書いたみたいに見える。

ヘンリエッタは月曜日を心待ちにしている。腎臓専門医のドクターBに恋をしているのだ。ナースや事務員で〝自分の〟医者に恋をする人はめずらしくない。いわばデラ・ストリート〔ドラマ『ペリー・メイスン』で弁護士メイスンの秘書をつとめる女性〕症候群だ。

B先生は、わたしがむかし働いていた腎臓専門医がモデルだ。恋はぜんぜんしていなかった。たまに冗談めかして、わたしたち愛憎なかばする関係ですね、と言うことはあった。たぶんあんまり邪険にされるので、こじれた恋愛関係を連想したのではないかと思う。

だが前任者のシャーリーは彼に恋していた。彼女はドクターにあげた誕生日プレゼントを指折り数えあげた。小さな真鍮の自転車に入ったアイビーの鉢植え。霜降りのコアラの絵がついた鏡。ペンセット。どのプレゼントも先生は気に入ってくれたと彼女は言ったが、ふわふわした羊毛の自転車のサドルカバーだけはだめだった。だからサイクリング用の手袋と取り替えた。

小説の中で、B先生はヘンリエッタのサドルカバーをあざ笑い、さんざん馬鹿にする。こっちのほうが十分にありそうだ。そしてそこが話の山場でもある。自分がいかにドクターに軽んじられているか、この恋がいかにみじめかに彼女が気づくところが。

その医院で働きはじめた最初の日、わたしは紙の診察用ガウンを発注した。シャーリーのときは木綿のだった。「男の子はブルーのチェック、女の子はピンクのバラ」（そこの患者は歩行器を使っているような年寄りばかりだったが）。シャーリーは週末のたびに洗濯物の山をバスで家まで持ち帰り、洗うだけでなく、糊づけしてアイロンまでかけていた。ヘンリエッタにもこれをやらせるつもりだ――日曜日、アパートの掃除を済ませたあとにアイロンがけをする。

言うまでもなく、小説はヘンリエッタの日々の習慣で埋めつくされる。習慣。それじたいが特にどうこうというのでもない、ただ長いあいだにしみついた行動。何年も何年も、土曜日ごとに、判で押したように繰り返されてきた。

日曜日、ヘンリエッタは新聞の娯楽欄を読む。まずは星占い、きまって16ページめで、これは新聞の習慣だ。星たちはいつもヘンリエッタにきわどいことを言ってくる。〈もうすぐ満月です。セクシーなさそり座さんなら、どうするかおわかりね？　さあフェロモン全開でいきましょう！〉

日曜日、部屋の掃除とアイロンがけを済ませると、ヘンリエッタは夕食にごちそうを作る。コーニッシュ・ヘンのロースト。ストーブトップの詰め物にクランベリーソース。グリーンピースのクリーム煮。デザートはフォーエバーユアーズ〔コーニッシュ・ヘンは軍鶏のヒナ。ストーブトップはインスタントのロースト料理用の詰め物。フォーエバーユアーズはチョコレートバー〕。

皿を洗ったあとは『60ミニッツ』を観る。そんなに面白いとは思わないけれど、出演者がいい。ダイアン・ソイヤーは上品で美人だし、男性陣はみんな頼もしくて熱心だ。彼らが嘆かわしげに首を振ったり、ユーモラスな話題に笑って首を振ったりするのが彼女は好きだ。でもいちばん好きなのは、あの大きなストップウォッチだ。分針、それにチッチッチッチッと時を刻む音。

その後は『ジェシカおばさんの事件簿』を観る。つまらないけれど、ほかにいいのがないから仕方ない。

日曜日について書くのはむずかしい。長くて空疎な、あの日曜日の感じ。空っぽの郵便受け、遠くの芝刈機の音、よるべのない気分。

それに月曜の朝のヘンリエッタの心の浮き立ちをどう書くか。かたんかたん、彼の自転車のペダルが鳴り、かちゃり、ブルーの診察衣に着替えるために部屋の鍵をかける音がする。

「週末はいかがでした？」彼女は訊く。返事はない。おはようもさよならも、一度も言われたためしがない。

夜、自転車を押して出ていく彼のためにヘンリエッタはドアを押さえてあげる。

「お疲れさま！　いい夜を！」彼女は笑顔で言う。

「いい何だって？　もううんざりだ、やめてくれ」

だがどれほど辛く当たられようと、二人のあいだには絆があるとヘンリエッタは信じている。彼は内反足でひどく足をひきずっているし、彼女も脊椎《せきつい》湾曲症で背骨が曲がっている。彼女は気弱で引っこみ思案だが、彼があんなに攻撃的になる気持ちもよくわかる。あるとき彼はヘンリエッタにこう言った。きみは看護婦に必要な資質を二つとも備えているよ――「愚かさと奴隷根性だ」。

『ジェシカおばさんの事件簿』が終わるとヘンリエッタは風呂に入り、花の香りのバスビーズで自分を甘やかす。

上がると、ニュースを観ながら手と顔にローションをすりこむ。湯をわかし、お茶を淹《い》れる。

天気予報は好きだ。ネブラスカとノースダコタには小さなお日さま。フロリダとルイジアナには雨雲のマーク。

ベッドに入り、スリーピータイムのハーブティーを飲む。前に使っていた〈低〉〈中〉〈高〉のスイッチのついた電気毛布のほうがよかったと彼女は思う。新しいのは「賢い《インテリジェント》電気毛布」と宣伝しているやつで、いまは寒くないと毛布が自分で判断したので温かくならない。温かくなってくれたら気持ちがなぐさまるのに。賢さがあだになるとはこのことね！　彼女は声をたてて笑う。声は狭い部屋にぎょっとするほど大きく響く。

彼女はテレビを消してお茶を飲み、向かいのガソリンスタンドに入っては出ていく車の音に耳をすます。たまにキッと音をたてて電話ボックスの前に車が停まる。車のドアがばたんと鳴り、また走り去る。

電話ボックスに車が一台ゆっくり近づいてくる。中からジャズが大音量で聞こえてくる。ヘンリエッタは部屋の電気を消し、ベッド横のブラインドをほんの少し持ちあげる。窓ガラスは曇っている。カーラジオからはレスター・ヤングのサックスの音。車の主はあごで受話器をはさんで話している。ハンカチで額をぬぐう。わたしはひんやりした窓枠にもたれかかり、彼を見つめる。「ポルカ・ドットと月光」の甘いサックスの音色が聞こえる。曇ったガラスにわたしは文字を書く。何を？　わたしの名前？　男の名前？　ヘンリエッタ？　ラブ？　自分の書いたその文字を、わたしは誰かに見られる前に急いで消す。

緊急救命室ノート、一九七七年

緊急救命室の中ではサイレンは聞こえない。ウェブスター通りに入ったところでスイッチを切るからだ。バックで入ってくるエースやユナイテッドの救急車の赤いランプが視界の端に見える。たいていはメッド・ネットの無線で連絡が入っているから、こっちも準備して待っている。テレビと同じだ。「市立第一、こちらエース。コード2、四十二歳男性、頭部外傷、BP一九〇の一一〇。意識あり。到着予定時刻《ETA》三分後」。「こちら市立第一――７６５４２了解」

コード3、つまり生死にかかわる状態だと、医師とナースが建物の外に出て、立ち話しながら到着を待つ。中の外傷センター、通称ルーム6ではコード・ブルーのチームが待機している。心電図とレントゲンの技師、呼吸療法士、心臓看護師。だがコード・ブルーの場合、救急隊のドライバーも消防士もたいてい連絡している暇はない。ピードモント消防署はいつも飛びこみだが、あそこのケースがいちばん重篤だ。重度の心臓発作、フェノバルビタールで自殺を図った年配のご婦人、プールで溺れた子供。

霊柩車なみにごついケア・アンビュランス社のキャデラックが、ひっきりなしに救急の駐車場の左端にバックで入ってくる。車輪つきの担架が、ひっきりなしにわたしの窓のすぐ外を猛スピードで放射線室に運ばれていく。救急車は灰色、ドライバーの制服は灰色、ブランケットは灰色、患者も黄色がかった灰色で、頭や喉にドクターが油性マジックでつけたX印だけが目に痛いほど赤い。

いちど病棟のほうに移らないかと言われたことがある。冗談じゃない。ぐずぐず長引くお別れは好きじゃない。なぜわたしはいまだに人の死について罰当たりなジョークを言ってしまうんだろう。今のわたしは死をとても厳粛に受け止めているというのに。学習している。直接ではなく、耳学問ではあるけれど。わたしにとって、死は一個の人格だ。ときには何人もの死がわたしに向かって手を振る。目の見えないダイアン・アダリー。ミスター・ジョノッティ。マダムY。わたしの祖母。

マダムYほど美しい女性を、わたしはほかに知らない。彼女はすでに死人のようだ。青白く透きとおった肌、造りの繊細な、物静かで年齢不詳の東洋の顔だち。黒のスラックスにブーツをはいて、マンダリンカラーのジャケットは、あれはアジアの縫製、それともフランス？　もしかしたらヴァチカン製かもしれない、司教の法衣のように重厚だから——あるいはレントゲンのエプロンのように。手仕事のパイピング飾りは深いフューシャにマゼンタ、橙《だいだい》色。

朝の九時ぴったりに、彼女のベントレーはやって来る。運転手はチンピラふうのフィリピーノで、駐車場でシャーマンをひっきりなしに吸っている。背の高い、香港仕立てのスーツを着た二人の息子が、車から放射線治療の入口まで彼女をエスコートする。その先は長い廊下で、そこを付き添いなしで歩いていく患者は彼女だけだ。入口で彼女は息子たちを振り返り、にっこり笑ってお辞儀をする。二人もお辞儀を返し、母親が廊下の端に着くまで見送る。姿が見えなくなると、息子たちはコーヒーを飲んだり電話をかけたりするためにどこかに行く。

一時間半後、全員がふたたび勢ぞろいする。頰骨に藤色の丸い血色を二つつくった彼女、息子たち、ベントレーとフィリピーノ。そして彼らは音もなく去っていく。銀色の車、彼女の黒髪、絹のジャケット、すべてがつややかで滑らかだ。血のように静かに流れる一幕の儀式。

その彼女も死んでしまった。いつだったのかはわからない、わたしの非番の日だった。どのみち彼女はすでに死んでいるようだったけれど、まるでイラストか広告のようにきれいだった。

わたしは〈緊急〉の仕事を気に入っている。血も骨も腱も、わたしにとっては生の証だ。人間の体は本当にすごい、つくづくしぶとくできている。幸いだ、なにしろレントゲンや鎮痛剤までは何時間もかかる。こんなことを言ったら悪趣味だろうか。ビニール袋に入った二本の指や、ポン引きの痩せた背中から引き抜かれるぴかぴかの飛び出しナイフや、そういうものにわたしは惚れ惚れとする。ここでは何もかもが治せるか治せないかの二つに一つで、だからわたしは〈緊急〉を気に入っている。

コード・ブルー。そう、みんなコード・ブルーが大好きだ。コード・ブルーでは人が死ぬ――心臓が止まり、呼吸も止まる――だが〈緊急〉のチームには彼らを生き返らせる技があるし、じっさい往々にして生き返る。たとえ患者がくたびれた八十の老人でも、みんなほんの一瞬でも生き返らせようと、蘇生のドラマに躍起になる。多くの若く前途ある命がここで救われる。

十人、十五人の演じ手によるテンポと熱気は芝居の初日のそれに似ている。もし意識があるなら患者もそこにひと役買う。目の前のできごとをただ不思議そうに眺めているだけの役柄ではあるが、怖がる人は一人もいない。

付き添いの家族がいるときは、その人たちから情報を集め、いまどういう状況か情報を提供するのがわたしの仕事だ。あとはとにかく安心させること。

ほかのスタッフが考えるのはそれがいいコードか悪いコードか——全員がやるべき仕事をきちんとやっているかどうか、患者が生き返るかどうかだが、わたしが考えるのは、いい死にざまか悪い死にざまかだ。

悪い死にざまというのは、たとえば近親者として付き添ってくるのがホテルのマネージャーだったり、心臓発作を起こして二週間経ってから脱水症状で瀕死のところを掃除婦に発見されたり、そういうのだ。もっと悪いのは、わたしに呼ばれて遠路はるばる集まってきた子供たちや義理の親族が、互いに会ったこともなく、死にかけている親の顔も知らないようなのだ。話すことなど何もない。ただ、これからどう始末をつけるか、つけなければならないか、誰がそれをやるのか、そんなことを延々話し合っている。

ジプシーの死にざまはいい……というのはわたしの意見で、ナースはそうは思っていないし、警備員もそうは思っていない。きまって何十人と詰めかけては、ひとめ死に目に会わせろ、キスさせろハグさせろと騒ぎ、テレビやモニターや複雑な機器類のプラグを引っこ抜いてめちゃくちゃにする。ジプシーが何よりいいのは、けっして子供たちを静かにさせないことだ。大人たちが泣いたりわめいたり嗚咽したりしている横で、子供たちはそこらじゅう走りまわり、笑ったり遊んだりして、でももっと悲しめ、神妙にしろとは誰も言わない。

いい死にざまの人は、往々にしていいコードの人でもある。チームがあらんかぎりの蘇生術を試みると、患者は奇跡的に息を吹き返し、そして静かに逝《い》く。

ジョノッティさんのもいい死にざまだった。大ぜいの親族たちはスタッフの言いつけを守って病室の外で待っていたが、一人また一人と中に入っていき、ジョノッティさんに来ましたよと挨拶し、出てくるとほかの人たちに、大丈夫、手を尽くしてくれているよと請け合った。たくさんの人たちが座ったり、立ったり、抱きあったり、タバコを吸ったり、ときどきは笑ったりしていた。わたしは一族が集う祝祭に立ち会っているような思いがした。

死について、ひとつ確かなことがある。その人が〝良い〟人で、優しく親身で気のいい人であればあるほど、その人の死が残す傷も小さい。

ジョノッティさんが死んだとき——そう、彼も死んだ——奥さんは泣き、みんなも泣き、けれどそうしてみんなで涙で悲しみを洗い流し、ジョノッティさんの死も洗い流していた。

このあいだの夜、目の見えないアダリーさんと51番のバスで乗り合わせた。奥さんのダイアン・アダリーは、何か月か前にDOA〔病院到着時にすでに死亡していること〕で病院に運ばれてきた。階段の下で倒れている彼女を、夫が杖の先で発見した。くそったれナースのマッコイは、彼に向かって泣くのをやめろと何度も言った。

「アダリーさんねえ、泣いたって何の助けにもなりませんよ」

「助けなんてこの世にあるもんか。わしには泣くことぐらいしかできないんだ。放っといてくれ」

アダリーさんはマッコイが手続きをしに出ていったのを耳で知ると、泣くなんて生まれてはじめてだ、とわたしに言った。見えないからひどく恐ろしい、そうも言った。

わたしは奥さんの結婚指輪を彼の小指にはめてあげた。ブラの中に垢じみた千ドルあまりの現金があったので、それも彼の財布にしまってあげた。五十ドル札と二十ドル札と百ドル札が混ざってるから、だれかに頼んで分けてもらうのよ、そう念を押して。

このあいだバスで出会ったとき、たぶん向こうは歩き方か匂いでわたしだとわかったのだろう。わたしのほうは彼に気づきもしなかった。ただ乗りこんで、手近な席にどたりと腰をおろしただけだった。彼は運転席のすぐ後ろの席からわざわざ立って、わたしの横に来て座った。

「こんばんは、ルシアさん」そう言った。

彼は視覚障害者のための「ヒルトップ寮」で新しく同室になったルームメイトがいかに散らかし屋かを面白おかしく語って聞かせ、わたしは声をたてて笑った。どうやってルームメイトの散らかしぶりがわかるのかがわからなかったけれど、そのうちに目に浮かんできて、目の見えないルームメイト二人でマルクス兄弟ふうのコントができるわねと言った――スパゲッティにシェービングクリームをかける、床に落ちたマカロニ料理で滑って転ぶ、等々。わたしたちは声をあげて笑い、それから無言になって、手を取り合ったままプレザント・ヴァレーからアルカトラズ通りまで運ばれた。彼は声をたてずに泣いていた。わたしも泣いた、自分の孤独と見えなさのために。

〈緊急〉で働きはじめた初日の夜、エースの救急車がジェーン・ドウ〔身元不明の女性〕を搬送してきた。その夜は人手が足りなかったので、ドライバーたちとわたしとで服を脱がせた。伝線だらけのストッキングを脱がせると、静脈瘤で脚はぼこぼこ、足の爪は伸びすぎてオウムみたいに内向きに巻いていた。胸元に隠してあった紙束は薄汚れた肌色のブラのほうではなく、じっとり湿った肌にくっついていた。海兵隊の制服を着た若い男の写真、〈ジョージ　１９４４〉とある。ピュリナのキャットフードのふやけた割引券が三枚に、赤白青の印刷がにじんだメディケア〔高齢者や身体障害者が対象の政府の医療保険〕のカード。名前は本当にジェーン・ドハティ。わたしたちは電話帳をめくった。ジェーンなし、ジョージもなし。

盗まれずに残っていたとしても、年寄り女のハンドバッグの中にあるのは、せいぜい下の入れ歯や51番のバスの時刻表や、名字のないアドレス帳だ。

わたしたちはなけなしの手がかりを頼りに、カリフォルニア・ホテルに電話をかけて下線つきの〝アニー〟を探し、ファイブスポット・クリーニング店に問い合わせをした。ときには親族が当人を探して電話をかけてくるのを待つしかないこともある。〈緊急〉の電話は一日じゅう鳴りっぱなしだ。「そっちに……が来てませんか？」どれも年寄りだ。年寄りについてのわたしの気持ちは複雑だ。「頼むからもう死なせてくれ」とかすれ声で言う九十五歳に、人工股関節の全置換や心臓のバイパス手術をするのは胸が痛む。

年寄りたちは、どうしてこうもしょっちゅう転んだり風呂に入ったりするのだろう。けれど、きっと本人たちにとっては自分の二本足で立ち、自分ひとりで歩くことが大事なのだろう。なかにはわざと転んでいるんじゃないかと思うようなのもある。老人ホームから逃げ出すためにエックス・ラックス〔チョコレート味の下剤〕をありったけ食べた、あのお婆さんみたいに。

ナースと救急車のクルーたちは、しょっちゅう不謹慎な軽口を叩きあう。「ほい、卒中《ソッチュー》ベリーマッチ！」。気管を切開したりモニター装着のために剃毛したりしながらぽんぽん飛び交うジョークに、最初はわたしも面食らった。腰骨を骨折した八十歳のお婆さんが「だれか手を握って！お願い、だれか手を！」と泣き叫んでいる横で、救急車のドライバーたちはオークランド・ストンパーズの話で盛り上がっている。

「ちょっと、手、握ってあげなさいよ！」ドライバーがアホか、という目でわたしを見た。今ではわたしも手はめったに握らないし、ジョークもばんばん言う、なんなら患者がいる前でも言う。現場の緊張とプレッシャーはすさまじい。生きるの死ぬのに一日じゅう付き合っていると、身も心もすり減ってしまう。

それに輪をかけるのが――そしてわたしたちをやさぐれさせ、殺気立たせる真の原因はむしろこっちなのだが――〈緊急〉に来る患者の多くはすこしも緊急でないばかりか、どこも悪いところなんかないことだ。あんまりそういうのが多いので、絵に描いたような刺し傷や銃創が恋しくなるほどだ。朝から晩まで、やれ食欲がない、やれ排便が不順だ、肩が凝った、赤や緑の尿が出た（十中八九、昼にビーツかほうれん草を食べている）と言っては人が来る。

夜中にこれを読んでいるあなた、遠くにサイレンの音がいくつも聞こえるでしょう？　そのうちの一つか二つは、安ポートワインを切らしたどこかの老人に呼ばれていく救急車だ。

　カルテ、カルテ、またカルテ。不安反応。緊張性頭痛。過呼吸。酩酊。抑鬱。（これが実際につく病名だ——対する患者の訴えはガン、心臓発作、血栓、窒息などなど。）その一人ひとりに救急車やレントゲンや検査や心電図で何百ドルというお金が費やされる。救急車にメディ・カル〔カリフォルニア州の低所得者向け健康保険制度〕のステッカーを見せ、わたしたちにメディ・カルのステッカーを見せ、ドクターにメディ・カルのステッカーを見せ、そうして患者はしばらくうとうとしたあとタクシーでご帰館あそばし、その支払いもクーポンだ。いけない、わたしまでナースのマッコイみたいな人でなしになってしまったんだろうか。不安、貧しさ、アルコール、孤独、それらはみんな死に至る病だ。緊急事態だ、それこそまさに。

　もちろん大怪我や心臓病の患者もたくさん来る、そういう人たちは手並みもあざやかにものの数分で処置され、安定がはかられ、すぐさま手術室やＩＣＵやＣＣＵに送りこまれる。

　アルコールと自殺は場所とナースを何時間にもわたって拘束する。わたしのデスクの前に受け付けを待つ人が四人、五人と列になる。足首骨折、連鎖球菌、ムチ打ち、等々。ビールで酩酊したモード。車輪つき担架に長々と伸びて、神経症の猫みたいにわたしの手を揉みさする。

「あんたいい人だね……とっても美人さん……目まいがどうにもひどくってさ」

「名字と住所は？　メディ・カルのカードはどこにやったの？」

「なくしちゃった、みいんななくしちゃった……。あたし、とっても不幸でさびしいんだよう。ねえ、入院、いいでしょう？　内耳がちょっとおかしいの。息子のウィリーは電話ひとつよこさないし。そりゃま、デーリーシティだから料金かかるけど。あんた、子供はいる？」

「ここにサインして」

彼女の乱雑なハンドバッグの中を探って得た雀の涙ほどの情報。彼女はタバコを巻く紙を口紅おさえに使っている。にじんだ派手なキスマークがバッグの中でポップコーンよろしく渦巻いている。

「ウィリーの名字と電話番号は？」

モードはさめざめ泣きだし、両腕を伸ばしてわたしの首にしがみつこうとする。

「あの子には電話しないで。あたしのこと最低な母親だって言うんだ。あんたもあたしのこと最低って思うのね。抱いて！」

「はいはい、またあとでね。その手を放して、ここにサインして。放してってば」

アル中は例外なく単独で来る。自殺はすくなくとも一人、たいていはもっとたくさんに付き添われて来る。たぶんこれはどこでもそうなのだろう。すくなくともオークランド署の警官が二人はついて来るから。自殺が犯罪だと言われる理由を、わたしはやっと理解した。

いちばん厄介なのはオーバードースだ。これがもうしょっちゅうある。ナースたちはたいていい忙しすぎる。薬を投与して、でもそのあと患者は水をコップに十杯飲まないといけない（ただしこれは胃洗浄が必要なほど深刻でないオーバードースの場合）。わたしはいっそ口に指を突っこんであげたくなる。しゃっくり、涙目。「はい、もう一杯」

〝いい〟自殺、というのもある。不治の病とか、苦痛とか、〝いい理由〟はいくらでもある。でもわたしが感服するのは技術の確かさだ。脳を貫通する銃弾、正確に切られた手首、ぴったり適量のバルビタール。たとえ不成功に終わっても、そういう人たちはどことなく静かな強さのようなものを漂わせている。正しい判断をしたという自信がそうさせているのかもしれない。

頭にくるのは常習犯だ。ペニシリン四十カプセル、バリウム二十錠にドリスタンをひと瓶。そう、わたしは気づいている。統計的に見れば、自殺すると言ったり自殺を試みる人たちは、いずれ本当に死ぬ。それも十中八九、本人には想定外の形で。いつもは五時に帰宅するジョンが、その日にかぎってタイヤがパンクして妻を見つけるのが遅れた。ときには一種の故殺ではないかと勘繰りたくなることもある。夫なり、ほかのだれかなりが、毎度毎度ぎりぎりのタイミングで相手を発見して自殺未遂の片棒をかつがされることに、いいかげん嫌気がさしたんじゃあるまいか、と。

「マーヴィンはどこ？　きっと死ぬほど心配しているわ」

「いま電話をかけに行ってますよ」

そのマーヴィンがいま食堂にいて、そこのルーベン・サンドイッチがすっかりお気に入りになったとは言いだしにくい。

カリフォルニア大学の試験の週。山ほどの自殺、何人かは成功する、たいていは東洋人だ。今週いちばん馬鹿馬鹿しかった自殺未遂はオーティスだ。

オーティスの妻のルー・バーサがほかの男のもとに走った。オーティスはソミネックスをふた瓶あおったが、すこしも眠くならない。どころかばっちり目が冴えている。

「早くルー・バーサを呼んでくれ、手おくれになる前に！」

彼は外傷センターからわたしにつぎつぎ指令をがなった。「おふくろん家《ち》に電話を……メアリ・ブロチャード、849―0917……アダム・アンド・イヴのバーにかけてルー・バーサを呼んでくれ」

ルー・バーサはひと足ちがいでアダム・アンド・イヴを出てシャリマールに行っていた。シャリマールはずっと話し中、やっとつながったと思ったらスティーヴィー・ワンダーの「くよくよするなよ！」をまるまる一曲聴かされた。

「ちょい待ち、もういっぺん言ってよ……あいつが何をODしたって？」

わたしは薬の名前を言った。

「はッ。あの歯なしの、ろくでなしのニガに言ってやって。あたしをここから連れ出したきゃ、もっとうんと強いのをたくさん飲みなってさ！」

わたしは戻って彼に……さて何と言おう。ご無事で奥さん安心してましたよ、だろうか。ところがルーム6で、彼は誰かに電話の最中だ。ズボンをはいて、上はまだ水玉の病院着だった。自分の上着のポケットにウオツカの半パイント瓶があったのを見つけ出して、どこかのお偉方みたいにすっかりくつろいでいる。

「ジョニーか？　おう、おれだ、オーティス。いま市立のERにいんのよ。ほれ、ブロードウェイの。どうしたかって？　いや何ともねえさ。あのビッチのルー・バーサのやつがダリルとできちまいやがってよ……（沈黙）。冗談じゃねえぜ」

主任看護師がやって来た。「あの人、まだいるの？　すぐ追い出して！　コードが四人も来んのよ。自動車事故、全員コード３。ＥＴＡ十分後」

救急車が到着する前に、わたしはなるべくたくさんの受け付けを済まそうとする。どうせみんな待たされることになるし、半分はそのまま帰宅になるが、受け付けをするまではみんな怒って落ち着かない。

ああ、やれやれ……前に三人いるけど、彼女を先に済ませたほうがよさそうだ。〝偏頭痛のマーリーン〟、〈緊急〉の常連さんだ。とてもきれいで、若い。マーリーンはラニー大学のバスケの選手二人（うち一人は右膝の怪我）とおしゃべりしていたのをやめ、よろよろとわたしのデスクまで来ると、いつもの小芝居をやりはじめる。

彼女の咆哮は、さながら「ロンリー・ウーマン」時代のオーネット・コールマンだ。まずはわたしのデスクのすぐ横の壁に頭を打ちつけ、それからデスクの上のものをぜんぶ手でなぎ払う。

それからいつもの〝泣き〟が始まる。悲鳴のような、ふりしぼるような嗚咽は、メキシコの闘牛、はたまたテキサスの恋唄のよう。「アイ、アイ、アイ、アーイ！」

「〝アー、サン・アントン〟！」わたしが合いの手を入れる。

彼女は床にくずれ落ち、きれいにマニキュアを塗った手を残して見えなくなり、その手がメディ・カルのカードをデスクの上に差し伸べる。

「あたし死にかけてんのよ、わからない？　ああ早く、失明しちゃう！」

「もうマーリーンったら——じゃあその付け睫毛はどうやって付けたのかしら」

「くそったれビッチ！」

「ほらいいから起きて、ここにサインして。救急車が来るから待ってもらうことになるけど。さ、起きる！」

彼女は起きあがり、クールに火をつけかける。「はいタバコ吸わない。ここにサイン」わたしは言う。サインが済むと、看護師のゼフが彼女を連れにやって来る。

「おやおや、誰かと思えば、我らがいとしのおこりんぼ姫じゃないか」

「ふん、猫なで声はけっこうよ、くそったれ」

救急車が到着し、これは正真正銘の緊急だ。二人が死ぬ。それからの一時間、ぜんぶのナース、ドクター、当直医、外科医がルーム6に集結し、残る二人の若い患者を総力戦で救いにかかる。

マーリーンが片手をベルベットのコートの袖にもそもそ通し、もう片方の手でマゼンタ色の口紅を塗りなおす。

「ふん。こんなところにひと晩じゅう付き合ってらんないわよ。また来るわ！」

「はいまたね、マーリーン」

失わ・れた時<ruby>タ<rt></rt></ruby><ruby>ン<rt></rt></ruby><ruby>ペ<rt></rt></ruby><ruby>ル<rt></rt></ruby><ruby>デ<rt></rt></ruby><ruby>ュ<rt></rt></ruby>

何年も病院で働いてきて一つわかったことがあるとすれば、それは容態の悪い患者ほど音をたてない、ということだ。だからわたしは患者のインターカムには応えない。わたしの仕事は病棟の事務だから、薬や点滴を手配したり、手術やレントゲンの予約を入れたりするほうが優先だ。もちろん最後には返事をするけれど、言うのは決まって「すぐ担当のナースが行きますからね！」だ。どっちみち、いつかはナースが行く。ナースたちに対するわたしの考え方は何度も変わった。融通のきかない冷淡な人たちだと思っていた時期もあった。でも悪いのは病気なのだ。今ではわかる、ナースたちの無感動は病気にあらがうための武器なのだ。戦い、蹴散らすための。願わくば無視するための。患者の気まぐれをいちいち聞いてあげていたら、患者はますます病気でいることに安住する。これは真理だ。

最初のうちは、インターカムから「ナース！　すぐ来て！」と声がすれば、わたしも「どうしました？」と応じていた。だがきりがなかった。それに十中八九、カラーテレビが白黒になってしまったとか、そんなことだ。

ただし、しゃべれない患者にだけは気をつける。ランプがともり、こっちがボタンを押す。何も聞こえない。きっと何か言おうとしているのだ。そしてたいてい何か問題が起きている、たとえば人工肛門の袋がいっぱいになっているとか。そう、もう一つわたしにわかったことがあった。人はみんな人工肛門袋のとりこになる。重い認知症の患者は袋を弄《もてあそ》んだりするけれど、それだけでなく、つけた人はみんな体の働きが目で見えることに夢中になるのだ。もしもわたしたちの体が洗濯機の丸窓みたいに透明だったらどうなるだろう。きっと見ていて面白くて仕方がないだろう。ジョギングする人たちはますます激しく走って血をめぐらせる。恋人たちはますます熱心に愛し合う。ああ見て、精液があんなに早く！　ダイエットもはかどるだろう——キウイとストロベリーとか、ボルシチにサワークリームとか。

それはさておき。四四二〇号室の二番ベッドのランプがついて、わたしは病室に向かった。ミスター・ブラガー、重い心臓発作を起こした年寄りの糖尿病患者だ。案の定、袋がいっぱいになっているのにまず目がいった。「いまナースに言いますね」そう言って彼の目を見てにっこりした。そのときわたしの体を貫いた衝撃といったら——転んで自転車のバーでしたたか打ったような、ヴァントゥイユのソナタがここ東病棟四階でふいに鳴り響いたような〔『失われた時を求めて』のモチーフとなる架空の楽曲〕。きらきら輝くつぶらな黒い瞳が、灰白色の蒙古襞のまぶたの奥からこちらに笑いかけていた。仏陀のような目。スローベリーの目、スローな目。ほとんど東洋人めいた目。ケンチュリーヴの目だ、それがわたしに向かって笑いかけていた。わたしはたちまち愛の記憶に、いいえ愛そのものに飲みこまれた。ブラガーさんも同じものを感じたのだろう、いらい彼のラブコールは一晩じゅう鳴りっぱなしだ。

　彼は袋のことだと思ったわたしをからかうように首を振った。わたしはあたりを見まわした。『おかしな二人』がテレビの画面をゆっくり上向きに流れていた。わたしはテレビを調節しなおすと、急いで病室を出て自分のデスクにもどり、追憶の柔らかなうねりに身をゆだねた。

　一九四〇年、アイダホ州モーランのモーニング・グローリー鉱山。わたしは五歳で、早春の光に足の親指をかざして壁に影絵を作っていた。彼を知ったのは、姿より先に音だった。リンゴの音だろうか。それともセロリ？　ちがった、ケンチュリーヴがわたしの窓の下でヒヤシンスの球根をかじっていたのだ。口の端を泥まみれにして、レバーみたいに赤黒い唇が濡れていた、ちょうど今のブラガーさんみたいに。

　わたしは一目散に彼の（つまりケンチュリーヴの）もとに飛んでいった。迷いも、ためらいもなかった。気づくともう自分もコリコリはじける冷たい球根にかぶりついていた。すくなくとも記憶の中ではそうだった。彼ははればったいまぶたの奥でレーズンの目を輝かせ、じっくり堪能しなよ、というようにニッと笑った。もちろん彼は〝堪能〟なんて言葉は使わなかった――これはわたしの最初の夫がリーキやエシャロットの複雑な味わいについて講釈するときに使った言葉だ（サンタフェの日干しレンガ張りのキッチン、スペイン風の太い梁、メキシコのタイル）。わたしたちは（つまりケンチュリーヴとわたしは）、そのあと吐いた。

　わたしはデスクに向かい、上の空で電話に出たり、酸素や検査技師の手配をしたりしながら、ネコヤナギと、スイートピーと、鱒のプールのあたたかな波に分け入っていった。夜の鉱山の、初雪をかぶった滑車やロープ。アン女王のレース《ノラニンジン》と、その向こうの星空。〈彼はわたしの体をすみずみまで知り尽くしていた〉。これは本で読んだセリフだろうか。こんなことを口に出して言う人はまずいないだろう。その同じ春、わたしたちは森の中で裸になって、互いの体のホクロを残らず数えっこした。一日の終わりには、数えたところまで液墨で印をつけた。液墨の穂先は猫のおちんちんにそっくりだとケンチュリーヴは言った。

ケンチュリーヴはもう字が読めた。ケント・シュリーヴというのが本当の名前だったけれど、はじめて彼から聞いたとき、わたしはそれをファーストネームだと思いこんで、出会った最初の夜に何度も何度もその名前を声に出して言ってみた。ケンチュリーヴ、ケンチュリーヴ——大人になってからジェレミーたちやクリストファーたちにそうしたように。彼は郵便局に貼ってある指名手配のポスターも読めた。彼は言った、大人になったらおれ、お前のこともポスターで見るかもな。もちろんお前は偽名を使ってるだろうけど、おれにはすぐわかるよ、だって左の足の裏に大きなホクロ、右の膝に赤いアザ、お尻の割れ目にもホクロがあるって書いてあるだろうから。いま書いているこれを、わたしのかつての恋人たちも読むだろうか。でも誓ってあなたたちはそんなことまで覚えていないだろう。ケンチュリーヴはちがう。わたしの三番めの息子もちょうど同じ場所、お尻の割れ目のところにホクロがある。かれが生まれた日、わたしはそこにキスをした。いつかほかの女の人がそこにキスして、ホクロを数えるかもしれないと思うとうれしかった。ケンチュリーヴのホクロはわたしのより数えるのに時間がかかった。彼はそばかすもいっぱいあって、どちらか見きわめるのが難しかったから。わたしが背中のホクロを数えると、彼はぜったい多く言ってるだろ、と言って信じようとしなかった。

術後の患者が二人も入ってきて、わたしは舌打ちした——せっかく思い出に浸っていたのに、指示書が山ほどある。四四二〇号室二番ベッドから鳴り響く愛のラッパが、ほかのコールにまぎれてしまう。ケンチュリーヴ、わがパリンプセスト。ひねたウィットに富む年上の知識人、食と性へのあくなき探究者。大人になったわたしが、南はメキシコのシワタネホから北はニューヨーク州の山奥まで、どこででも野外料理を愛好するようになったのも、元はといえば彼の影響だ。ズニ族のお墓の上でハリソン（あのペテン師）とハンバーガーを食べたこともあったっけ。

あれほど美味しくてスリリングなものはなかった。ケンチュリーヴは立て看板の字が読めたので、こんなところで焚き火をすれば千ドルの罰金か牢屋に入れられると承知の上だった。大丈夫、入るのはおれたちじゃなくて親だからさ、彼は笑いながらそう言って、火の中にさらに松ぼっくりを放りこんだ。マッセの乳頭保護クリーム、会陰用の赤外線灯、アメリケーンの痔のスプレー、腰湯を日に三回。わたしは指示書を超特急で片づけて、また松の香りと彼が白パンの上にのせてくれたチップトビーフの味に舞い戻った。ソースはジャーゲンのハンドローション——ハニー&アーモンド——あれより美味しい甘酸っぱいソースには、いまだにお目にかかったことがない。彼はパンケーキをテキサスやアイダホやカリフォルニアの形に焼いてみせた。土曜日に食べるリコリスのせいで水曜日までは歯が真っ黒で、夏のあいだはずっとブルーベリーの青だった。

　二人で性愛の行為を真似てみようとしたけれど、すぐにそれはあきらめて、おしっこで的《まと》をねらう遊びに専念した。もちろん彼のほうが上手かったけれど、女の子だってやってできないことはなかった。彼は敵ながらあっぱれ、とばかりにうなずいて、細い目をきらりと光らせた。

　鱒のプールに初めて連れていってくれたのも彼だった。プールといえば鱒だった。孵化場のプール、それも空っぽの。その浅いプールの水が抜かれるのは年にほんの数回だったが、ケンチュリーヴはタイミングを熟知していた。ほとんど閉じているような目、エスキモーのあの木のサングラスみたいな目で、何もかもお見通しだった。コツは空になったプールが掃除される前のあたたかな日を狙って行くことだった。プールの底にはぷるぷるした、ゼラチン状の鱒の精子が七、八センチの厚さに積もっていた。まずわたしが最初に彼をひと押しする、すると彼はすごい勢いで向こうの壁まで滑っていき、突き当たった反動で、ジェット噴射のヒキガエルみたいにわたしめがけて突進し、そうしてわたしたちは油を塗ったエアシューターの中を疾走するカプセルさながら壁から壁へあぶなっかしく飛び交い、鱒のウロコにきらきらまみれた。

　わたしたちは生臭さを消すために髪をトマトジュースで洗ったけれど、匂いは消えなかった。何日も経って、彼が学校に行っているあいだ、家で寝そべって壁に足で影絵を作っていたら、死んだ魚の匂いがふっと鼻先をかすめて、するともう早く彼に会いたくなって、彼が弁当箱を脚にからんからんぶつけながら丘を登ってくる、あの音が聞こえてくるのを待ちこがれた。

わたしたちはJ・Rの台所の裏の物置にひそんで、彼とやせっぽちの奥さんがあれをするところを覗き見した。その行為がとてつもなく滑稽でおかしかったものだから、以後の人生でわたしは、せっかくの幸せの絶頂の場面を何度も笑いの発作で台無しにした。夫婦はオイルクロスをかけた食卓に差し向かいでむっつり座り、物も言わずにただひたすら吸っては飲み、吸っては飲みする。と、とつぜんJ・Rがライトのついた坑夫ヘルメットをかなぐり捨て、「わんわんスタイル！」と叫んで妻を台所のスツールの上にうつぶせに転がす。

坑夫たちの大半はフィンランド人で、仕事が終わるとシャワーを浴びサウナに入った。サウナ小屋の外は木の柵で囲ってあり、冬にはみんな小屋から走り出て雪にダイブした。大きい人、小さい人、太った人、やせた人、みんなピンク色して雪の上を何度も転げまわった。柵の穴から覗いていたわたしたちは、最初こそ青白いおちんちんや玉を見て声を殺して笑っていたけれど、そのうちに雪と青い青い空をただ喜ぶ彼らの気持ちが伝染して、いっしょになってけらけら笑った。

その夜の病棟は静かだった。主任看護師のウェンディと仲良しのサンディが、すぐ横のデスクで暇つぶし《ドゥードル》をしていた。文字通りのいたずら書き《ドゥードル》で、１９８２と書いてみたり、自分たちが今付き合っている相手ともし結婚したらなるであろう姓名を書く練習をしたりしていた。いい大人の女がいまの時代にやることじゃない。この若くてかわいい、本物のロマンスを知らないナースたちを、わたしは哀れに思った。

「そっちこそ何をぼんやり考え事してるの？」ウェンディが言った。

「昔の恋のことをね」わたしはため息まじりに言った。

「すてき。その歳になってもまだ恋のことを考えられるなんて」

わたしは怒りもしなかった。ついさっきわたしと四四二〇号室二番ベッドとのあいだに生まれた情熱を、あわれな馬鹿どもにわかられてたまるか。

じっさい彼のベルがまたしきりに鳴っていた。わたしが出た。「担当ナースがすぐ行きますからね」。それからサンディに、彼がベッドにもどりたがっていると伝えた。ケンチュリーヴの目を受け入れたわたしには、彼のことがもうなんでもわかった。サンディはだれか男のスタッフを呼んできてと言った。おそろしく重たいのだ。

わたしは昔から聞き上手だった。そう、それがわたしの一番の取り柄だ。いろんなアイデアを思いついたのはケンチュリーヴかもしれないが、それをぜんぶ聞いてあげたのはわたしだ。わたしたちは似合いのカップルだった、ゼルダとスコットのように、ポールとヴィルジニーのように。わたしたちはアイダホ州ウォレスの地元紙に三度載った。一度めは迷子になったとき。じつは迷子でも何でもなくて、夜、門限を過ぎてから森に行っていただけなのだが、水路の水を抜く捜索騒ぎになった。二度めは浮浪者の死体を発見したとき。わたしたちは音でそれに気づいた、森の空き地のほうでハエがわんわん唸《うな》っていたから。最後はセクスタスの上に梯子《はしご》が落ちたとき。新聞はそれをいいことのように書き立てたが、お互いの親たちはそうは思ってくれなかった。ケンチュリーヴは弟のセクスタスの子守を言いつけられていた（六番めの末っ子で、まだ生後一か月だった）。布にくるまれた湿った小さなかたまりで、ずっと眠りどおしだったから、わたしたちは大丈夫だろうと納屋にいっしょに連れていった。二人で垂木にぶら下がろうということになり、布のかたまりを床に寝かせて梯子をのぼりはじめた。梯子を蹴倒してしまったわたしをケンチュリーヴは一度も責めなかった。彼はなんでもあるがままに受け入れた。どうなったかというと、梯子はセクスタスの真上に落ち、赤ん坊はちょうど踏み段の四角の枠にすっぽり納まって、目も覚まさなかった。まさに奇跡だ、当時のわたしたちはたぶんその言葉を知らなかっただろうけれど。わたしたちはそれから何時間も、床からはるか上空の幅のせまい木材の上で過ごした。上に座るのは怖かったので、膝をひっかけてさかさまにぶら下がった。顔は真っ赤に鬱血し、しゃべると声が変だった。叫んでも誰にも聞こえなかった。両方の家族はその日スポケーンに出かけていたし、近くにほかの家はなかった。だんだん日が暮れてきた。わたしたちは垂木の上に座れるようになり、端のほうににじっていって、かわりばんこに壁にもたれかかった。フクロウごっこをやり、いろんなものめがけて唾を飛ばした。わたしはおしっこをもらした。セクスタスが目を覚まし、ぎゃんぎゃん泣きはじめた。それに負けないように声を張りあげて、二人で食べたいものの名前を言いあった。パンにバターを塗って砂糖をかけたやつ。ケンチュリーヴは一日じゅうそれを食べていた。きっと今ごろは糖尿病になって、ジャーゲンのハンドローションをこっそり舐めてショック状態になっているかもしれない。彼はしょっちゅう満足のため息をもらし、格子柄のシャツについた砂糖の粒が日の光にきらきらしていた。

ケンチュリーヴもおしっこがしたくなって、それでいいことを思いついた。セクスタスのすぐ脇を狙えば、赤ん坊が面白がって泣き止むかもしれない。ちょうどそれをやっているところにわたしの父が入ってきて、大声で叫んだ。わたしはすくみ上がって垂木から落ちた。それが人生最初の腕の骨折だった。それからケンチュリーヴのお父さんのレッドが入ってきて、赤ん坊をひったくるように抱えあげた。だれもケンチュリーヴを下ろそうとしなかったし、赤ん坊が梯子の枠にすっぽりおさまった奇跡にも気づかなかった。車の中で痛さにふるえていると、レッドおじさんがケンチュリーヴをさんざんに殴りつけるのが見えた。彼は泣かなかった。庭ごしにわたしに向かってうなずいて、でも面白かったよな、と目だけで言った。

いちどケンチュリーヴの家にお泊まりしたことがあった。わたしのベビーシッターが扁桃腺の手術をした日だった。わたし用の毛布を抱えたレッドおじさんに連れられて梯子段をのぼり、上の子たち五人が藁ぶとんに寝ている屋根裏に通された。屋根裏には窓がなく、庇《ひさし》の下の壁がない部分に黒いオイルクロスが張ってあるだけだった。ケンチュリーヴがそれにアイスピックで穴を開け、すると飛行機の空調をうんと冷たくしたような細い風が勢いよく吹きこんだ。耳をつけると、松林の氷柱《つらら》のシャンデリアや、立坑の軋《きし》みや、鉱石車の音が聞こえた。冷気と焚き火のにおいがした。小さな穴に片方の目を当てると、生まれてはじめて見るみたいに星が大きく見えて、空はまばゆくどこまでも広かった。まばたき一つで、それがぜんぶ消え失せた。

わたしたちはケンチュリーヴの両親があれを始めるまでがんばって起きていようとしたが、とうとうしなかった。あれってどういうものだと思う、とわたしは彼に訊いた。彼は手を出して、指と指をぴったり合わせてわたしの手と重ね、わたしに親指と人さし指でなでてみろと言った。どっちがどっちの手かわからなかった。きっとそんな感じじゃないかと思うんだ、と彼は言った。

休憩時間、わたしは食堂に行かず、四階のテラスに出た。一月の寒い夜だったが、街灯の光の下で、もうスモモの花が咲いていた。カリフォルニアの人間はここの季節は穏やかだと肩をもつけれど、穏やかな春なんてつまらない。アイダホのあの雪解けが、ケンチュリーヴと二人でつぶした段ボールに乗って泥んこの丘を滑り降りたあの日々が恋しい。炸裂するように咲くライラックや冬越しのヒヤシンスが恋しい。テラスでタバコを吸うと、椅子の金属が太腿の裏に縞もように冷たかった。わたしは愛がほしかった、澄みきった冬の夜のささやきがほしかった。

土曜日には二人でウォレスの町で映画を観て、そのときだけは喧嘩をした。ケンチュリーヴはクレジットが読めたけれど、何と書いてあるかわたしには教えてくれなかった。わたしは嫉妬した、のちに一人の夫の音楽に、べつの夫のドラッグに嫉妬したように。湖中の女。最初のタイトルがあらわれると、彼は声をひそめて言った、「ここだ！　ちょっと静かに！」そうしてスクリーンを上がっていく字を目をこらしてうなずきながら見る。ときには首を振ったり、笑ったり、「うーん」と言ったりする。今にして思えば、タイトルでいちばん難しい言葉は

〝cinematographic（映画）〟だと思うが、きっとほかにもわたしの知らない何かあったのだろう。わたしはじれったく身をよじり、彼の腕をゆすって言う、ねえ、なんて書いてあるの？　しいいっ。彼はわたしの手を振りほどいて身を乗り出し、耳をふさぎ、唇を動かしながら字を読む。早く学校に行きたい、一足飛びに二年生になりたい、わたしは心の底からそう願った（彼に言わせると一年生なんて時間のムダらしかった）。そうすれば彼のわかることは何でもわかるようになるのに。

四四二〇号室、二番ベッドのベルが鳴った。わたしは病室に行った。彼と同室の患者の見舞客が帰りぎわにうっかりカーテンを彼のテレビにかぶせてしまったのだ。カーテンを直してあげると、彼はうなずいた。ほかには何か？　とわたしが訊くと、彼は首を振った。『ダラス』のクレジットが画面を上に流れていった。

「ふんだ、あたしだってもう字が読めるようになったのよ」わたしが言うと、彼はBB弾の目をきらめかせて笑い声をたてた。いや、本当はちがうのかもしれない――もしかしたら、ただ気管をぜいぜい鳴らしてジグザグベッドをふるわせているだけなのかもしれなかった。でもあの笑い声は、どこにいたってすぐわかる。

すべての月《トダ・ルナ》、すべての年《トド・アニョ》

Toda luna, todo año,
Todo día, todo viento
Camina, y pasa también.
También, toda sangre llega
Al lugar de su quietud.

（『チラム・バラムの書』より）

エロイーズ・ゴアは無意識のうちに頭のなかでこの詩を翻訳しはじめていた。〈どの月も《イーチ・ムーン》、どの年も《イーチ・イヤー》〉。いやちがう。〈すべての月《エブリ・ムーン》、すべての年《エブリ・イヤー》〉のほうが摩擦音の感じが出る。Camina？〈歩く〉。残念、英語では感じが出ない。スペイン語では時計は走らずに歩く。〈行って、そして死ぬ〉。

彼女はぱたんと本を閉じた。リゾートで本など読むものではない。マルガリータをひと口すすり、無理に顔をあげてレストランのテラスの外に広がる景色をながめた。雲はサンゴ色の濃淡から淡く光る白鑞《ピューター》に変わり、真下に広がる白灰色のビーチには波が銀色にくだけていた。ビーチの端から端まで、シワタネホの街から下りてきた小さな緑の光が淡く輝きながら舞っていた。蛍光色のライムグリーンのホタルだった。村の娘たちがホタルを髪に飾り、二人、三人と連れ立って夕暮れどきの浜をそぞろ歩いているのだ。髪のあちこちにホタルをちりばめている子もいれば、エメラルドのティアラの形にあしらっているのもいた。

ここに来てはじめての夜で、食堂には彼女のほかに客はいなかった。白のお仕着せのウェイターたちはプールとバーに続く階段のところに控えていて、ほとんどの客はそちらに出て、まだ酒を飲んだり踊ったりしていた。〈マンボ！　ケ・リコ・エル・マンボ！〉グラスの氷とマラカス。ボーイたちがキャンドルにゆらめく灯をともした。月はなく、星あかりが海を鋼《はがね》の光沢で輝かせているようだった。

真っ赤に日焼けして派手な服を着た人々が食堂に入ってきた。テキサスかカリフォルニアから来たのだろう。コロラドの人たちよりずっと陽気であけっぴろげだ。テーブルのあちらとこちらで大声で呼びあっている。「そら行け、ウィリー！」「こりゃケッサクだ！」

わたしはここで何をしているんだろう、とエロイーズは思った。三年前に夫が死んで以来、久しぶりの旅だった。夫婦ともにスペイン語の教師で、毎年夏になるたびメキシコや中南米にいっしょに出かけていた。夫が死んでからは独りでどこかに行く気にもなれず、毎年六月にはサマースクールで教える仕事を引き受けていた。今年は教える気力もわかなかった。旅行会社で、いつまでに戻らなければならないのかと訊ねられた。考えて、ぞっとした。戻る必要などなかったし、もう教える必要もなかった。自分はどこでも必要とされておらず、だれにもなんの責任も持っていなかった。

　彼女は食堂でセビーチェを食べながら、自分がひどく悪目立ちしているような気がしていた。グレーのシアサッカーのスーツは、学校やメキシコシティではちょうど良くても、ここでは堅苦しく、滑稽なほど場ちがいに見えた。ストッキングも野暮ったいうえに暑かった。立ちあがったら後ろに汗じみができているかもしれない。

　彼女はなんとか寛《くつろ》ごう、ガーリックで味つけしたアカザエビのグリルを楽しもうと努力した。マリアッチの一座がテーブルからテーブルへ回っていたが、彼女のこわばった顔つきを見て素通りしていった。「あなたの味《サボール・ア・ティ》」。だれかの味についての歌が、アメリカに一つでもあっただろうか。メキシコでは何にでも味があった。舌にひびくガーリック、コリアンダー、ライム。ものの匂いも強烈だった。花ではない、ここの花には香りがなかった。だが海が香った、朽ちゆく密林が心地よく香った。豚革の椅子や灯油で磨いたタイルやロウソクの、むっと鼻をつく匂い。

　ビーチはすっかり暗くなり、自由になったホタルたちがおぼろな緑の軌跡をてんでに描いていた。入江の沖のほうで漁火が赤く燃えていた。

「お食事はいかがでしたか？《ブエス・コモ・エストゥボ》」ウェイターが訊ねた。

「素晴らしいわ、ありがとう《エスキシト・グラシアス》」

　ホテルのブティックはまだ開いていて、彼女はそこでシンプルな手織りのサマードレスを二着、白いのとローズ色のを買った。柔らかくてゆったりとしていて、今まで着たことがないようなものだった。かご編みのバッグと、生徒たちのごほうび用にヒスイのホタルがついた髪飾りも何個か買った。

「ナイトキャップなど、おひとついかがです」ロビーを通ると、ホテルの支配人が声をかけた。そうね、悪くない。彼女はそう思い、だれもいなくなったプールサイドのバーに行った。マデロ・ブランデーにカルーアを入れたものを頼んだ。メルが好きだった飲み物だ。寂しさで胸がしめつけられ、彼に髪をなでてほしいと願った。目を閉じて、ヤシの葉のすれあう音や、シェイカーで鳴る氷、舟のオールの音に耳を澄ませた。

部屋にもどって、もう一度さっきの詩を見た。〈かくしてすべての命は行き着く／その静謐の地に〉。よくない。だいいち「命」ではない、sangreは血だ、すべての脈打ち流れるもの。ランプの光は暗すぎ、シェードに虫がカツカツ当たった。明かりを消すと、バーのほうでまた音楽が始まった。低く脈打つベースの音。彼女の心臓もまた脈打っていた。血《サングレ》。

自宅の部屋の固いベッドが、すみやかに眠りに誘う遠くのハイウェイの子守歌が恋しかった。なにより毎朝やるクロスワードパズルがないのが寂しい。ああメル、わたしどうすればいいの。教師をやめる？　旅をする？　博士号でも取る？　自殺する？　いやだ、どこからこんな考えが。でも教えることはわたしの人生のすべてだ。思えば悲しい話だ。ゴア先生は退屈《ボア》。毎年、生徒が変わるたびに同じジョークを喜々として考え出す。エロイーズはいい教師だった。ドライで、公平で、何年もたってから生徒たちが好きになるような。

〈太陽は燃えるよ《クアンド・カリエンタ・エル・ソル》、砂浜の上で《アキ・エン・ラ・プラヤ》〉。音楽が途切れるたびに、ほかの部屋の物音が鎧戸ごしに聞こえてきた。笑い声。愛し合う物音。

「ミスター・世界の旅人！　ミスター・物知り屋！　世界じゅう旅したのねあなた！」

「ああそうさハニー！」テキサスなまりが芝居がかって言う。がしゃんと音がして、それきり静かになった。きっと床に倒れて伸びているのだろう。女がしゃがれ声で笑う。

「やれやれ、神様《ブレイズ・ザ・ロード》！」

　推理小説でももってくるんだった。起き上がってバスルームに行くと、足元でゴキブリやオカガニがかさこそと散った。エロイーズはココナツ石鹸でシャワーを浴び、湿ったタオルで体をふいた。鏡をぬぐって自分をながめた。平々凡々の、陰気な顔。顔だちはそう悪いわけではない、灰色の目はぱっちりしていたし、鼻筋が通って笑顔も感じがよかった、だが陰気だった。体つきも良かったが、長いこと顧みられないせいで、やはり陰気に見えた。

　バンドの演奏は二時半に終わった。足音、ささやき声、グラスの割れる音。〈どうだ、いいだろうベイビー、いいって言えよ〉。うめき声。いびき。

　エロイーズはいつもの習慣で六時に目を覚ました。鎧戸を開き、空が薄にごりの銀からラベンダーがかった灰色に変わるのをながめた。ヤシの葉が風にこすれてカードをシャッフルするような音をたてた。水着をつけ、その上から新品のローズ色のドレスを着た。ホテルじゅう、厨房までが寝静まっていた。雄鶏が時をつくり、クロコンドルがゴミの周りでばさばさ羽ばたいていた。豚が四頭。庭園の片隅ではインディオのボーイと庭師たちが、何もかけずにレンガの上で丸くなって眠りこけていた。

　彼女はビーチから離れた密林の小径を歩いていった。暗い、水のしたたる静けさ。ランの花。緑色のオウムの群れ。イグアナが一匹、岩の上で背を丸め、彼女が通りすぎるのをじっと見送った。濡れた枝葉が生あたたかく顔をなでた。

　丘を一つのぼって降りて、白い砂浜を見下ろす高台に着くころには、すでに陽がのぼっていた。そこに立つと、ラス・ガタスの静かな入江がすっかり見渡せた。タラスコ王国時代にサメよけのために造られた石垣が波の下に見えた。イワシの群れが透き通った水の中で渦を巻き、竜巻のように沖のほうに消えた。浜に沿ってパラパ〔草葺き屋根で側壁のないメキシコ式の小屋〕がいくつも並んでいた。いちばん遠い一つから煙が上がっていたが、人の姿は見えなかった。〈スキューバ・ダイビング　ベルナルドの店〉という看板が見えた。

　彼女はドレスを脱いでバッグといっしょに砂の上に投げ出し、力強いクロールで石垣まで泳いでいった。それからまた戻ってきて、ゆったり浮かんだり泳いだりした。立ち泳ぎをしながら声をあげて笑い、それから波打ち際に浮かんで静けさのなか波に揺られながら、息をのむほど青い空を見あげた。

　彼女はベルナルドの店の前を通りすぎ、岸沿いに歩いて煙の出ている小屋に向かった。茅葺きの、壁のない部屋が一つあり、床はホウキの筋目のある砂だった。大きな木のテーブルが一つ、ベンチがいくつか。その部屋の奥には竹で仕切った小部屋が一列に並び、それぞれにハンモックが一つと蚊帳が吊ってあった。簡素な造りの厨房があり、子供が洗い場《ピラ》の前で皿を洗い、年配の女が火をおこしていた。ニワトリたちがその周りを忙しく歩きまわり、砂をつついていた。「こんにちは」とエロイーズは言った。「ここはいつもこんなに静かなの？」

「いまはダイバーたちが出払ってるからね。朝食を？」

「お願いします」エロイーズは片手を差し出した。「わたし、エロイーズ・ゴアです」だが女はただうなずいただけだった。「座って《シエンテセ》」

エロイーズは豆と魚とトルティーヤを食べながら目をあげて、海の向こうの、霧にけむる丘を眺めた。丘に斜めにしがみついている自分のホテルが下品で自堕落に見えた。壁一面に咲き乱れるブーゲンビレアが、まるで酔っぱらい女のショールのようだった。

「ここに泊まってもいいかしら」彼女は女に訊いた。

「うちはホテルじゃないんだよ。漁師たちの住処だからね」

だが、そのあとコーヒーを持ってくると女は言った。「一つだけ部屋がある。外国のダイバーをときどきそこに泊めてるの」

その小屋は素通しで、密林の空き地の隅に建っていた。ベッドとテーブル、その上にロウソクが一本。カビのはえたマットレス、清潔なシーツ、蚊帳《かや》。「大丈夫、サソリはいない」と女は言った。彼女が言った食事込みの宿代は冗談みたいに安かった。朝食、それに夕食はダイバーたちが戻ってくる四時。

帰り道のジャングルは蒸し暑かったが、エロイーズは知らず知らず子供のようにスキップしながら頭のなかでメルに話しかけていた。こんなに楽しい気持ちになるのはいつ以来だろう。メルが死んで間もないころ、テレビでマルクス兄弟の映画を観た。『オペラは踊る』。だが独りで笑うことに耐えきれなくて、すぐに消してしまった。

ラス・ガタスに行くと聞いて、ホテルの支配人はからかうような笑みを浮かべた。「ムイ・ティピコ」。〝地方色豊か〟――未開だとか汚いとかを遠回しに言うときに使う言葉だ。支配人は彼女と荷物を入江の対岸まで運ぶカヌーを、その日の午後に手配してくれた。

自分だけの静かな入江が見えてくるにつれ、彼女は気落ちした。さっきのパラパのすぐ前に〈ラ・イーダ〉号という木造の大きな船が停泊していた。街から来たカラフルなカヌーやモーターつきのパンガが入れかわり立ちかわり船から荷をおろしていた。ロブスター、魚、ウツボ、タコ、袋にいっぱいの貝。十人ほどの男たちが、浜に下りたり船からタンクやレギュレーターをおろしながら、笑ったり怒鳴ったりしていた。若い男の子が錨のロープに大きなアオウミガメをくくりつけていた。

エロイーズは荷物を自分の部屋に置いた。横になりたかったが、外から丸見えだった。ベッドからは厨房が見え、その向こうにテーブルを囲むダイバーたち、さらにその向こうには青緑色の海が見えた。

「食事の時間だよ」さっきの女が彼女に声をかけた。女は子供と二人で料理をテーブルに運んでいた。

「お手伝いしましょうか」エロイーズは言った。

「座って《シエンテセ》」

エロイーズはテーブルのそばに遠慮がちに立った。男の一人が立ちあがって彼女と握手した。がっちりと筋肉質で、オルメカ族の彫像を思わせた。肌は焦げ茶色で、まぶたは厚ぼったく、肉感的な唇をしていた。

「セサル。《ソイ・セサル》ここの親方だ《エル・マエストロ》」

彼はエロイーズのために席を作ってくれ、ほかのダイバーたちに彼女を紹介したが、ダイバーたちはちょっと会釈すると、また食事にもどった。うんと年寄りの男三人はフラーコとラモン、ラウル。セサルの息子のルイスとチェヨ。ボートボーイのマダレーノ。ベトは「新入りのダイバーだ――腕はピカ一だよ」。ベトの妻のカルメンはテーブルから離れて座り、赤ん坊に乳を含ませていた。

湯気のたったハマグリがボウルに何杯も運ばれてきた。男たちは〝エル・ペイネ〟の話をしていた。年寄りのフラーコが、長年のダイバー人生でついにそれにめぐり逢ったのだという。櫛《ペイネ》？あとで辞書で引いて、それが大きなノコギリエイのことだと彼女は知った。

「でかかった《ヒガンテ》ぞ。鯨ぐらい、いやもっとだ！」

「嘘つけ《メンティラ》！　夢でも見たんだろ。酸素でラリってたんだ」

「まあ見てろ。あのイタリア人たちがカメラもってやって来たら、あいつらを案内してやるさ。お前たちには見せてやらん」

「爺さん、どこだったかもう思い出せないだろ」

フラーコは笑った。「うむ……たしかにちと怪しい」

ロブスター、焼いたフエダイ、タコ。米と豆とトルティーヤ。厨房の子供が、ハエをおびき寄せるためにハチミツを入れた皿を離れたテーブルに置いた。長くてにぎやかな夕食だった。それが済むと皆はハンモックに寝に行き、セサルとエロイーズだけが残った。ベトとカルメンの部屋にはカーテンがあったが、あとの部屋は素通しだった。

「もっとこっちへ《アセルカテ・ア・ミ》」セサルがエロイーズに言い、彼女は近くに座りなおした。厨房の女がパパイヤとコーヒーを運んできた。彼女はセサルの姉で、イサベルといった。フローラはその娘。二人は二年前、セサルの妻が死んだあとここにやってきた。ええ、わたしも夫に先立たれたんです。三年前。

「何が欲しくてラス・ガタスに来た？」彼が言った。

わからなかった。「静けさ」、と彼女は答えた。セサルは笑った。

「だがあんたはいつも静かじゃないか。おれたちといっしょに海に潜るといい。海の中は静かだよ。さあ、すこし休んで」

彼女が目を覚ますと夕暮れどきだった。食堂にランタンがともっていた。セサルと三人の老ダイバーがドミノをやっていた。この年寄りたちは自分のおふくろと親父だ、とセサルは言った。彼の実の両親が五歳のときに死ぬと、この三人が彼を引き取り、その日のうちに海に放りこんだ。当時、ダイバーはこの三人しかいなかった。タンクや水中銃などまだないころで、素潜りでカキやハマグリを採っていた。

パラパの片隅ではベトとカルメンの夫婦がハンモックの上で語らい、カルメンが小さな足でハンモックを揺らしていた。チェヨとファンは水中銃の切っ先を研《と》いでいた。ルイスはみんなから一人離れてトランジスタ・ラジオを聴いていた。ロックンロール。なあ、おれに英語、教えておくれよ！　ルイスはそう言って、エロイーズを自分の隣に手招きした。歌の言葉は彼が思っていたのとまるでちがっていた。満足《キャント・ゲット・ノー・サティスファクション》なんか、できやしない。

ベトの赤ん坊は裸でテーブルの上に寝かされていて、セサルが空いているほうの手で頭を支えてやっていた。赤ん坊がおしっこをして、セサルがテーブルを拭き、濡れた手は自分の髪でごしごし拭いた。

霧。白いツルが二羽。船のそばでウミガメが水を掻く音。ランタンの灯が風にまたたき、稲妻が海を薄緑色に照らした。ツルが飛び立ち、雨が降りだした。

長髪の若いアメリカ人が雨の中ふらつく足取りで入ってきた。ふるえて息が荒かった。ひゃあ、すげえ。ずっとげらげら笑っていた。だれも動かなかった。若者はバックパックとずぶ濡れのスケッチブックをテーブルに置いて、まだ笑いつづけた。

「クスリ《ドロガス》か？」フラーコが言った。セサルは肩をすくめて席を立ち、タオルと木綿の服を手に戻ってきた。セサルが服を脱がせ、体を拭き、服を着せるあいだ、若者はおとなしく立ってされるがままになっていた。マダレーノがスープとトルティーヤを運んできた。それを平らげるとセサルが彼をハンモックに寝かせ、上から何か掛けてやった。ゆらゆら揺られて、すぐに寝入った。

まだ夜が明けないうちから、タンク用のエア・コンプレッサーがガタガタと大きな音をたてていた。雄鶏たちが時をつくり、オウムは外の洗い場にとまって鳴きさわぎ、密林の空き地の縁《へり》ではハゲワシたちが羽をばたつかせていた。セサルとラウルがタンクに空気を入れ、マダレーノは砂の床をホウキで掃いた。エロイーズは洗い場の前で顔を洗い、銀色をおびた水面を鏡がわりに髪をとかした。小屋に鏡は一つだけ、割れた破片がヤシの幹に打ちつけてあったが、その前ではルイスが髭を剃りながら上機嫌で歌っていた。グアンタナメラ！　彼はエロイーズに手を振った。「おはよう、先生《ティーシャー》！」

「おはよう。ティーチャー、よ」彼女は笑った。

「ティーチャー」

部屋に戻り、水着の上からローズ色のドレスをかぶろうとした。

「いや、服は着るな――これからいっしょに貝を採りに行く」

重いタンクとウェイトはセサルが運んだ。彼女はマスクと足ひれ、それに網袋を持った。

「ダイビング、一度もやったことがないのよ」

「だが泳げる。だろう？」

「泳ぎは得意」

「あんたはたくましい」セサルが彼女の体を見て言った。彼女は赤くなった。たくましい。生徒たちには冷たい鬼教師だと言われたのに。セサルは彼女の腰にウェイトを巻き、タンクを背負わせた。留め具を締める彼の手が一瞬胸に当たり、彼女はまた赤面した。彼は基本的なことがらを教えた。浮上するときはゆっくり、予備のタンクはこう使う。それから唾でマスクの曇りを取るやり方とレギュレーターの調節のしかたを実演してみせた。背負わされたタンクは耐えられないくらい重かった。

「待って、こんなのとても背負えない」

「大丈夫」彼はマウスピースを彼女の口にくわえさせ、海の中に引きこんだ。

一瞬で重さが消えた。タンクだけではない、自分の体の重さも消えてなくなった。彼女は透明になった。生まれてはじめて足ひれを使い、水の中を飛翔した。マウスピースをくわえていたので声に出して笑うことも叫ぶこともできなかった。ねえメル、これってすばらしいわ！　彼女はセサルと並んで水の中を飛びまわった。

太陽がのぼって水面のすりガラスごしに射しこみ、白い金属の光沢で輝いた。するとゆっくりと、まるで舞台の照明のように、水中の世界が目の前に姿をあらわした。フューシャ色のイソギンチャク、群れなす青のエンゼルフィッシュ、青と赤のネオンフィッシュ、アカエイ。セサルが耳抜きのやり方を彼女に身振りで教え、そうして二人はもっと深く、もっと遠くまで泳いでいった。タラスコの石垣のそばまで来ると、セサルは海底の日だまりまで降りていき、銛《もり》で砂地を何度も何度も突きはじめた。泡が上がるとハマグリを掘り出し、袋に入れた。彼女は銛を貸してとジェスチャーし、あちこち泳ぎまわって砂を突き、彼が貝を掘りだして袋が一杯になるまで採った。二人は無数の魚や海草のあいだをかきわけ、岸をめざして泳いでいった。何もかもがエロイーズにとっては未知の体験だった、生き物の一匹一匹、感覚の一つひとつが。水しぶきのようなイワシの群れが彼女にほとばしり、散り散りに砕けた。とつぜん空気がなくなった。彼女は予備タンクがあることを忘れ、パニックを起こして手足をばたつかせた。セサルが彼女をつかまえ、頭を押さえて、もう片方の手で空気の管を引っぱった。

二人は水の上に出た。緑色の水面からは、その下にあるものは想像もつかなかった。日の下に出てみると、水の中には一時間もいなかったことがわかった。体が重みを失うと判断の基準となる自分がなくなり、時間の感覚もなくなる。

「ありがとう」彼女は言った。

「こっちこそ――おかげでハマグリが大漁だ」

「授業料はおいくら？」

「おれはダイビングの先生じゃないよ」

彼女はベルナルドの店の看板のほうを顎で示した。〈レッスン料　500ペソ〉。

「あんたはベルナルドんとこにいるわけじゃない。おれたちのところに来たんだ」

なるほどそうか。あとで朝食のテーブルで彼女は思った。この人たちがわたしを受け入れてくれているのは、わたしを気に入ったからでも、馬が合うからでもない。ただわたしがたまたま彼らのところにやって来たからなのだ。ちょうど、あれきり姿を消してしまったあの若者のように。あるいはそれは、彼らが長い時間を海の底で過ごし、あの広大さを経験しているからかもしれない。海の中ではどんなことでも起こりうるし、すべてのものが等しく無価値だから。

黄色いタンクが船底で転がり、ぶつかりあって音をたてた。〈ラ・イーダ〉号。だれかの名前というわけではない。〈行くこと〉《ゴーイング》、外の世界に出ていくこと。

漁師たちは笑いながら水中銃のゴムを結んではまた結びなおし、傷だらけの褐色の脚にナイフをくりつけていた。セサルがタンクを一つひとつ点検すると、そのたびシュッと音がする。

彼らはいろんな話を物語った。〝櫛《エル・ペイネ》〟のこと。いつかのシャチのこと。イタリア人ダイバーとサメの事件。マリオが溺れかけたときのこと、セサルの空気ホースが壊れたときのこと。エロイーズでさえ、この先おなじ話を何度も繰り返し聞くことになった。それは海に潜る前の、決まった祈りの儀式だった。

マンタが一匹、船と並んで泳ぎはじめた。マダレーノは鋭く舵《かじ》を切り、すんでのところで衝突を避けた。マンタは宙高くジャンプし、つややかな白い腹を見せた。コバンザメたちが散り散りに吹き飛ばされ、船の上でばたばた跳ねた。沖合では深緑色のウミガメが波に浮かんでつがっていた。二匹はしっかりつながったまま夢見るようにゆらゆら揺られ、ときおりまぶしい光に目をしばたたいていた。

マダレーノが入江の北側の、岩から遠い場所に錨を下ろした。足ひれ、マスク、ウェイト、タンクを着ける。全員が舳先に輪になって座った。フラーコとラモンがまず入った。ひょいと後ろ向きに倒れ、見えなくなった。ついでラウルとチェヨ、ベトとルイス。セサルはエロイーズが怖がっているのに気づいた。波は高く、藍色だった。彼はにやっと笑って彼女を船から突き落とした。冷たい。一瞬の青空、次にはまったくべつの透明な空が広がっていた。船と錨のロープだけが現実だった。深く潜るほど水が冷たくなった。ゆっくり、とセサルが合図した。

時が止まった。光と闇、冷と暖が層になっているせいで、複数の時間が同時にそこにあった。層を一つ降りていくごとに、まったくちがう魚と植物の共存の秩序があらわれた。夜と昼、冬と夏。海底ちかくは明るく暖かく、何年も前に訪れたモンタナの草原のようだった。ウツボが牙をむき出した。フラーコが獲物を見つけるこつを教えてくれた。ちらりと動くブルーロブスターの触覚。待て——ウツボに注意しろ。ダイバーたちは夢のなかの踊り手のように、岩の裂け目を出たり入ったりした。エロイーズはロブスターを見つけるたびに、近くの男たちに手を振って知らせた。ときおり大きなブダイやフエダイが悠然と通りすぎると、ダイバーのだれかが銃で撃った。血がぱっと散る。ロープに引き寄せられ、魚が銀色にひらめく。

　二本めは外海《そとうみ》だった。エロイーズはマダレーノといっしょに船の上で待った。彼は歌い、エロイーズはグンカンドリを眺め、つるつる滑る魚にもたれかかって横になり、うとうとした。水しぶきがあがり、獲物をもって上がってきたダイバーが声を上げると、夢は散り散りに消えた。

　帰りの船の上でダイバーたちが気勢をあげるなか、ひとりルイスは浮かない顔つきだった。たしかに今日は大漁だったが、この〈ラ・イーダ〉を維持するためには、これくらいの漁獲を日に二度は上げなければ採算が合わないのだ。すでに二か月も支払いが滞っているというのに、まだあと二万ペソも借金がある。以前もっていた船はダイバーを四人、タンクも一回分しか運べなかった。〈ラ・イーダ〉を買ったのはいい考えさ、そうルイスは言った、親父が年寄り三人をお役御免にしていりゃね。おれたちが魚を十獲るあいだに、爺《ビエホ》さんたちは二匹がやっとだ。腕のいいダイバーが三人いりゃ、ものの何か月かで借金も返せるのに。

「ルイスは本音じゃモーターボートを買いたいんだ」とセサルが言った。「それで外人女《グリンガ》たちに水上スキーをさせるのさ。そんならアカプルコにでも行きゃあいい《ケ・セ・バヤ・ア・アカプルコ》。おれは爺さんたちに、あんたらはもう潜れないなんて言うつもりはない。おれにも言ってくれるなよ」

　エロイーズは毎日、朝はセサルと貝を採り、その後みんなと一回めのダイブをした。まだ二回めの深いほうには連れていってもらえなかったが、日に日に自信がつき、腕も上がって、自分でも銃を撃ってかなりの量を獲れるようになっていた。夜は年寄りたちといっしょに座った。セサルとルイスはお金の計算をしては言い合いをした。息子たちはときどき街に繰り出した。エロイーズはルイスに服装のアドバイスをした。信じて、その緑のポリエステルのズボンよりも絶対に白のコットンパンツのほうがいいから。あ、もちろんサメの歯のネックレスはそのままでいい。

　ある晩、セサルがみんなの髪を切った。エロイーズまで切られた。鏡が見たくてしかたがなかったが、気分はよかった。軽くて、くるくるカールして。

「いちご素敵《ベリー・プリティ》だよ」ルイスが言った。とても《ヴェリー》でしょ、と彼女は言ったが、彼がアクセントのかわいらしさを気に入って使ったのがわかった。

　日が落ちて夜になると、だれもが無口になった。ドミノのかちり、かちりという音や、錨の綱がきいきい軋む音に彼女は耳を傾けた。何度か本を読んだり、あの詩を翻訳したりしようとしたが、すぐに投げ出した。もう二度と本には戻れないかもしれない。コロラドに戻ったらどうしよう。かまうもんか——そのうちデンバーが丸ごと海に沈むかもしれない。そう考えて、彼女は声に出して笑った。

「楽しそうだな《エスタス・コンテンタ》」セサルが言った。

　次の日、エロイーズは発電機の音に負けないように大声で言った。

「帰る前に、深いほうに連れていってくれない？」

「それにはまず最悪のダイブを経験しないといけない」

「どうすればできるの」

「いずれ来るさ。今日かもしれない。波が荒い。夜どおし雨だったからな」


最初のダイブは岩の近くで、ウニやウツボがたくさんいた。水はにごり、潮の流れは冷たくきつく、視界が悪くて泳ぎにくかった。ダツが突進してきて彼女の腕を刺した。ラモンとラウルが彼女を連れて上にあがり、血の匂いでサメが来ないように傷口を布できつくしばった。ふたたび潜ったが、みんなの姿を見失った。セサルがどこにも見えなかった。これを最悪のダイブってことにしてもらえるといいんだけど、彼女は心の中で冗談を言ったが、怖かった。だれも、何も見えなかった。森で迷子になったときのように、一つところで立ち泳ぎをした。空気がなくなった。予備タンクのコードを引いたが何も起こらなかった。パニックを起こすな。ゆっくりだ、ゆっくり上がれ。だが彼女はパニックになり、肺が破裂しそうになった。ゆっくり浮上を続けながら狂ったようにコードを引いた。空気が来ない。セサルが目の前にいた。彼女は彼の口からマウスピースをもぎ取って、自分の口にくわえた。

空気をむさぼりながら、安堵で嗚咽がもれた。彼はじっと待ち、それから落ちついてマウスピースを取り戻すと空気を吸った。彼は何度も空気ホースを行ったり来たりさせながら、いっしょに上をめざした。

水の上に出た。空気、光。体がふるえていた。マダレーノが手を貸して、彼女を船の上に引っぱりあげた。

「自分が恥ずかしい。許して」

セサルが両手で彼女の顔を包んだ。「おれがあんたの予備タンクの栓を閉めた。あんたはまさにお手本どおりの行動を取ったんだ」

帰りの船で、ダイバーたちはさんざん彼女をからかったが、明日〝島《ロス・モロス》〟に連れていっても大丈夫だということで全員の意見が一致した。「ああ《ブエス》、勇敢だ《エス・ブラバ》」ラウルが言った。「ああ《シ》」セサルも言った。「エジャ・ポドリア・イル・ソラ」。彼女は独りで行ける。きっとわたしのことを気が強くて何でもできる典型的なアメリカ女だと思ったんだろう。そう、わたしは何でもできる。船べりに頭をもたせかけて、彼女は思った。高い波が涙を洗い流してくれた。彼女は目を閉じてあの詩のことを思った。どう締めくくればいいか、今ではわかる。〈そしてすべての血はたどり着く／それが静まる場所に〉。


次の日は目がくらむほどの晴天だった。ロス・モロスは陸から見えないくらい遠い沖合にぽつんと突き出た、切り立った岩山だった。グアノで真っ白になった島が無数の鳥たちに覆われて脈動し、見ていて目まいがしそうだった。〈ラ・イーダ〉は島から距離をとって錨を下ろしたが、砕ける波やけたたましい鳥の鳴き声の合間にも、ばさばさという凶々しい羽音がここまで聞こえてきた。胸が悪くなるほどの鳥の糞尿の臭いに、エーテルを嗅いだように頭がくらくらした。

深く降りていく。五十フィート、七十五フィート、百、百二十。海の中にコロラドの山脈があるようだった。険しい岩山や山ひだ、断崖に峡谷。魚も植物も、エロイーズが見たことのないものばかりだった。知っている魚も、ここではずっと大きく気が荒かった。彼女はハタを狙い、はずし、もう一度狙って、今度はうまく仕留めた。魚はあまりに大きく、ファンに手伝ってもらってやっとたぐりよせ、綱につないだ。ロープが手にこすれてひりひりした。そこらじゅうで撃っては捕まえての狂乱がくりひろげられていた。ブダイ、フエダイ、ブリ。血《サングレ》。彼女はメロを撃ち、ついでハタも撃って、セサルの姿が見えないのに自力でそうできた自分に満足した。それから怖くなったが、遠くに彼の姿を見つけ、ぎざぎざの崖を急いで降りて彼を追った。セサルは暗い場所でひれを動かして彼女を待ち、腕の中に引き寄せた。二人は抱き合い、レギュレーターどうしがぶつかって鳴った。気づくと彼のペニスが彼女の中に入っていた。彼女は両脚を彼の体に巻きつけ、二人は回転しながら暗い海の中を揺れた。彼が体を離すと、精液が二人のあいだを白いタコ墨のようにただよった。あとでそのできごとを思うとき、エロイーズはそれを人や性の営みの記憶ではなく、自然界の現象のように思い出した。小さな地震や、夏の日に吹きすぎる風のように。

セサルは巨大なピンティージョを見つけると、魚をつないだ綱を彼女に渡して撃ち、それもロープにつないだ。頭上の高いところにフエダイが一匹いて、彼女はそれを追う彼の後を追って全力で泳ぎ、暗い洞窟の入口で追いついた。フエダイは行ってしまったあとだった。セサルが待つように手で合図し、彼女は暗く冷たい水の中に取り残された。深い紫色からにじみ出る黄金の破片。青のブダイだった。静寂。そしてそれが来た。バラクーダの大群。ほかには何も見えなくなった。まるで意識の底からあらわれたような、何百もの果てしない群れ。薄明かりが、目まぐるしくもみ合う彼らを溶けた銀に変えた。セサルが撃つと、銀は砕けて散り散りの水銀になり、すぐにまた一つに合わさり、去っていった。

〈ラ・イーダ〉は海面低く浮かび、水しぶきに濡れていた。ダイバーたちは疲れ果て、まだびくびく動いている魚のあいだに仰向けに転がった。ベトがウミガメをつかまえていて、男たちはその中に手を突っ込んで卵をつかみ出し、塩とライムで食べた。エロイーズはさいしょ、ウミガメは禁漁期間だから、と建前めいたことを言って断っていたが、やがて空腹にたまりかねて食べた。船はロス・モロスの周りを何度も巡っていた。だれも何も言わなかった。エロイーズははじめ、フラーコが上がってきていないことに気づかなかった。だがとっくに姿を見せていなければならない時間を一時間も過ぎていることに気づいて、はじめて恐怖にとらわれた。日が沈んでも、彼は溺れたとも、死んだとも、だれも言わなかった。とうとうセサルがマダレーノに岸に向かうように言った。

一つランタンのもと、みんなは食事をした。だれも口をきかなかった。食べおわると、セサル、ラウル、それにラモンがランタンをいくつかとライシージャの瓶をもって海に出ていった。

「でも、こんな暗いなかではとても見つけられないでしょう?」

「ああ」ルイスは言った。

彼女は自分の部屋に行って荷造りし、シアサッカーのスーツを吊るした。明日の朝にはパンガが迎えにきて、ここを去ることになっていた。湿ったベッドに横たわったまま目を開けて、白鑞色の月あかりに照らされた夜の景色を蚊帳ごしに見つめていた。セサルがベッドに入ってきて彼女を抱きしめ、大きな傷だらけの手で愛撫した。彼の口も、体も、塩の味がした。陸に上がった二人の体は重く、熱くうねった。海の鼓動。二人は青白い光のなかでほほえみあい、ウミガメのようにしっかり抱き合ったまま眠った。

目を覚ますと、彼はトランクスとシャツを着てベッドに座っていた。

「エロイーサ。おれたちの船の二万、出してくれないか」

彼女はためらった。ペソで聞く数字は巨額だった。じっさいそれは大金だった。「いいわ」と彼女は言った。「小切手でも?」彼はうなずいた。彼女が小切手を書くと、彼はそれをポケットにしまった。ありがとう《グラシアス》、そう言うと、彼女の両のまぶたにキスをし、出ていった。

太陽がのぼった。セサルは発電機のところにいて、黒いオイルが腕にしたたっていた。エロイーズは割れた鏡を見ながら口紅を引いた。庭では豚とニワトリがゴミを漁り、クロコンドルを蹴散らしていた。マダレーノが砂を掃いていた。イサベルが厨房から出てきた。

「じゃあ、行くのね?《ブエス ヤ・セバ》」エロイーズがうなずいて、お別れの握手をしようとしたら、いきなり抱きしめられた。二人の女は抱き合ったままゆらゆら揺れた。イサベルの泡まみれの濡れた手が背中にあたたかかった。

〈ラ・イーダ〉がタラスコの石垣を越えて海に出ていくころ、モーターボートがやって来た。男たちが沖からエロイーズに向けて短く手を振った。みんな自分のレギュレーターをあらため、ウェイトとナイフを体にくくりつけていた。セサルがタンクの空気を点検した。

メリーナ

アルバカーキに住んでいたころ、夫のレックスは夕方になると大学の授業を受けに行くか彫刻のアトリエに出かけていった。わたしは小さいベンを乳母車に乗せて長い散歩に出た。丘の上の楡《にれ》の並木が鬱蒼とした通りに、クライド・ティングリーの家があった。わたしたちはいつもその家の前を通った。クライド・ティングリーは富豪で、私財をなげうってニューメキシコ州のあちこちに子供のための病院を建てた。わたしたちがその家の前を通ったのは、クリスマスツリーの照明がクリスマスといわず一年じゅうポーチいっぱいに飾られ、庭の木という木にも張りめぐらせてあったからだ。夕暮れどき、ちょうどわたしたちが家に戻るころ、それにいっせいに灯がともった。ときどきは本人がポーチに出ていることもあって、痩せこけた老人が車椅子からこちらに向かって「やあ！」とか「いい晩ですな！」などと大声で呼びかけた。ところがある晩、彼がわたしに向かって叫んだ。「ちょっと！　止まって！　その子の足が変だ！　見てやらんと！」

わたしはベンの足を見たが、どこもおかしくなかった。

「ちがうんです。乳母車がこの子にはもう小さすぎて、それで地面に足がつかないようにおかしなかっこで持ち上げてるんです」

かしこいベン。まだ言葉もしゃべれないのにちゃんと理解したらしい。老人に大丈夫なところを見せるように、両足を地面にしっかりおろしてみせた。

「お母さんがたというのは子供に何か問題があっても認めたがらんもんです。すぐ病院に連れておいきなさい」

そこに黒ずくめの服を着た男の人が通りかかった。当時でも徒歩の人を通りで見ることはめったになかったので、ちょっと驚いた。その人は歩道にしゃがみ、ベンの足を両手で持った。首からサキソフォンのストラップをさげていて、ベンがそれをつかもうとした。

「いえ、足はどこも悪くないようですよ」と彼は言った。

「そうか、そりゃ何よりだ」とクライド・ティングリーは大声で言った。

「でもありがとうございます」わたしは言った。

わたしはその男の人としばらく立ち話をし、それから彼に送ってもらって家まで帰った。一九五六年のことだ。彼はわたしが初めて出会ったビートニクだった。アルバカーキでは見たことのないタイプだった。ユダヤ系でブルックリンなまり。長髪にひげ、サングラス。けれども少しも世をすねた感じがしなかった。ベンはすぐに彼を気に入った。ボーというのが彼の名前だった。詩人でミュージシャンでサキソフォン吹きだった。彼が首から下げていたのがサキソフォンのストラップだというのは、後になって知った。

わたしたちはすぐに仲良くなった。わたしがアイスティーを入れているあいだ、彼はベンをあやした。ベンを寝かしつけるといっしょにポーチの階段に腰をおろし、話をしているうちにレックスが帰ってきた。男二人は互いに紳士的だったけれども、そりが合わないのは一目瞭然だった。レックスは学生だった。わたしたちはとても貧しかったけれど、レックスには大人びた、権威めいた雰囲気があった。大物然としていて、やや傲岸なところがあった。ボーはこだわらないふうを装っていたけれど、そうではないことにわたしは気づいていた。彼が帰ったあとレックスは、どこの馬の骨ともつかないジャズ屋を家に連れこむのは感心しない、とわたしに言った。

ボーはサンフランシスコに半年いたあと、ヒッチハイクでニューヨーク――あの〝アップル〟――まで帰る途中だった。友人の家に泊まっていたが、その人たちは一日じゅう仕事をしているので、滞在中の四日間は毎日わたしとベンに会いにきた。

ボーは話し相手を求めていた。わたしはわたしでベンの赤んぼ語ではない、だれかのちゃんとした言葉を聞きたかったので、彼と会うのはうれしかった。それに彼はロマンスについて語った。恋をしていたのだ。わたしはレックスが自分を愛していて、二人とも幸せで、このまま幸せな人生を歩んでいくんだろうと思っていたけれど、レックスはボーがメリーナに激しく恋していたようにはわたしに恋していなかった。

サンフランシスコで、ボーはサンドイッチ売りをしていた。小さなカートに甘いロールパンやコーヒー、ジュースやサンドイッチをのせて、大きなオフィスビルのフロアからフロアへ売り歩いていた。ある日カートを押して保険会社に入ると、そこに彼女がいた。メリーナだ。書類をファイルしていたが、本当にはファイルしていなくて、夢見るようなほほえみを浮かべて窓の外を見ていた。長い髪をブロンドに染めて、黒のワンピースを着ていた。とても小柄で華奢だった。でも何よりあの肌だ、とボーは言った。人間とは思えないような、白い絹かミルクガラスでできた生き物みたいな肌だった。

自分でも何が起きたのかわからなかった。カートもお客もほっぽりだして、小さなゲートをくぐって彼女のそばまで行った。きみを愛してる、と彼は言った。きみが欲しい。いまトイレの鍵を取ってくる。お願いだ、五分で済むから。メリーナは彼を見て言った。すぐに行くわ。

わたしはそのころとても若かった。こんなロマンチックな話は生まれてこのかた聞いたことがなかった。

メリーナは結婚していて、一歳くらいの娘がいた。ちょうどベンの歳だ。彼女の夫はトランペット吹きだった。夫が巡業に出ている二か月のあいだにボーとメリーナは知り合った。二人はめくるめく情事にひたり、やがて夫が帰ってくるころになると彼女がボーに言った、「さあ、そろそろ行って」。だから彼はそのとおりにした。

彼女に言われたらそのとおりにするしかない、とボーは言った。ぼくは彼女の魔法にかかっていたんだ、ぼくも、彼女の夫も、まわりじゅうすべての男が。嫉妬なんてしようがない、だってほかの男がみんな彼女を愛するのはしごく当然だと思えるから。

たとえば……彼女の娘からして、夫の子ではなかった。夫婦は一時期エルパソに住んでいた。メリーナはピグリー・ウィグリー・スーパーで、牛肉やチキンをビニールに袋詰めする仕事をしていた。ガラスばりのウィンドウの中で、おかしな紙の帽子をかぶって。それでもステーキ肉を買いにきたメキシコ人の闘牛士が彼女を見つけた。闘牛士はカウンターをばんばん叩き、呼び鈴を鳴らし、肉売り場の主任にあの袋詰めの女性に会わせろ、と言った。彼は彼女をその場で辞めさせた。彼女にかかると誰でもそうなってしまうんだ、とボーは言った。今すぐにでもいっしょにいずにはいられなくなる。

何か月かしてメリーナは妊娠に気がついた。彼女はとても喜んで、夫に告げた。夫は怒った。そんなはずがない、と夫は言った、おれはパイプカットしてるんだから。何ですって？ メリーナは烈火のごとく怒った。あなた、そのことあたしに黙って結婚したってわけ？ 彼女は夫を家から追い出し、鍵も変えてしまった。夫は花束を贈り、誠心誠意の手紙を送り、家の前で野宿をし、やっと彼女から許してもらった。

彼女は自分たちの服をすべて手作りした。部屋という部屋を布で覆いつくした。床にマットレスとクッションを敷きつめ、みんな赤ん坊みたいにテントからテントへ這って移動した。昼も夜もキャンドルの明かりで、今が何時かもよくわからなかった。

ボーはメリーナのことを何から何までわたしに話した。子供のころは里親を転々としていたこと。十三歳で家出したこと。バーでBガール（それが何なのかはいまだにわからない）をしていたときに夫に出会って、どん底から救い出されたこと。気が強い女でね、とボーは言った、口もすごく悪い。でもあの瞳、やさしく触れる手、まるでいたいけな天使みたいなんだ。その天使がぼくの前にあらわれて、人生を永遠にめちゃめちゃにしていったんだ……。彼女のことを話すときのボーはドラマチックで、ときには身も世もなく泣いたりもしたけれど、わたしは彼女の話を聞くのがとても好きで、自分もそんなふうになれたらと願った。タフで、謎めいて、美しい女に。

ボーが行ってしまって寂しかった。彼もまた、わたしの人生にあらわれた天使だった。彼がいなくなって、レックスが自分にもベンにもほとんど話しかけないことに気がついた。寂しすぎて、自分の家もテントみたいにしてしまいたくなった。

数年後、わたしはべつの人と結婚していた。デーヴィッドというジャズピアノ弾きだ。いい人だったが、やっぱり無口だった。話すことがこの世でいちばん好きなわたしが、どうしてこんな無口な人とばかり結婚してしまうのかは謎だ。それでも友だちはたくさんいた。ミュージシャンがこの街にやってきてはわたしたちの家に泊まり、男たちが演奏しているあいだに女たちは料理をし、おしゃべりし、芝生に寝ころがって子供たちと遊んだ。

デーヴィッドに自分のことをしゃべらせるのは大変な難事業だった。一年生のときどんな子供だったかとか、初めてのガールフレンドはだれだったかとか。美しい絵描きの人と五年間同棲していたことは知っていたが、その人のことは言いたがらなかった。ねえちょっと、とわたしは言った。あたしは自分のこと何もかも話したんだから、あなただって何か教えてよ、初めて恋に落ちたときのこととか……。彼は笑って、でも本当に教えてくれた。それなら簡単だ、と言って。その女性は、彼の親友でベース弾きのアーニー・ジョーンズと暮らしていた。サウスバレーの灌漑《かんがい》用の水路のすぐそばだった。いちど彼がアーニーを訪ねていくと留守だったので、水路のほうに回ってみた。

そこに彼女がいた。緑の草に白い体を横たえて、裸で日光浴をしていた。サングラスのかわりに、アイスクリームの下に敷くレース型の紙のコースターを両目に一枚ずつのっけていた。

「それだけ？」わたしはせっついた。

「そう、それだけ。で、ぼくは恋してしまった」

「でも、どんな感じの人だったの？」

「彼女みたいな人はこの世にいないよ。あるときアーニーとぼくとで水路のそばに寝そべって、葉っぱを吸いながらしゃべってた。お互い仕事にあぶれて、すっかり腐ってたんだ。彼女がウェイトレスの仕事をして、ぼくらを二人とも食わせてくれていた。ある日のこと、彼女が昼間の宴会で働いて、飾ってあった花を持って帰ってきた。会場の花をありったけ全部。ところが彼女がそれをどうしたかというと、水路の上流まで抱えていって、ぜんぶ流れに投げこんだんだ。だからぼくとアーニーが暗い気分で岸に座って茶色い流れを見ていたら、とつぜん何百何千って花が流れてきた。彼女は食べ物とワイン、それにカトラリーとテーブルクロスも持ち帰っていて、それを草の上に全部セッティングしてくれた」

「で、その人とは寝たの？」

「いいや。話もしなかった、すくなくとも二人きりではね。ただ、今も忘れられないんだ——あの草の上の姿が」

「へぇえ」彼からそれだけ聞き出せたのと、彼のセンチメンタルな顔つきにすっかり満足して、わたしは言った。とにかくロマンスと名のつくものに目がなかったのだ。

わたしたちはサンタフェに引っ越し、デーヴィッドはクロードの店で演奏するようになった。当時はいいミュージシャンがたくさん街にやってきては、通りすがりに一晩かふた晩、デーヴィッドのトリオとセッションした。あるときパコ・デュランというとてもいいトランペット吹きがやって来た。デーヴィッドは彼との演奏が気に入って、パコと奥さんと子供を一週間ほどうちに泊めてもいいだろうかとわたしに訊いた。いいわよ、とわたしは言った。楽しくなりそう。

そのとおりだった。パコのトランペットはすばらしかった。彼とデーヴィッドは店で一晩じゅう演奏し、家でもずっと練習した。パコの奥さんのメリーナは風変わりで面白い人だった。二人はやることなすことといかにもLAのジャズ・ミュージシャンふうだった。わたしたちの家のことを〝ねぐら《バッド》〟と呼び、「わかる?《ユー・ディグ》」とか「いかしてる《アウタ・サイト》」などと言った。彼らの小さい娘とベンは気が合ったが、お互い何にでも興味津々の年ごろだった。わたしたちは二人をベビーサークルに入れようとしたが、どちらも入りたがらなかった。それでメリーナが一計を案じ、子供たちには好きにやらせて、わたしたち大人がコーヒーと灰皿をもってベビーサークルに避難した。そうして二人で柵の中に座って、子供たちが本棚から本を抜き出すのを眺めていた。彼女の口から聞かされるラスベガスは、まるでよその星の話みたいだった。彼女の話を聞き、彼女を見、彼女の浮世離れのした美しさに包まれているうちに、この人こそがボーのロマンスの相手のメリーナにちがいないとわたしは確信した。

なぜかわたしはそのことを言いだせなかった。こう言えなかった、ねえあなたほんとにきれいで変わってて、もしやボーの恋人だったんじゃない？　ただわたしはボーのことを思って懐かしくなり、今ごろ元気にしているといいと思った。

わたしと彼女で夕食を作り、男たちは仕事に出かけていった。子供たちをお風呂に入れると二人で裏のポーチに出て、煙草を吸ってコーヒーを飲んだ。わたしたちはそれまでの人生で節目になった靴について話した。はじめてのペニーローファー、はじめてのハイヒール。銀色のプラットフォーム。今までにはいたすべてのブーツ。理想のパンプス。手作りのサンダル。ワラチサンダル。スパイクヒール。話しながら、二人のはだしの足がポーチのふもとの湿った緑の芝の上でくねくね動いた。彼女の足の爪は黒く塗ってあった。

彼女がわたしの星座をたずねた。ふだんだったらそんな話にはうんざりなのに、そのときのわたしは彼女が教えてくれるさそり座の性格をありがたく聞き、一から十まで信じた。あたしは手相見できるのよ、ちょっとだけだけど、とわたしは言って、彼女の手を見た。暗かったので家に入って灯油ランプを持ってきて、階段の二人のあいだに置いた。ランタンと月の光の下で彼女の白い両手を支えながら、わたしはボーが彼女の肌について言っていたことを思い出していた。ひんやり冷たいガラスか銀を手にしているようだった。

わたしはキロの手相の本をそらで覚えている。今までに何百という手相も見てきた。わざわざそんなことを言うのは、彼女の手の線や丘から読み取ったことも確かに言ったのだとわかってほしいからだ。けれどもそのときわたしが話したことは、大半がボーから聞いて知っていたことだった。

なぜあんなことをしたのか、自分で自分が恥ずかしい。わたしは彼女が妬ましかった。彼女は圧倒的だった。なにか特別なことをしたわけではない、彼女の存在そのものが圧倒的だった。わたしは彼女の気を引きたかった。

彼女の半生をわたしは語った。ひどい里親のことや、パコが救ってくれたことを。こんなふうに言った、「男の人が見える。ハンサムな人ね。危険。あなたが危険にさらされてるわけじゃない。その人が危険な暮らしをしているみたい。カーレーサーか、もしかして闘牛士？」うそ、と彼女が言った。闘牛士のことは誰も知らないはずなのに。

ボーはいちど、彼女の頭に手を置いて「何も心配しなくていいんだよ……」と言ったら彼女が泣き出した、と話したことがあった。わたしは彼女に言った、あなたは決して泣かない人ね、悲しくても怒っても絶対に泣かない。でもだれかにうんと優しくされて、頭に手を置いて大丈夫だよって言われたら、そのときは泣いてしまうかも……。

もうこれくらいにしておこう。あまりに恥ずかしい。でもわたしの狙いは図に当たった。彼女は自分のきれいな両手を見つめて、ささやくように言った。「あなたは魔女よ。魔法使いだわ」

その週はすばらしかった。みんなでインディアンの踊りを見にいき、バンデリアの遺跡やアコマ・プエブロに登った。サンディアマンが暮らしていた洞窟にも座った〔アルバカーキ近郊の国有林内にある遺跡〕。タオス近くの温泉に浸かり、サントニーニョの教会に行った。ふた晩ベビーシッターを頼んで、メリーナとわたしでクラブにも繰り出した。音楽はすばらしかった。「今週はほんとうに最高の気分だったわ」とわたしは言った。彼女は笑った。「あたしはいつだって最高の気分よ」さらりとそう言った。

彼らが行ってしまうと、家の中はひどく静かになった。デーヴィッドが仕事から帰ってきて、わたしはいつものように起き出した。たぶん手相のことを告白したかったのだろうが、言わなくて本当によかった。暗がりのなか、並んでベッドに横たわっていたら、彼が言ったのだ。

「彼女なんだ」

「なにが?」

「メリーナだよ。草の上にいたのは、彼女だったんだ」

友人

アナとサムに出会ったその日、ロレッタはサムの命を救った。

アナもサムも年寄りだった。アナが八十、サムは八十九だった。ロレッタが近所のエレインのプールに泳ぎにいくと、そこにときどきアナがいた。ある日寄ってみると、二人の女がサムに、あなたも少しは泳ぎなさいよとしきりに勧めているところだった。とうとうサムはプールに入り、満面の笑みを浮かべて犬かきをしていた、と思ったら発作を起こした。女二人はプールの浅いほうの端にいて気がつかなかった。ロレッタは靴もなにもかもそのままで飛びこみ、サムをはしごのところまで引っぱっていき、プールから引きあげた。人工呼吸の必要はなかったが、サムはパニックで気が動転していた。いつも飲んでいるてんかんの薬を飲ませ、三人がかりで体を拭き、服を着せた。それからみんなでしばらく座って、彼が歩いて帰れるぐらい回復するまで見守った。家はほんの一ブロック先だった。アナとサムは、あなたは命の恩人だとロレッタに何度も礼を言い、次の日ぜひランチを食べに来てほしいと言った。

たまたまロレッタは何日か仕事が休みだった。たまった用事を片づけるために無給の休暇を三日間とっていたのだ。二人の家でランチをするとなると、中心街からわざわざバークレーまで戻ってこなければならず、となるとその日のうちに済ませるつもりだった用事が全部できないことになる。

こういうとき、ロレッタはいつもやりきれない気分になった。せっかく親切に言ってくれてるんだもの、それくらいしてあげなさいよ、頭の中でそんな声がする。やらなければ気がとがめるし、やれば自分の意気地なしに嫌気がさす。

二人のアパートに一歩足を踏み入れたとたん、そんなもやもやは吹き飛んだ。中は広々として日当たりがよかった。二人が長年暮らしたメキシコの古い家もこんな風だった。アナはもと考古学者、サムは技師だった。テオティワカンや、その他いろいろの遺跡でいっしょに発掘作業をしてきた。家の中いたるところに美しい陶磁器や写真が飾られ、蔵書もみごとだった。下の庭には広い菜園があり、果樹やベリーがたくさん植わっていた。鳥みたいに華奢なこの老夫婦がこれだけの作業を全部やっているのかと、ロレッタは驚いた。二人とも杖をついていて、歩くのもやっとだというのに。

昼食はトーストしたチーズサンドイッチとチャヨーテのスープ、それに庭で採れたサラダだった。アナとサムは食事を作るのも、食器を並べるのも、料理を取り分けるのも、ぜんぶ二人いっしょにやった。

五十年間、二人は何をするのもいっしょだった。双子のように一人が言ったことをもう一人が言い直し、一人が始めたセンテンスをもう一人が締めくくった。メキシコのピラミッドやいろいろな遺跡での思い出話を二人からステレオで聞かされながら、ランチの時間は楽しく過ぎた。ロレッタはこの老夫婦にすっかり魅入られた。彼らは共に音楽やガーデニングを愛し、二人暮らしを楽しんでいた。地域や国の政治にもおどろくほど熱心で、デモやパレードに参加し、国会議員に手紙を書き新聞に投書し、電話をかけていた。新聞を毎日三紙か四紙読み、夜は小説や歴史書を互いに読み聞かせあった。

サムがふるえる手で食卓を片づけているとき、ロレッタはアナに言った。こんなに夫婦仲良く一生を添い遂げられるなんて、本当にうらやましいわ。そうね、とアナは言った。でも、じきにどちらかが先に逝《い》ってしまうのよ……。

ロレッタはずっと後になってこのときの言葉を思い返して、もしやアナはどちらかが先に死んだときの一種の保険として自分と仲良くなっておこうとしたのだろうか、と勘ぐった。いえそうじゃない、と彼女は思った。もっと単純なことだ。あの二人はお互いだけで自己完結していて、今までずっとお互いがいればじゅうぶんだった。けれどもだんだんとサムがぼんやりしてきて、ピントのずれたことを言うようになってきた。同じ話を何度も何度もくりかえし、アナはそれを辛抱強く聞いていたけれど、たぶんだれか他人に話に加わってもらいたいと思っていたのだろう。

理由はどうあれ、ロレッタはしだいにサムとアナの生活に入りこんでいった。夫婦はもう車を運転しなかった。アナはしょっちゅうロレッタの職場に電話をかけてきて、帰りにミズゴケを買ってきてほしいとか、サムを目医者に連れていってほしいとか頼むようになった。どちらも調子が悪くて店まで行けないときには、ロレッタが買い物を引き受けた。アナたちのことが好きだったし、憧れの夫婦だった。二人がロレッタに来てほしそうにしていたから、週に一度、すくなくとも二週に一度は彼らの家で夕食をとるようになった。何度かロレッタが自分の家に招待したこともあったが、多すぎる階段を二人がぜいぜいいいながら上がってくるのを見て、誘わなくなった。そうなるとだんだん、自分から魚やチキンやパスタ料理を作ってもっていくようになった。アナたちはサラダを作り、デザートに庭のベリーを出した。

　食事がすむと、ミントティーやハイビスカスティーを飲みながら、テーブルにすわってサムの昔話を聞いた。ユカタン半島のジャングルの奥の発掘現場でアナがポリオにかかったときのこと。仲間と彼女を病院に連れていったが、人々がとても親切にしてくれたこと。メキシコのハラパに建てた家にまつわるあれやこれや。市長夫人が客に会うのがいやで、窓から逃げようとして足を折った話。サムの話はいつも「それで思い出したんだがね、昔……」で始まった。

　ロレッタは少しずつ、二人の人生の詳細を知るようになった。タマルパイス山〔カリフォルニア州西部、サンフランシスコ湾をのぞむ絶景で知られる山〕で過ごした恋人時代。ニューヨークで共産党員だったころの武勇伝。世を忍ぶ同棲生活。結婚は最後までしなかったが、因習にとらわれない関係に誇りをもっていた。子供は二人、どちらも遠くの街に住んでいる。子供たちがまだ小さかったころ、ビッグ・サーの近くの農場で暮らした思い出話の数々。話が一つ終わるとロレッタは言った、「まだまだ聞いていたいけれど、あしたは朝が早いから、そろそろおいとましないと」。そうして本当に帰ることもあったけれど、たいていはサムがこう言った、「あと一つだけ、その手巻き式の蓄音機がどうなったかだけ言わせておくれ」。何時間かあと、疲れはててオークランドの自宅に向けて車を走らせながらロレッタは思う。こんなことをいつまでも続けられない。続けるにしても、帰る時間をきちんと決めなきゃ。

彼らが退屈だとか、魅力がないというのではなかった。正反対だった。豊かで満ち足りた人生を送っていて、意識が高く、センスもよかった。世の中にも自分たちの過去にも愛情をもっていた。二人がじつに楽しそうに片方が言ったことにもう片方が注釈を加えたり、日付やディテールを訂正したりするのを見ていると、それを途中でさえぎって帰ることなどとてもできそうになかった。それに行けばいつでも心から歓待してくれたので、ロレッタも気分がよかった。それでもときどき、疲れていたり他にやることがあったりすると、行きたくないなと思うことがあった。それでとうとう、あまり夜おそくまではいられない、朝起きるのがつらいので、と言ってみた。するとアナが言った。なら日曜のブランチにいらっしゃい。

天気がいいと、三人はポーチに出したテーブルで花や草木に囲まれて食事をした。すぐそばに吊った餌台に鳥たちが何百羽とやってきた。だんだん寒くなってくると、屋内の鋳鉄製のストーブのそばで食べた。薪をくべるのはサムの役目で、薪は彼が自分で割ったものだった。ワッフルやサムの特製オムレツを食べ、ときにはロレッタがベーグルやサケの燻製をもってきた。サムがいつもの昔話をし、それにアナが茶々を入れたり細かいことを訂正し、そうやって何時間かが過ぎ、一日が過ぎていった。ポーチに日が照っていたりストーブが暖かかったりすると、目を開けているのがひと苦労だった。

サムとアナが暮らしたメキシコの家はコンクリートブロックでできていたが、天井の梁や、カウンターや、食器戸棚にはヒマラヤスギを使った。最初に一番大きな部屋――キッチンとリビングがいっしょになっている――を作った。それからもちろん木も植えた、家を建てるより前に、まず木だった。バナナ、プラム、ジャカランダ。次の年には寝室を作り、さらにその何年かのちに寝室をもう一つ、それからアナの仕事部屋を作った。ベッドや作業台、テーブルもみんなヒマラヤスギだった。メキシコのほかの州にある発掘現場から、二人は毎日ささやかなわが家に帰った。家の中はいつも涼しく、木の香りがして、杉材の大きな衣装箱の中にいるようだった。

アナが肺炎にかかって入院することになった。ひどく具合が悪いのに、アナはサムのことばかり心配した。あの人、あたしなしではとてもやっていけない。ロレッタは、仕事の前に寄ってちゃんと薬を飲ませて朝も食べさせ、仕事が終わったら夕食を作ってあげて、それから病院に面会に連れてきますと約束した。

おそろしいのは、サムがいっさい口をきかなくなったことだった。ロレッタが着替えを手伝うあいだも、ベッドの端に腰かけて、ただふるえているだけだった。上の空で薬を口に入れ、パイナップルジュースを飲み、朝食を食べおわるとのろのろと顎をぬぐった。夕方ロレッタが着くと、サムはもうポーチに出て待っていた。まずアナに会いに行きたい、夕食はそのあとだと言う。病院に行くと、アナは血の気のない顔で横たわり、長い白髪を子供のようにお下げにしていた。点滴に尿道カテーテル、酸素チューブ。言葉はしゃべらなかったが、ほほえんでサムの手をとり、彼が今日は山ほど洗濯をした、トマトに水をやった、豆の根元に覆いをした、皿を洗った、レモネードを作った、と言うのを聞いていた。サムはその日あったことを息せききって一から十まで報告した。帰るとき足がもつれてまっすぐ歩けず、ロレッタがしっかり支えてあげなければならなかった。帰りの車の中で、サムは心配のあまり泣いた。けれどもアナは退院してすっかり元気になった。ただ、庭は相当の手入れが必要だった。次の日曜、ブランチのあとロレッタは雑草を抜き、ブラックベリーのつるを刈りこむのを手伝った。ロレッタはふと心配になった。もしアナが重い病気になったらどうなるんだろう。この付き合いを続けていって、この先どんなことに巻きこまれるのだろう？　夫婦がお互いなしには生きていけない、その心もとなさを思うと、ロレッタは悲しく胸を打たれた。庭で手を動かしながら、頭の中にはそんな思いがよぎったが、ひんやりとした黒土の手触りや、背中にあたる日差しは心地よかった。それに隣の畝《うね》で雑草を抜きながら、またいつもの昔話をするサムも。

その次の日曜日、ロレッタは二人の家に行くのが遅れた。朝早くに起きたが、やることが山ほどあった。本当は家にいたかったが、電話して今日は行けないと言う勇気はなかった。

玄関の扉は、いつものように掛け金がはずれていなかったので、庭にまわって裏の階段を登っていくことにした。庭に入ってあたりを見まわすと、トマトやカボチャやサヤエンドウが青々と実っていた。ハチがわんわんうなる。アナとサムが二階のポーチにいるのが見えた。声をかけようとしたが、二人は何やら真剣に話し合っていた。

「あの人、今まで遅れたことなんてなかったのに。もう来ないのかも」

「なに、来るさ……毎週うちに来るのを何より楽しみにしているんだから」

「かわいそうに。孤独なのね。あの人にはあたしたちが必要なのよ。唯一の家族も同然だもの」

「わしの話をとても楽しみにしてるんだ。しかし困ったな、今日話すことを何も思いつかんぞ」

「その場になれば浮かぶわよ……」

「こんにちは！」ロレッタは声を張り上げた。「どなたかいらっしゃいます？」

野良犬

バトンルージュからアルバカーキに入った。夜中の二時だった。叩きつけるような風。アルバカーキの風はいつもこうだ。グレイハウンドの停留所で時間をつぶしていたら、タクシー運転手に声をかけられた。刑務所の刺青だらけなのを見て、この人ならきっとヤクを都合してくれ、泊まる場所も教えてくれるだろうと踏んだ。彼はわたしにヤクを売ってくれて、サウスバレーの宿、ここらでは〝ノリア〟と呼んでいる宿にも連れてってくれた。彼、ヌードルズに出会えたのは運がよかった。まったくアルバカーキなんて、よりによって最悪の場所に流れついてしまったものだ。街はチカーノが牛耳っている。黒人《マヤテ》たちはヤクには手も触れられない、殺されなければ御の字だ。白人の男は長いこと踏んばれれば、まだ少しはチャンスがある。わたしみたいな白人の女は論外、風前の灯だ。唯一生き残る道は大きいコネをつかむことで、わたしは、これもヌードルズの口ききで、ナチョとつながれた。おかげでもう誰もわたしに手出しできなくなった。いま自分で言ってて悲しくなった。信じられないだろうけど、ナチョは聖人だった。ブラウン・ベレー〔チカーノすなわちメキシコ系アメリカ人の権利を守る組織〕の立役者で、チカーノ社会のために尽くし、老いも若きもみんな助けた。今ごろどこにいるのだろう。保釈中に行方をくらませたのだ。それも、とびきりでかいヤマで。麻薬取締官《ナーク》のマルケスを背中から五発撃ったのだ。陪審員たちはナチョのことを聖人とはいかないまでも、ロビン・フッドぐらいには思っていたらしく、故殺の罪に問うただけだった。ああ、彼の居場所がわかったら。ちょうど同じころ、わたしも注射の痕《あと》を見つかって捕まってしまったのだから。

もう大昔の話だ。でなければこんなふうに話せない。マリファナの吸いさしや注射痕だけで五年も十年もくらった時代だ。

ちょうどそのころ、メタドンを使った新しい治療プログラムが始まった。わたしはその試験的な施設の一つに入れられた。〈ラ・ビダ〉で半年過ごすか、サンタフェの州立刑務所、通称〝ラ・ピンタ〟に何年も入るか、二つに一つだった。同じような選択をしたヤク中が全部で二十人、がたがたの黄色いスクールバスで〈ラ・ビダ〉まで運ばれた。バスが着くなり野犬の群れがやってきて、わたしたちに向かってひとしきり吠えたりうなったりして、また土埃の中に走って消えた。

〈ラ・ビダ〉はアルバカーキから三十マイル離れていた。砂漠のど真ん中だ。見わたすかぎり何もない、木一本、草むら一つなかった。ルート66は歩いて行くには遠すぎた。〈ラ・ビダ〉は元はレーダー基地で、第二次大戦の軍事施設だった。戦争が終わってからずっと使われずに打ち捨てられていた。文字どおりの廃墟だ。そこをわたしたちで修繕するのだ。

ぎらつく太陽の下、風に吹かれて、わたしたちは立った。おそろしく巨大なレーダーのアンテナがあたりを圧してそびえていて、それが一つきりの日陰だった。崩れかかった営舎。壊れて風にカタカタ鳴る錆びたブラインド。半分はがれた壁のピンナップ。どの部屋にも一メートルほどの高さの砂丘ができていた。きれいな波紋のついた、ペインテッド砂漠の絵はがきみたいなほんものの砂丘。

わたしたちのリハビリでは、いくつもの要素がカギになると言われていた。まず第一はわたしたちをストリートの環境から引き離すこと。カウンセラーがそれを言うたび、みんな馬鹿みたいに笑った。ストリートどころか、そもそも道路がどこにも見あたらなかった。敷地内の道はみんな砂に埋もれていた。食堂にはテーブルがあり、営舎にはベッドがあったけれど、どれも砂が積もっていた。トイレは動物の死骸で詰まっていて、それにやっぱりここにも、砂。

聞こえるのは風の音と、あたりをうろつく野犬どもの吠え声だけだった。ときにはこの静けさも悪くなかったけれど、レーダーのアンテナが回りつづける物悲しい、むせぶような音は、昼も夜も、夜も昼もやまなかった。最初のうちはみんな気味悪がったが、それもしだいにウィンドチャイムみたいに心地よくなってきた。みんなはあのアンテナは日本のカミカゼ飛行機を撃ち落とすためのものだったと言ったけれど、どうせ変なことばかり言う連中だった。

もちろんリハビリの基本はまっとうな労働をすることだった。いい仕事をしたあとの達成感。協調性の習得。チームワーク。このチームワークは、毎朝六時にメタドンの列に並ぶところから始まった。朝食が終わると昼食まで働く。二時から五時はグループセッション、七時から十時までまたべつのグループセッション。

このグループの目的は、いったんわたしたちをぶち壊すことだった。わたしたちの抱える一番の問題は、怒りと傲慢と反抗心だった。みんな嘘つきでペテン師で泥棒だった。そこで毎日〝ヘアカット〟というのが行われる。一人に向かってグループ全員が、その人の欠点や弱点を大声であげつらうのだ。

みんなぼろぼろに打ちのめされて、しまいに降参する《クライ・アンクル》。誰なんだろ、このおじさん《アンクル》って。正直わたしは今でも怒ってるし傲慢だ。いちどセッションに十分遅刻したら、みんなによってたかって眉毛を剃られ、まつ毛をちょん切られた。

グループでは怒りの感情と向きあった。朝から晩まで、めいめい自分が腹をたてている相手の名前を紙に書いて投票箱に入れ、セッションの場でそれについて話し合った。たいていは、全員がほかの全員に向かってろくでなしだの最低野郎だのと怒鳴りあう結果になった。でもさっき言ったとおり、わたしたちはみんな嘘つきのペテン師だった。半分ぐらいはだれも本当には怒ってなくて、ニセの怒りをでっち上げてグループセッションごっこをしているだけだった。刑務所ではなく、ここ〈ラ・ビダ〉に居つづけるためだ。いちばんたくさん票を集めたのは調理係のボビーで、彼が野犬にエサをやるのをみんなが怒っていた。あるいはグレナスが草取りをまじめにやらずに、ただタバコを吸いながら回転草《タンブルウィード》を熊手であっちこっちに転がしてるだけだ、とか。

犬どもにはみんなが腹を立てていた。朝の六時、それから午後の一時と六時にわたしたちは食堂の外に列を作る。砂まじりの風に打たれて。みんな疲れて腹ぺこだ。朝は凍える寒さ、午後はカンカン照り。ボビーは時間まで待ってから、澄ました銀行員みたいにゆっくり床を歩いて食堂のドアを開けた。わたしたちが待っているあいだ、すぐそばの厨房のドアの前には犬どもも同じように集まっていて、ボビーが残飯を投げてくれるのを待っていた。疥癬病みの、醜い、岩山で人に捨てられた雑多な寄せ集めの群れ。犬どもはそりゃあボビーのことが好きだったが、わたしたちのことはひどく憎んで、来る日も来る日も食事のたびに、こっちに向かってうなって歯をむいた。

わたしは洗濯室から厨房に配置替えになった。調理を手伝い、皿を洗い、床をモップ掛けする。しばらくしてボビーのことがそんなに嫌いではなくなった。犬たちのこともそんなに嫌いではなくなった。ボビーは一匹ずつに名前をつけていた。いい加減な名前だった。デューク、スポット、ブラッキー、ギンプ、ショーティ。そして彼のお気に入りのライザ。年とった黄色の雑種で、頭が平べったく、耳がコウモリみたいに大きくて、オレンジがかった黄色の目をしていた。何か月かするうちに、ライザはボビーの手から直接ものを食べるまでになっていた。「ライザ、おれのサンシャイン！　黄色い瞳のおれの太陽」彼は猫なで声で言った。やがてライザはボビーが不格好な耳の後ろを掻いてやったり、脚のあいだにみすぼらしく垂れている長い尻尾のつけ根あたりを撫でてやっても、じっとされるがままになった。「かわいいかわいい、おれのサンシャイン」彼は言った。

国のお金で、いろんな人たちが入れかわり立ちかわりわたしたちとワークショップをしにやって来た。ある女の人は〝家族〟をテーマにワークショップをした。わたしたち、だれにも家族なんてありゃしないのに。シナノン〔六〇～九〇年代に存在した、麻薬患者のためのリハビリ・プログラム。のちにカルト化した〕から来た男の人は、わたしたちの一番の問題は〝かっこつけ〟だ、と言った。「自分でかっこいいと思っているとき、人はいちばんかっこわるいもんです」というのがその人のお得意のセリフだった。彼は毎日わたしたちに〝自分のイメージを吹っ飛ばす〟ように言った。なんだか馬鹿のふりをしているみたいだった。

施設にはジムがあり、ビリヤード台やトレーニング器具、サンドバッグもあった。カラーテレビも二台。バスケのコートにボウリングのレーン、テニスコート。額に入ったジョージア・オキーフ。モネの睡蓮。しばらくするとハリウッドの映画会社がやって来た。SF映画のロケのためだった。わたしたちもエキストラで出てギャラをもらえることになった。映画の主題はレーダーのアンテナで、それがアンジー・ディキンソンとどうにかなる話だった。アンテナが彼女に恋をして、彼女が自動車事故で死ぬと魂を奪い、ほかの人たちの魂も片っ端から奪いだすのだが、それがわたしたち〈ラ・ビダ〉の住人というわけだ。今までに深夜のテレビで二十回ぐらい観た。

最初の三か月はおおむね順調だった。わたしたちは〝クリーン〟で健康的で、よく働いた。施設も見ちがえた。みんな互いに親密になり、そして怒るときは怒った。けれどもその三か月のあいだ、わたしたちは完璧に孤立していた。誰も入ってこなかったし、誰も出ていかなかった。電話もなし、新聞もなし、手紙もテレビもなし。三か月が過ぎたあたりから歯車が狂いだした。外出許可をもらって出かけて、帰ってきたら尿検査でクロになる人や、そのまま戻ってこない人が出はじめた。新しい住人がときどき加わったが、わたしたちのようにはこの場所に誇りを持ってはいなかった。

毎日、朝のミーティングが開かれた。といってもなかば不平大会、なかば告げ口大会だった。おまけにミーティングではみんなが順番に何か話さなければならなかった。ジョークを言うんでも歌をうたうんでも何でもいい、とにかく何か話す。でもだれも何も思いつかなかったので、ライル・タナー爺は週に二日は「ヨタカが飛んでいたようだ」を歌い、〝エル・サポ《ひきがえる》〟はチワワの繁殖のさせ方について話したけれど、ぞっとするような話だった。〝セクシー〟はきまって聖書の詩篇二十三番を暗唱したけれど、舌の上でうっとりと言葉を転がすように言うものだから、なんだか卑猥に聞こえて、みんなが笑うと彼女は憤慨した。

セクシーというのは冗談でついたあだ名だった。彼女はメキシコから来た年とった娼婦だった。わたしたちと同じ第一陣ではなく、食事なしの独房に五日間入れられたあと、ここに来た。ボビーが彼女にスープとベーコンエッグを作ってやった。だが彼女はパンだけを欲しがった。椅子に座ってワンダーブレッドをまるまる三斤、ろくに嚙まずに飲みこんだ。それくらい飢えていた。ボビーはスープとベーコンエッグをライザにやってしまった。

セクシーがいつまでも食べやめないので、しまいにわたしが自分たちの部屋に連れていくと、彼女は倒れこんだ。隣の部屋ではリディアとシェリーがいっしょのベッドに入っていた。もう何年も恋人どうしなのだ。とろんとした笑い声からすると、何かでハイになっているにちがいなかった。レッドか鎮静剤《ルード》か、そのへんだろう。わたしは厨房に戻ってボビーの後かたづけを手伝った。カウンセラーのゲイブが入ってきて、包丁類をぜんぶ鍵つきの金庫にしまった。毎晩そうするのだ。

「ちょっと街まで行ってくるよ。ボビー、あとを頼んだ」このころではもう夜間のスタッフもいなくなっていた。

ボビーとわたしは外に出て、チャイナベリーの木の下でコーヒーを飲んだ。メサのほうで犬たちが何かを追って吠えていた。

「セクシーが来てくれてよかった。彼女、いい人よ」

「あれは大丈夫だ。じきに出てくだろう」

「なんとなくライザに似てる気がする」

「ライザはあんな不細工じゃないぞ。おいティナ、待ってな。もうすぐだ」

月だった。ニューメキシコの晴れた晩に出る月みたいな月はほかにはない。サンディア山脈からのぼると、何マイルも続く不毛な砂漠を初雪のようなしんとした白でやさしく覆う。ライザの黄色い瞳にも、チャイナベリーにも、月の光が落ちていた。

世界はただ続いていく。大事なことなんてこの世に一つもありはしない、本当に意味のある大事なことは。それでもときどきほんの一瞬、こんなふうに天の恵みがおとずれて、やっぱり人生にはすごく意味があるんだと思わされる。

ボビーも同じ気持ちだったにちがいない。固唾をのむ音がした。こんなとき、ひざまずいて祈りを捧げる人もいるだろう。賛美歌をうたう人もいるだろう。原始人なら踊りを踊ったことだろう。わたしたちはといえば、セックスをした。そこを〝エル・サポ〟に見つかった。終わったあとだったが、二人ともまだ裸だった。

朝のミーティングでそのことがばれ、わたしたちは罰を受けることになった。以後三週間、厨房の掃除を済ませたあと、食堂の窓のペンキを全部こそげてやすりをかけること。毎晩毎晩、夜中の一時まで。それだけでも最悪なのに、ボビーが体面を取りつくろおうとして、立ちあがってこう言った、「おれはべつにティナとやりたくなんかなかった。おれはただクリーンになって、ここでの務めを終えて、女房のデビと娘のデビ＝アンの待つ家に帰りたいだけだ」。インチキくさいその二つの名前を、紙に書いて投票してやりたかった。

これはひどくこたえた。ボビーはわたしを抱きしめて話をしてくれた。そこいらの男よりずっと手間ひまをかけて愛してくれた。月が出たとき彼といっしょにいて、わたしはとても幸せだった。

わたしもボビーも必死に働いたから、話なんかする暇がなかった。どっちにしろ、どんなに傷ついたかなんて言うつもりはなかった。わたしたちは疲れていた。毎晩、毎日、ずっとへとへとだった。

何よりも話さなかったのは犬たちのことだった。三晩続けて姿を見せなかった。とうとうわたしが口を切った。「犬はどこに行っちゃったんだろ」

ボビーは肩をすくめた。「ピューマか、銃もったガキか」

二人はまたやすりがけに戻った。寝に上がるには遅すぎたので、コーヒーを淹れて、またあの木の下に座った。

セクシーがいなくなって寂しかった。言い忘れたけれど、セクシーは街まで歯医者に行ったが、そこでヤクにありついてしまい、ぱくられて刑務所に逆戻りだった。

「セクシーに会いたいよ。ボビー、あのときミーティングで言ったこと、嘘なんでしょ。あんた本当にあたしとやりたがってた」

「ああ、嘘だ」

わたしたちは肉の貯蔵庫に行ってまた抱きあい、またセックスをした。けれど寒くて凍えそうだったので、短くすませた。そしてまた外に出た。

犬たちがやってきた。ショーティにブラッキーにスポット、デューク。

ヤマアラシにやられていた。もう何日か経っているらしく、みんな傷が腐って膿んでいた。顔はサイのお化けみたいに膨れて、緑の膿が垂れていた。目も腫れて開かなくなり、小さなトゲがいっぱいに刺さっていた。それが何より恐ろしかった、みんな目が見えなくなっていることが。それに喉がふさがって、声もまともに出せなくなっていた。

ブラッキーが引きつけを起こした。ゴロゴロと気味のわるい声をたてて宙高く跳ねた。のたうち、けいれんし、尿をまきちらした。一メートルほども宙に跳んだと思うとべしゃりと下に落ち、砂にまみれて死んだ。ライザが遅れて最後にやってきた。もう立つこともできず、這ってボビーの足元まで来ると、苦しげに身をよじり、前足で彼のブーツをひっかいた。

「包丁を取ってきてくれ」

「ゲイブがまだもどってないよ」。金庫はカウンセラーでないと開けられなかった。

ライザはそっとボビーの足をひっかきつづけた。撫でてよ、ボールを投げてよ、とせがむように。

ボビーは貯蔵庫に行って肉を一枚取ってきた。空はラベンダー色だった。夜明けが近かった。彼は犬たちに肉のにおいを嗅がせた。それから彼らの名前を呼び、甘い声で誘って道の向かいの機械小屋まで連れていった。わたしは木の下に残った。

彼が機械小屋に入り、犬がみんな後について中に入ると、彼はハンマーで犬たちを殴り殺した。わたしは見なかったが、音が聞こえたし、壁に血が飛び散ってしたたり落ちるのがわたしのいるところからも見えた。きっと彼は「ライザ、おれのかわいいサンシャイン」とか言うだろうと思っていたが、無言だった。出てきた彼は血にまみれ、わたしと目を合わさずに営舎に入っていった。

メタドンをもったナースが車でやって来て、みんなが朝食の列に並びはじめた。わたしは鉄板に火を入れて、パンケーキの生地を作りにかかった。みんなわたしの朝食の準備が遅いと言って怒った。

まだスタッフがやって来ないうちに、映画の撮影のトレーラーがつぎつぎ来て停まった。みんな着くなりてきぱき働きはじめ、ロケ場所を確認したりエキストラを割り振ったりした。メガホンやトランシーバーを持った人たちが走りまわった。ふしぎと機械小屋にはだれも入らなかった。

すぐに一つめのシーンが始まった。アンジー・ディキンソンの代わりのスタントマンがジムから車を走らせて、ヘリコプターがレーダーのアンテナのまわりをホバリングするという場面だった。車がアンテナに激突して、アンジーの魂が上にのぼってアンテナに吸いこまれる、となるはずが、車はチャイナベリーの木に激突した。

ボビーとわたしは昼食を作った。疲れはてて、ゾンビ役のエキストラが演技指導されたのとそっくりなスローモーションの歩き方になった。どちらも口をきかなかった。いちど、わたしがツナサラダを作っている最中に「ピクルスのレリッシュ?」と独り言をいった。

「なんだって?」

「ピクルスのレリッシュって言ったの」

「それだ。ピクルスのレリッシュ!」わたしたちは笑い、笑いだしたら止まらなくなった。彼がわたしの頬に触れた。鳥の羽のようにそっと。

映画のクルーたちはこのレーダー基地を気に入って、ゴキゲンだ、サイコーだと言った。アンジー・ディキンソンがわたしのアイシャドウをほめた。わたしは言った、これチョークなのよ、ほら、ビリヤードのキューの先に使うやつ。「すっごくイカしてるわ、そのブルー」彼女はそうわたしに言った。

昼食が済むと、親方と呼ばれる年かさの男の人がわたしのところにやって来て、ここからいちばん近いバーはどこだと訊いた。道をギャラップのほうにまっすぐ行ったところに一軒あったが、わたしはアルバカーキと答えた。街まで乗せてってくれるなら何だってする、そう言った。

「心配いらんよ。俺のトラックに乗んな、さあ行くぞ」

どしん、ばたん、がしゃん。

「うわ、なんだ今のは」

「牛よけの柵よ〔牧場の牛が逃げ出さないように地面に溝を掘り、上に目の粗い柵をかぶせたもの〕」

「やれやれ。とんだ地の果てだぜ」

やがてトラックはハイウェイに出た。タイヤがコンクリの上で鳴る音、吹きこむ風、最高だった。セミトレーラー、バンパーステッカー、車の後部座席でとっくみあいする子供たち。ルート66。

やがて道は高台をのぼり、眼下には広い渓谷とリオ・グランデ、かなたには美しいサンディア山脈が広がった。

「ねえミスター。あたしバトンルージュに帰る切符を買うお金がいるの。六十ドルばかし恵んでくれない？」

「お安いご用だ。あんたが欲しいのは切符、おれが欲しいのは一杯の酒。すべてうまくいくさ」

哀しみ

「あの二人、朝から晩までいったい何を話しているのかしら」ミセス・ワッカーは朝食の席で夫に言った。

茅葺き屋根の、海に向かって開《ひら》けた食堂のいちばん隅で、姉妹はパパイヤにもウエボス・ランチェロス〔トルティーヤに目玉焼きをのせてチリソースをかけたメキシコ料理〕にも手をつけず、しゃべりどおしにしゃべっていた。そのあと二人は波打ち際を歩きながら頭と頭を寄せ合い、またしゃべりにしゃべった。思いがけず波が来て飛沫《しぶき》をかぶると、声をたてて笑った。妹のほうはよく泣いていた——すると姉は辛抱づよく妹をなぐさめ、ティッシュを差し出した。涙がやむと、またおしゃべりが始まる。

姉のほうは冷淡というわけではなかったが、けっして泣かなかった。

ホテルのほかの滞在客は食堂でも砂浜のデッキチェアでもおおむね無口で、ときおり天気のすばらしさや海の青さについて口にしたり、子供たちにちゃんと座ってなさいと注意する程度だった。新婚旅行のカップルは内緒話をしたり、じゃれあったり、メロンを食べさせあったりもしたが、たいていはただ黙って見つめあい、お互いの手にじっと見入っていた。年配の夫婦はコーヒーを飲み、本を読み、クロスワードパズルをやった。そういう人たちの会話は短く、ひどくそっけなかった。互いに満ち足りている人たちは、怒りや退屈で煮えくり返っている人たちと同様に口数が少なくなるものだ。ちがうのは会話のリズムだ。片やのんびり続くテニスのラリーのよう、片やハエをぴしゃりと叩く一撃のよう。

夜、ランタンの明かりのもと、ドイツ人のワッカー夫妻は、おなじく隠居組のカナダ人のルイス夫妻とブリッジをした。四人とも真剣勝負で、会話は極端に少なかった。カードを配るシャッシャッという音。ワッカー氏のふうむという唸り声。トゥー・ノー・トランプ。波がさざめき、グラスの氷が鳴る。女二人はときおり口を開き、あすショッピングをして島《ラ・イスラ》に行く相談や、例の謎めいた姉妹について話題にした。姉のほうは上品でとてもクールだ。五十過ぎといったところだが、まだまだ魅力的で、いかにも美人然としている。妹のほうは四十代で、きれいだが服装が野暮ったく、万事控えめだ。ほら見て、また泣いてる!

ワッカー夫人は明日の朝、泳ぐのが日課の姉に突撃取材をこころみることに決めた。ルイス夫人は妹のほうと話してみることになった——けっして海に入らず日光浴もせず、持ってきた本を開きもせずに、姉が海から上がってくるのをお茶を飲みながらじっと待っている、あの妹。

その夜、ワッカー氏が得点表とトランプを取りにいき、ルイス氏がバーで飲み物とつまみを注文している隙に、妻二人は情報を交換しあった。

「あの二人、会うのはなんと二十年ぶりで、だからあんなに話すことが山ほどあるのよ！　信じられる、だって姉妹よ？　妹のほうは名前はサリー、メキシコシティに住んでいて、メキシコ人の夫と三人の子供がいるそうよ。スペイン語で話したんだけれど、まるで生粋のメキシコ人みたい。つい最近、乳房切除手術を受けたばかりで、泳がないのはそのせいなのね。来月からガンの治療が始まるそうよ。それであんなにしょっちゅう泣いてるのね。聞き出せたのはそこまで。姉のほうがもどって来て、二人で着替えに行ってしまったから」

「いえあなた、泣いてる理由はそれじゃないわ！　二人の母親が死んだばかりなのよ、それもほんの二週間前！　信じられない……ほんの半月で遊びに出かけるなんて！」

「ほかにはなんて言っていた？　名前はなんなの？」

「ドロレス。カリフォルニアでナースをしていて、成人した息子が四人いる。彼女が言うには、ついさいきん母親が亡くなって、それで妹と話し合うことがたくさんあるんですって」

二人の女は合点がいった気がした。きっとサリー、あの気立てのよさそうなほうが、何年も病気の母親の世話をしていたのだ。老いた母親がついに死ぬと、ドロレスは妹に母親を任せきりにして自分は一度も訪ねていかなかったことが後ろめたくなった。そこにもってきて妹のガンだ。

見ているとドロレスが何もかも払っていた、タクシー代も、ウェイターのチップも。いちど街のブティックでサリーに服を買ってやっているところも見た。それもこれも説明がつく。罪滅ぼしだ。母親に死ぬ前に会いにいかなかったことを後悔していて、せめて妹が死ぬ前くらいは良くしておこうという腹だ。

「それか、自分が死ぬ前かもね」とルイス夫人が言った。「親が死ぬと、だれだって自分の死について考えてしまうものよ」

「ああ、わかるわ……もう自分と死を隔てるものが何もなくなってしまったような気がするのよね」

二人の女は罪のない噂話と自分たちの推理に満足して黙りこんだ。胸の内ではいずれ来る自分の死のことを思っていた。そして夫の死のことも。だがそれもいっときのことだった。どちらの夫婦も七十を過ぎていたが、健康で活動的だった。日々、人生を存分に楽しんでいた。夫たちが椅子を引いて座ると、二人はいそいそとゲームに加わり、星降る浜辺で並んで座っている姉妹のことなどすっかり忘れてしまった。

サリーが泣くのは母が死んだからでもガンになったからでもなかった。二十年連れ添った夫のアルフォンソが自分を捨てて若い女のところに行ってしまい、それで泣いていたのだ。乳房切除手術を受けたばかりでこの仕打ちはあんまりだった。ショックで打ちのめされたけれど、絶対に離婚なんかしてやらない。相手の女は妊娠していて、夫はそっちと結婚したがっているけれど、絶対にノーだ。

「あたしが死ぬまで待ってりゃいいのよ。どうせもうすぐ死ぬんだもの、たぶん来年には……」サリーは泣いたが、波が声をかき消した。

「あんたは死なないわよ。ガンはもう消えたって病院で言われたじゃない。放射線治療は必ずやるものなの、予防のためにね。あたしドクターが言うのはっきり聞いたもの、ガンは全部取りましたって」

「でもどうせまた再発するのよ。何度やったってそう」

「ちがうってば。もういいかげんにして」

「姉さんって冷たいのね。ときどきママと同じくらい冷たいって思うよ」

ドロレスは黙った。それこそ彼女がいちばん恐れていることだった。自分も母親みたいに非情で酒びたりなのではないか、と。

「ねえサリー。あんな男さっさと離婚して、これからは自分をもっと大切にしなさいよ」

「姉さんはなにもわかってない！　二十年も結婚してたあたしの気持ちが姉さんにわかるはずない！　姉さんはそのあいだずっと独りだものね。あたしにはアルフォンソしかいないの、十七のころからずっと彼ひと筋だったの！　愛してるのよ！」

「これでもすこしはわかってるつもりよ」ドロレスはそっけなく言った。「さ、もう中に入ろ。風が冷たくなってきた」

ホテルの部屋で、ドロレスの明かりが白い蚊帳の中で点いていた。寝る前の読書をしているのだ。

「ドロレス？」

サリーがまた泣いている。ああもう。今度はなに？

「サリー。あたしは朝起きてすぐと夜寝る前に本を読まないとどうにかなっちゃうの。我ながら変な癖だけど、どうしようもない。どうかしたの」

「足にトゲが刺さっちゃった」

ドロレスはベッドを出て針と消毒液とバンドエイドを取ってくると、妹の足からトゲを抜いた。サリーはまた泣いて、ドロレスに抱きついた。

「これからはずっといっしょにいようね。きょうだいがいて、自分の面倒をみてくれるのって、ほんとに幸せ」

ドロレスは子供のころ何度もやったみたいにサリーの足のバンドエイドをなでた。「痛いの痛いの飛んでけ」言葉が自然に口をついて出た。

「うん、飛んでった！」サリーがため息まじりに言った。そしてすぐに寝入った。ドロレスはそれから何時間か本を読んだ。そして明かりを消しながら、ああ酒が飲みたい、と思った。自分のアルコール中毒のことをサリーにどう話そうか。人の死とか、夫を失ったとか、乳房を失ったとか、そんなことを話すのとはわけがちがった。これも病気だと言われているけれど、グラスに手を伸ばすのは誰に命令されるわけでもない。あたしも不治の病にかかっているの。怖くてたまらないの。ドロレスはそう言いたかったが、言わなかった。

ワッカー夫妻とルイス夫妻はいつも朝食に一番乗りし、隣りあったテーブルについた。夫たちは新聞を読み、妻ふたりはお互いやウェイターとおしゃべりをした。朝食が済んだら四人は外海《そとうみ》に釣りに出かけることにしていた。

「あの二人、今朝はどうしちゃったのかしら」ルイス夫人が言った。

「どなり合いのケンカよ！　あの人たちの部屋の前を通りかかったら声が聞こえたの。石頭のハーマンが盗み聞きを許してくれなかったんだけどね、サリーがこう言ってたの、いやよ！　あの魔女の汚いお金なんか一ペニーだっているもんか！　あたしがつらくてどうしようもなかったときに、あの人はあたしを拒絶したのよ！　売女《プータ》！　不幸な人《デスグラシアーダ》！……って、あのおとなしそうな人が、そりゃあ口汚いののしりよう。ドロレスも怒鳴りかえした、『あんたには狂気ってものがわからないの？　狂ってるのはあんたのほうよ……だって見ようとしないんだもの！　ママは狂ってたの！』それからこう叫びだしたの、『脱ぎなさい！　脱ぎなさい！』」

「しぃっ。来たわ」

サリーはげっそりやつれ、いつものごとく泣きはらしたような顔だった。ドロレスはいつものごとく落ちつきはらって、一分の隙もない身だしなみだった。ドロレスが二人ぶんの朝食を頼み、それが運ばれてくると、妹に言うのが聞こえた。

「ほら食べて。元気になるから。オレンジジュースも残さず飲んでね。甘くておいしいよ」

「脱ぎなさい！」

サリーはたじろいで、着ていたウィピルをぎゅっと体に押さえつけた。ドロレスがそれを無理やり脱がせ、妹を裸で立たせた。乳房があった場所に、痛々しい赤と青の傷あとがあった。

サリーが泣いた。「あたし醜い！　もう女じゃない！　見ないで！」

ドロレスがその両肩をつかんでゆさぶった。「あんた、あたしに姉さんでいてほしい？　じゃあしっかり見せなさい！　そう、たしかに醜い。すごくむごたらしい傷あとよね。でもそれが今のあんたなの。それにあんたは女よ、ばかな子！　アルフォンソがいなくたって、おっぱいが一つなくなったって、あんたは今までよりもっと女になれる、自分だけの女になれるの。今日は手はじめに泳ぎに行くわよ。あたしが買ってあげた百五十ドルの胸パッドを水着にピン留めしてね」

「できない」

「いいえできる。さ、着替えて、朝食をたべに行こ」

「お二人とも、おはよう！」ルイス夫人が姉妹に声をかけた。「今日もすばらしいお天気ねえ。わたしたちは釣りに行くんだけれど、あなたたちは今日はどちらへ？」

「今日はまず泳いで、それからショッピングをして、美容院に行くんです」

「かわいそうなサリー」ルイス夫人は言った。「どれ一つやりたくないって顔をしてるわ。病気だし、お母さんが亡くなって哀しみにくれているっていうのに、あの姉さんに無理やりバカンスに連れてこられて。あたしの姉のアイリスにそっくり。ああしろ、こうしろ！　あなたはお姉さん、いらした？」

「いいえ」ワッカー夫人は笑った。「あたしがその姉だったの。でもね、言わせてもらうと、妹だっていろいろ困ったところがあるものよ」

ドロレスが砂の上に二人ぶんのタオルを敷いた。

「さあ、それ脱いで」

妹が水着の上から羽織って体の前でしっかりかき合わせているローブのことだった。

「脱ぎなさい」ドロレスはもう一度言った。「サリー、あんたとっても素敵よ。胸は本物みたいだし、ウエストはきゅっとしてるし、脚の形だっていい。でもあんたは絶対に、絶対に、自分がきれいだってわかろうとしないのね」

「ちがうもの。きれいなのはいつだって姉さんのほうだった。あたしはいっつも〝やさしいほうの子〟だった」

「そのレッテルもあたしにはしんどかったけれどね。さあ帽子も脱ぐ。もうあと何日かしかここにいないのよ。うんと日焼けして街に戻らなきゃ」

「でも《ペロ》……」

「だまって《カジャテ》。お口閉じてないと、シワの形に焼けちゃうわよ」


「お日さまがすごく気持ちいい」しばらくして、サリーがため息まじりに言った。

「体も気持ちいいでしょう?」

「裸になったみたいな気分。みんなに傷あとを見られている気がする」

「あたし、わかったことがあるの。たいていの人は何も気がつかないし、気がついたとしても気にしやしないのよ」

「辛口ねえ」

「うつぶせになって。背中にオイル塗ってあげる」

すこしして、サリーは近所《バリオ》でボランティアとして働いている図書館のことを話しはじめた。どん底の貧乏の暮らしの子供や家族の、心あたたまるエピソードの数々。サリーはその仕事を好きだったし、みんなもサリーが好きだった。

「ほらサリー。あんたにもできること、楽しめることがいっぱいあるじゃないの」

ドロレスが勤めているイースト・オークランドの診療所では、サリーに話せるような心あたたまるエピソードなど一つもなかった。クラック・ベイビー〔妊娠中にクラックを使用した母親から生まれた乳児〕、虐待児童、脳障害の子供、ダウン症、銃で撃たれた人、栄養失調、エイズ。それでも彼女は有能で、この仕事が気に入っている。いや、気に入っていた——先月、とうとう飲酒が元でクビになったのだ。母親が死ぬ少し前のことだった。

「あたしも自分の仕事は好き」ドロレスはそれだけ言った。「さ、泳ぎにいこう」

「無理。傷口が開いちゃう」

「傷はもう治ってるのよ、サリー。それはただの傷あと。うんとひどい傷あとよ」

「無理」

「いいから、水に入って」

ドロレスは妹を波の中まで引っぱっていき、手をふりほどいた。そしてサリーが手をばたつかせ、転び、水を飲み、波をまともにかぶるのをただ見ていた。ドロレスが立ち泳ぎしていると、サリーは立ちあがり、次の波に自分から飛びこんでいき、泳ぎはじめた。ドロレスは泳いでそれを追いかけた。ああどうしよう、あの子また泣いている。いえちがう。サリーは声をあげて笑っていた。

「あったかい！　海ってあったかいのね！　赤ちゃんみたいに体が軽い！」

二人は青い海で長いあいだ泳いだ。それから岸に向かい、肩で息をし、笑いながら水から上がった。サリーが姉を抱きしめ、二人の女は泡立つ波に足首を洗われながらしっかり抱き合った。

「レズビアン《マリコナス》！」ビーチボーイが二人、通りすがりに冷やかした。

その様子を浜辺のデッキチェアに座ってながめていたルイス夫人とワッカー夫人は、いたく心を動かされた。「彼女、そう悪い人じゃないのかもしれないわね、ただとっつきが悪いだけで……妹がひとたび海に入ってしまえばきっと気に入るって、わかっていたのよ。見て、サリーのあの楽しそうなこと。気の毒に、真剣にバカンスが必要だったのね」

「そうね。考えたら、お母さんが亡くなってバカンスに出かけるのだって、そう目くじら立てるようなことじゃないのかもしれないわね」

「ほんと……これがしきたりじゃないのが残念なくらい。ハネムーンとかベビーシャワーみたいに、葬式のあと旅行するのが普通になればいいのよ」

二人は笑った。「ハーマン!」ワッカー夫人は夫に呼びかけた。「あたしたちが先に死んだら、男二人でいっしょにバカンスに行くって約束してくれる?」

ハーマンは首を振った。「いやだね。四人いなきゃブリッジができんだろう」

夕方、サリーとドロレスが街からもどると、みんながサリーの美しさを口々にほめそやした。サリーはバラ色に日焼けして、カットしたての赤褐色の髪はやわらかにカールして、顔のまわりをくるくる取り囲んでいた。

サリーは鏡の前で何度も髪を振ってみた。緑色の瞳がエメラルドのように輝いていた。まぶたにはドロレスから借りたアイシャドウを塗っていた。

「ねえ、そのグリーンのブラウス、貸してくれる？」彼女は言った。

「は？　さっき素敵なワンピースを三枚も買ってあげたじゃないの。なのにあたしのブラウスを貸せ？　そもそも化粧品だって香水だって、あんた自分のを持ってるじゃない！」

「ほらね、やっぱりあたしのことが嫌いなんだ！　どんなにプレゼントしてくれたって、姉さんはやっぱり身勝手よ。あの人みたいに身勝手！」

「だれが身勝手よ！」ドロレスは着ていたブラウスを脱いだ。「ほら！　ついでにこのイヤリングもしてきなさい。色が合うから」

食堂でみんながフランを食べるころ、日が沈んだ。コーヒーが運ばれてくると、ドロレスは手を伸ばして妹の手を取った。

「ねえ。今のあたしたちって、やってることが子供のころといっしょね。あたし、なんだかそれがうれしいの。これからは本物のきょうだいになりたいってあてはんは何度も言うけれど、ほんとにあたしたち、本物のきょうだいみたい。ケンカだってするし！」

サリーはほほえんだ。「ほんとね。たぶんあたし、本物の家族がどんなことをするのか知らないんだと思う。一度も家族で旅行に行ったことがないし、ピクニックだってしなかったもの」

「あたしがこんなにたくさん子供を生んだのも、あんたがメキシコ人の大家族のところに嫁いだのもそのせいかもね。あたしたち、家ってものにすごくあこがれてたのよ」

「だからアルフォンソと別れるのがこんなにつらいのよ……」

「もう彼の話はしないの」

「じゃあなんの話をすればいいの」

「あの人の話をするべきよ。ママ。もう死んじゃったんだから」

「あたし、あの人のこと殺したかった！　死んでくれてほっとした」サリーは言った。「パパが死んだときは最悪だった。あたし飛行機ではるばるLAまで行って、そこからバスでサンクレメンテまで行ったのよ。なのにあの人、家に入れてもくれなかった。あたしはドアをどんどん叩いて言った、『あたしには母親が必要なの！　お願いだから話をして！』それでも開けてくれなかった。あんまりよ。お金のことなんか気にしちゃいないけど、あれだってひどすぎた」

母親はメキシコ人と結婚したサリーを決して許さず、子供たちに会うことも拒んで、遺産はすべてドロレスに残した。ドロレスはそれを二人で分けようと言ったが、そんなことでサリーの恨みは晴れなかった。

ドロレスは砂浜に座ってサリーを抱きしめ、ゆらゆら揺すった。日はすっかり落ちていた。

「ママはもう死んだわ。あの人はね、病気で、恐れていたの。ひどく攻撃的だったけれど、あれは傷ついた……ハイエナみたいなものだった。あんたはママと会わなくて良かったわよ。あたしはぜんぶ見ていたから。パパが救急車で病院に運ばれることになって、ママに電話したら、あの人なんて言ったと思う？『途中でどっかに寄って、バナナ買ってきてちょうだい』よ」

「あたし、今日で最後なんです！」サリーがワッカー夫人に言った。「今日はこれから島に行くの。もう行かれた？」

「ええ、何日か前にルイスさんたちと行ったわよ。とってもきれいなところ。シュノーケリングをするのね？」

「いいえ、スキューバです」ドロレスが言った。「さあサリー、行くわよ《バモス》。もう車が来てる」

「スキューバなんてやらないから。絶対」イスタパに向かう車の中でサリーは言った。

『まあまあ。まずはセサルに会ってみて。あたしがしばらくいっしょに暮らしてた人よ。もう二十五年、三十年も前のこと。あのころはまだ、ただのダイバーで漁師だった」

セサルはそれから有名になり、金持ちになった。メキシコのジャック・クストーとして映画やテレビ番組にたくさん出た。ドロレスにはうまく想像できなかった。彼の古い木造の船や、小屋《パラパ》の砂の床や、ハンモックをまだ覚えていた。

「あのころから潜りの達人だった」と彼女は言った。「だれよりも海のことを知り尽くしていた。宣伝では彼のことを〝海神《ネプチューン》〟だなんて言っていて……そう聞くとなんだか眉唾だけど、でも本当なの。きっとあたしのことはもう覚えていないだろうけど、でも会わせたいのよ」

彼は今では歳をとり、白いひげを長く伸ばし、髪も白くたなびいていた。もちろん彼はドロレスを覚えていた。両のまぶたの優しいキス、彼の抱擁。肌を愛撫する彼のごつごつした傷だらけの手を、彼女は思い出した。セサルは二人をベランダのテーブルに案内した。旅行会社の男が二人しわの寄った開襟シャツを汗まみれにして、麦わら帽で顔をあおぎながらテキーラを飲んでいた。

広々としたベランダは海に向いていたが、マンゴーやアボカドの木々に隠れて海は見えなかった。

「どうしてせっかくの海を隠してしまうの？」サリーが言った。

セサルは肩をすくめた。「まあ《ブエス》、もう見たからね」

彼は大昔にドロレスと二人でしたさまざまなダイブの話をみんなに語って聞かせた。サメと遭遇したときのこと、でっかいノコギリエイ《ペイネ》、フラーコが海で死んだ日のこと。彼女がダイバー仲間から〝勇者《ラ・ブラバ》〟と呼ばれていたこと。だが彼女の耳に、彼が語る褒め言葉はほとんど入ってこなかった。彼がこう言うのが聞こえた。「若いころ、彼女は美しい人だった」

「で、おれとまた潜りに来たんだね？」彼はドロレスの両手を握って言った。彼女は潜りたくて仕方がなかった。レギュレーターで入れ歯が折れるのが心配だとは死んでも言えなかった。

「いいえ、背中を悪くしてしまって。妹にあなたと潜ってほしくて、それで連れてきたの」

「用意はいいか《リスタ》ね？」彼がサリーに訊ねた。サリーはテキーラを飲み、男たちに甘い言葉でお世辞を言われてすっかり気をよくしていた。男たちは帰っていった。セサル、サリー、ドロレスの三人はカヌーに乗って島《ラ・イスラ》に向かった。サリーは恐怖に青ざめ、舟の縁を握りしめた。途中で横に身を乗り出して吐いた。

「本当に潜っていいのか?」セサルがドロレスに訊いた。

「ええ、いいわ」

二人は笑みをかわした。年月が消え、昔のように心が通いあった。彼女は前に冗談めかして、あなたは完璧よと言ったことがあった。彼は読み書きができなかったが、二人の恋はもっぱら言葉のいらない海の中だった。何かを口で説明する必要などなかった。

彼はダイビングの基本を静かにサリーに教えた。最初のうち浅いところに入ったが、それでもサリーはおびえてふるえていた。ドロレスは岩の上に座り、彼がサリーのマスクを唾でぬぐい、レギュレーターの説明をするのを見ていた。タンクを背負わせた。サリーは胸のことを気づかれるのではないかと身を固くしていたが、彼にはげまされ、背中をさすられ、道具類を着けられるうちに表情をやわらげ、彼といっしょに波に揺られ、水の下に潜った。

四度、こころみた。そのたびにサリーは水の上に顔を出し、咳きこんだ。だめ、とても無理、あたし閉所恐怖症なの、息ができない! だがセサルは優しく話しかけ、なだめ、両手でさすって落ちつかせた。彼がサリーの顔を両手ではさみ、マスクごしに目を見てほほえむのを見て、ドロレスは嫉妬で胸がむかむかした。ガラスの向こうの彼のほほえみが脳裏によみがえった。

あなたが言いだしたことじゃない、彼女は自分に言い聞かせた。そして心を落ちつかせようと、二人の姿が消えたあとの緑色にうねる波を見つめた。彼女は妹の味わう喜びのことだけ考えようとした。まちがいなく喜ぶはずだった。それでも胸の中には、ただ後悔と、良心の呵責と、言いようのない寂しさだけがあった。

何時間にも思えるほどの時間が経って、二人が浮上した。サリーは声をあげて笑っていた。小さな子供の笑い声だった。セサルにタンクをおろされ、足ひれをはずしてもらいながら、サリーはがむしゃらに彼に抱きつき、キスをした。

ダイバー小屋で、彼女はドロレスのことも抱きしめた。「こんなにすばらしいってこと、姉さんはわかってたのね！　あたし、飛んだの！　どこまで行っても海だった！　体じゅうに力がわいて、生き返ったみたい！　気分はアマゾネスよ！」

アマゾネスも乳房が片方しかなかったしね、と言いたくなるのをドロレスはぐっとこらえた。ダイビングのすばらしさについてまくしたて続けるサリーを、ドロレスとセサルはほほえましく見つめた。すぐにまたもどって来るから、こんどは一週間ずっとダイビングするの！　ああ、サンゴとイソギンチャクのあの色、魚の群れの鮮やかさといったら！

セサルが二人を昼食に誘った。三時だった。「ごめんなさい、でもシエスタをしないと」とドロレスは言った。サリーががっかりした顔をした。

「またもどっておいで、サリー。今日のはほんの手はじめだ」

「ありがとう、二人とも」サリーは言った。彼女の喜びも感謝も、純粋で無邪気だった。その上気した左右の頬に、セサルとドロレスはキスをした。

三人は浜辺のタクシー乗り場にいた。セサルがドロレスの両手を強く握った。「懐かしい人《ミ・ビエハ》。またもどってきてくれるか？」彼女は首を振った。

「今日は泊まってくれ」

「できない《ノ・プエド》」

セサルは彼女の唇にキスをした。過ぎ去った日の欲望と塩の味がした。二人で過ごした最後の夜、彼は彼女の手指の爪を一つひとつ歯で噛み切って、深爪させた。「おれを忘れないで」そう言って。

街に着くまでの一時間、サリーは熱に浮かされたようにしゃべりどおしだった。体じゅうに力がみなぎって、すごく自由な感じ。

「きっとそこを気に入ると思ってた。体重がなくなって、体がまるきり消えてしまって、なのに全身に神経が行き届いているみたいな感じ」

「彼、すばらしい人ね。ほんとにすばらしい。恋してしまうのも無理はないわ。姉さんは幸せ者ね！」

「ねえ、想像できる？　あの端から端まで地中海クラブになっているビーチ、ね？　昔は何もない、人っ子ひとりいない砂浜だったの。密林の中には掘り抜き井戸があって、人に慣れた鹿がいた。何日間もそこにいて、誰にも会わなかった。それにあの島。あれだってただの島で、ジャングルしかなかった。ダイビングショップもレストランもなかった。舟だって、あたしたちのほかに一隻もなかった。想像できる？」

いいえ。できなかった。

「妙ね」タクシーから降りてきた姉妹を見てワッカー夫人が言った。「まるで立場が逆転したみたい。妹のほうがきれいで輝いていて、お姉さんはやつれて服も髪もぼさぼさだわ。ほら見て……今まであんなに完璧だったあの人が！」

その晩は嵐だった。黒い雲がつぎつぎ満月を横切り、そのたびに浜辺は明るくなったり暗くなったりして、まるで外でネオンがまたたいているホテルの部屋にいるようだった。月明かりに照らされて、サリーの顔は子供のように輝いた。

「でも、ママは一度だってあたしの話をしなかったんでしょ？」

ええ、そのとおりよ。あんたの人のよさを馬鹿にして、ああいうお人好しを馬鹿と言うんだ、とけなす以外は。

「いいえ、そりゃもうしょっちゅう話してたわ」ドロレスは嘘をついた。「ことにあんたが『うさぎはかかせ』の絵本を好きだった話はママの十八番だった。さも字が読めるみたいに、大まじめでページをめくっちゃってね。中身も全部そらで言えたんだけど、うさぎはかせが『これにて一件落着！』って言うところが、あんたはいつも『これにていっけんちゃくちゃく！』になっちゃって」

「その本、覚えてる！　ウサギにふわふわの毛がついてて！」

「最初のうちはね。あんたがあんまりなでるもんだから、しまいにはげちょろけちゃった。ママはあんたの赤い手押し車のこともよく話してたな。あんたが四つぐらいのときよ。手押し車に近所のビリー・ジェイムソンを乗っけて、お人形もぜんぶ乗っけて、それから犬のメイベルと二匹の猫も乗っけて、それで『しゅっぱつしんこう！』って言うんだけど、犬と猫はみんな逃げちゃうし、ビリーも降りちゃって、お人形はぜんぶ車から落っこちた。それをまた一から乗せなおして、半日ずっと『しゅっぱつしんこう！』ってやってたの」

「それはぜんぜん覚えてないや」

「あたしははっきり覚えてる。小径に沿ってパパがヒヤシンスを植えてて、門のところにはつるばらが咲いていた。あの匂い、覚えてる？」

「うん！」

「ママはよくあたしに、チリ時代にあんたが自転車に乗って学校に出かけたときのことを覚えてるかって訊いたっけ。あんたが毎朝かならず廊下の窓を見あげて行ってきますって手を振るんだけど、そのたびに麦わら帽子が飛んじゃったわねって」

サリーが笑った。「そうそう。覚えてる。でも廊下の窓のところにいたのは姉さんだったじゃない。あたしはいっつも姉さんに手を振ってたのよ」

そのとおりだ。「そうね、でもたぶんママも自分の部屋の窓からあんたを見てたのよ」

「馬鹿みたいだけれど、それ聞いて、すごくうれしいの。ママは行ってらっしゃいって一度も言ってくれなかったのにね。ママがあたしが学校に行くところを見ててくれたっていうだけで、すごくうれしい。ありがとう、そのこと教えてくれて」

「よかった」ドロレスは独りごとのようにつぶやいた。空は真っ黒くなり、大粒の雨が冷たく落ちてきた。姉妹は走っていっしょに部屋にもどった。

サリーの飛行機は翌朝だった。ドロレスはその次の日に発つ予定だった。帰る前の朝食のとき、サリーはみんなにさよならを言い、ウェイターたちに礼を言い、ルイス夫人とワッカー夫人にも親切にしてくださってありがとうと言った。

「お二人が楽しんでくれて、あたしたちもうれしいわ。女きょうだいがいるって、本当に心強いわね！」ルイス夫人が言った。

「ほんとに心強いわ」空港でドロレスの頬にお別れのキスをしながら、サリーは言った。

「あたしたちはやっと知り合ったばかりよ」とドロレスは言った。「これからはもうずっといっしょだからね」疑うことを知らない屈託のない妹の目に、ドロレスの胸は痛んだ。

ホテルにもどる途中、ドロレスは酒屋の前でタクシーを停めさせた。部屋にもどって酒を飲み、眠り、それからまた一本持ってこさせた。朝、カリフォルニア行きの飛行機に乗る途中で、ふるえと頭痛をしずめるために、彼女はラムの半パイント瓶を買った。タクシーが空港に着くころには、彼女は文字どおり、〝痛みを感じなく〟なっていた〔ひどく酔っぱらっていることのたとえ〕。

ブルーボネット

「信じらんないよ母さん。今までずっと誰とも付き合わなかったのに、いきなり見ず知らずの男のところに一週間も泊まりにいくなんて。相手が斧もった殺人鬼だったらどうするんだよ」

マリアは息子のニックにオークランド空港まで送ってもらうところだった。やれやれ、なんでタクシーを呼ばなかったんだろう。息子たちはみんな成人していたが、こと彼女のこととなると、親よりも口うるさくて旧弊だった。

「会ったことはないけど、まったくの見ず知らずというわけじゃないのよ。あたしの詩を気に入ってくれて、自分の詩をスペイン語に訳してくれと頼まれたんだから。もう何年も手紙のやりとりをしてるし、電話でも話してる。似たところがいっぱいあってね。四人の息子を一人で育てたところもいっしょ。あたしは園芸が趣味、向こうは農場を持ってる。家に招《よ》んでくれるなんて名誉なことよ。めったに人と会わないみたいだし」

ディクソンについて、マリアはオースティン〔テキサス大学の所在地〕の古い友人に訊ねたことがあった。天才よ。ただし超がつく変人、とインゲボルグは言った。人づきあいは一切しない。教員鞄《かばん》のかわりに麻のずだ袋を持ち歩いてる。学生からは神とあがめられるか、でなきゃ憎まれるかのどっちか。歳は四十代後半、とびきり魅力的な男。ねえ、あとで何もかも教えてちょうだいよ……。

「あんな変てこな本、読んだことないよ」とニックは言った。「というか、読めやしなかった。正直、母さんはどうだったの？　つまり、あれを楽しめたの？」

「言葉がすばらしいの。クリアで簡潔。翻訳していて楽しかった。哲学であり、言語学でもある。うんと抽象的ではあるけれどね」

「想像もつかないよ、母さんがこんなふうに火遊びするなんて……それもわざわざテキサスくんだりまで行って」

「つまりあんたはそこが気に入らないってわけね。自分の母親が、いえ五十過ぎの女が、誰かと寝るってことが。でもね、あの人はべつに『さあ火遊びをしよう』なんて言ったわけじゃない。ただ『うちの農場に一週間ほど来ないか？　ブルーボネットがちょうど咲きはじめたよ。新しい本の草稿を見せたいし、いっしょに釣りをしたり、森の中を歩いたりしようじゃないか』と言ったただけ。ねえ、ちょっとは大目に見てよ。こっちはオークランドの郡立病院で働いてんのよ。森の中を歩こうなんて言われて、どんな気がすると思う？　ブルーボネットよ？　天国に誘われたようなものよ」

車はユナイテッド航空の前で停まり、ニックがトランクから彼女の荷物をおろした。それから彼女をハグし、頬にキスをした。「きついこと言ってごめん。楽しんできなよ。そうだ、もしかしたらレンジャーズの試合にも行けるかもね」

ロッキー山脈は雪景色だった。マリアは本を読み、音楽を聴き、何も考えまいとした。もちろん心の片隅には、情事になるかもしれないという思いがあった。

酒を飲むのをやめてからは誰にも肌を見せたことがなかったから、その考えは恐怖だった。でも彼も堅物そうだし、向こうも同じ気持ちかもしれない。先のことを考えてもしかたがない。男の人に慣れる練習と思えばいい。そしてとにかく旅を楽しむこと。テキサスに行くんだもの。

駐車場が、もうテキサスの匂いだった。カリーチェ土とキョウチクトウ。彼は古いダッジのピックアップトラックの荷台に彼女の荷物を放った。ドアは犬のひっかき跡だらけだった。『テネシー・ボーダー』、知っている？」マリアは訊いた。「もちろん」。そして二人で声を合わせて歌った。「……あの娘をピックアップに乗せてって、でも彼女はつれなくおいらを振った」。ディクソンは背が高く痩せていて、いい笑いじわができた。澄んだ灰色の瞳の目尻にもしわがよっていた。ディクソンはすっかり打ち解けた様子で、彼女のジョン叔父そっくりの鼻にかかったテキサスなまりで個人的な質問を次から次へ浴びせてきた。どうしてテキサスのあんな古い歌を知ってるのか？　なぜ離婚したのか？　息子たちはどういう人間なのか？　酒はなぜやめた？　アル中にはどうしてなった？　他人の作品を翻訳する理由は？　マリアは矢継ぎ早の質問にたじろいだが、他人からこんなに興味をもってもらえることが、体を揉みほぐされるように心地よかった。

ディクソンは魚市場でトラックを停めた。ここにいて、すぐ戻る。それからフリーウェイ、吹きつける熱風。マカダム舗装の道路のリボンを行くあいだ、ほかに車は一台も見なかった。のろのろ動く赤いトラクター。風車。インディアン・ペイントブラシに膝まで埋まったヘレフォード種の牛。ブリュースターという小さな町で、ディクソンは広場の端にトラックを停めた。散髪だ。彼の後について赤と青のポールの脇を抜け、椅子ひとつきりの床屋に入った。マリアは腰をおろし、年寄りの床屋が鋏《はさみ》を動かしながら、熱波や、雨や、釣りや、ジェシー・ジャクソンの大統領選出馬や、いくつかの死と一つの結婚についてディクソンと談義をかわすのを聞いていた。荷物を荷台に置きっぱなしで大丈夫かしらとマリアは訊いたが、ディクソンはこっちを見て無言で笑っただけだった。彼女は窓の向こうの町の中心部を見た。午《ひる》をすこしまわったところだというのに、通りに人影はなかった。町役場の階段に老人が二人、南部映画のエキストラのように腰をおろして、噛みタバコを噛んでは唾を吐いていた。

この音のない感じ、遠い昔の子供時代を思い出す。サイレンも、車の音も、ラジオの音もない。窓辺でぶんぶんうなるアブ、ちょきんと鳴る鋏、二人の男の会話のリズム、汚れたリボンを結んだ扇風機が古雑誌をはためかせる音。床屋は彼女を見ようともしなかったが、無礼なのではなく、気を遣《つか》っているのだとわかった。

ディクソンは「恩に着るよ《マッチ・オブライジド》」と古風な礼を言って店を出た。広場を横切って食料品店に向かいながら、マリアはテキサス人の祖母、メイミーの話をした。あるとき年寄りの女の人が家を訪ねてきたことがあった。メイミーはポットいっぱいの紅茶に砂糖壺とクリームを添えて、小さいサンドイッチとクッキー、それにケーキも何切れか出してもてなした。「メイミー、そこまでしなくたっていいのに」。「あら当然ですよ」とメイミーは言った。「お客さんにはいつだってこうするもんです」

食料品を荷台に積むと、ディクソンはつぎに飼料店に行き、マッシュ〔穀類を粉状に粉砕した飼料〕とニワトリの餌、四角く固めた飼葉を二束、それにヒヨコを一ダース買った。マリアは農家の人たちとアルファルファについて話すディクソンをまじまじと見つめ、ディクソンはそれに気づくとにっこり笑ってみせた。

「で、オークランドではどんな仕事をしているんだ？」トラックに乗りこむと彼は言った。今日は小児科の診療所の日だ。クラック・ベイビー、銃の傷、エイズの赤ん坊。ヘルニアや腫瘍もあるが、たいがいは不幸で怒れる貧者たちの傷だった。

やがて町は尽き、道路は土がむき出しの細い道に変わった。床の箱の中でヒヨコがぴいぴい鳴いた。

「これを見せたかったんだ」彼が言った。「今の季節の、家までのこの景色を」

トラックは何もない一本道を、ピンクやブルーや朱や赤の花々がかぐわしく咲き乱れるゆるやかな丘をいくつも越えて走った。黄色とラベンダーの洪水。熱く香ばしい風が車の中を満たす。大きな入道雲が湧いて光が濃さを増すと、見渡すかぎりの野の花がちらちらと無数の色に輝いた。ヒバリやマキバドリやハゴロモガラスが道路脇の溝の上をかすめて飛び、鳥たちは車のエンジン音を越えて高く鳴いた。マリアは窓から顔を出し、汗ばんだ頭を腕の上にのせた。まだ四月だったが、テキサスのねっとりとした熱気が体を包み、花々の芳香が薬のように眠気をさそった。

古いブリキ屋根の農家《ファームハウス》のポーチにはロッキングチェアが一つあり、小さいのから年寄りまで十匹ほどの猫がいた。二人で食料品をキッチンに運び入れた。すばらしいペルシャ絨毯のラグがシンクと調理台の前に敷いてあり、薪ストーブの前ではべつの一枚が火の粉で焼け焦げていた。革張りの椅子が二つ。壁いちめんに本棚が作られ、本が二層に入れてあった。どっしりとしたオークのテーブルの上も本で埋めつくされ、床のあちこちに本の柱ができていた。表面が波うつ昔ながらの窓ガラスの向こうは緑ゆたかな牧草地で、あちこちで子ヤギが母ヤギの乳を吸っていた。ディクソンは食料品を冷蔵庫にしまい、ヒヨコを一まわり大きな床の箱に移した。この陽気なのに、箱の中には電球が点いていた。飼っていた犬がつい最近死んだのだ、と彼は言い、はじめて内気そうな表情を見せた。畑に水をやらなくちゃな、と言うので、彼女もいっしょにニワトリ小屋と納屋の横を過ぎ、トウモロコシやトマト、豆、カボチャなどの野菜が植わった広い畑に出た。彼が水門の扉を上げて畝に水を通すのを、彼女はフェンスの上に座ってながめた。向こうに広がるブルーボネットの野を、栗毛の牝馬と子馬が駆けていた。

夕方、二人で納屋の横にいる動物たちに餌をやった。納屋の中は暗い片隅で布に包んだチーズがぽたぽたしたたり、垂木の上にはここにもまた猫が何匹かいて、天井近くの窓をすいすい出たり入ったりする鳥たちには目もくれずにじゃれあっていた。ホメロスという名の老いた白ラバが、バケツの音を聞きつけてどすどす近寄ってきた。来ていっしょに横になろう、とディクソンが言った。でも踏まれちゃう。大丈夫、寝てごらん。ヤギたちが輪になって日をさえぎり、長いまつげの奥から彼女を見おろした。ホメロスのびろうどのような唇が彼女の頬に触れた。さっきの牝馬と子馬も彼女を調べ、ぶるんと鼻を鳴らして熱い息を吹きかけた。

家のほかの部屋は、雑然としたキッチンとはまるでちがう趣《おもむき》だった。一つの部屋は床が厚板張りで、スタインウェイのグランドピアノがぽんと一つあるきりだった。ディクソンの書斎には家具がいっさいなく、四つの大きな木のテーブルの上に大ぶりの白いカードがびっしり並べてあった。それぞれのカードにはパラグラフが一つ、あるいはセンテンスが一つ書いてあった。彼女の目の前で、ディクソンはそれをコンピューターの画面上で何かを動かすように並べかえた。これはまだ見ないでほしい、と彼が言った。

居間と寝室はつながった一つの広い部屋で、壁の二面に背の高い窓がついていた。残りの二面には荒々しいタッチの大きな油絵が一枚ずつかかっていた。それがディクソンの描いたものだと知ってマリアは驚いた。穏やかな人なのに、絵は大胆で放恣《ほうし》だった。コーデュロイのカウチには、並んで腰かけた人物の絵が描いてあった。真鍮のベッドには古いパッチワークのキルトが掛けられ、美しいチェストと机とテーブルはアーリーアメリカン時代の骨董品で、彼の父親の持ち物だったものだ。寝室の床はつややかな白のペンキで塗られ、ここにもまた博物館級のペルシャ絨毯のラグがいくつか敷いてあった。靴を脱いでくれよ、と彼は念を押した。

彼女の部屋は家の裏手のサンポーチで、三方に網戸が張られ、プラスチックの網目ごしにピンクとグリーンの花々が、木々の新緑が、カーディナルの翼の赤いひらめきが、にじんで見えた。まるでオランジュリー美術館の地下の展示室でモネの睡蓮に囲まれているようだった。隣の部屋でディクソンが浴槽に湯を張ってくれていた。少し休むといいだろう。おれはもうちょっとやることがあるから。

さっぱりとなった彼女は柔らかくにじんだ色彩の中で疲れた体を横たえ、すると雨が降りだして、風が木々の葉を大きく揺らした。雨がブリキの屋根を打つ。眠りに落ちる寸前、ディクソンがやってきて隣にすべりこみ、彼女が目を覚ますと、そのままごく自然にセックスをした。ディクソンは鉄のストーブに火を入れ、彼女がそのそばに座っているあいだに蟹のガンボを作った。料理はホットプレートだったが、皿洗い機があった。二人はランタンを灯したポーチで食事をし、雨が小止みになって雲が晴れると、明かりを消して星をながめた。

動物たちには毎日決まった時間に餌をやったが、それ以外は昼夜がすっかり逆になった。日のあるうちはベッドの中で過ごし、暗くなってから朝食をたべ、月明かりで森の中を散歩した。夜中の三時にケーリー・グラントの『ミスター・ラッキー』を観た。うだるような日差しのなか、池に浮かべたボートに揺られて釣りをし、ジョン・ダンやウィリアム・ブレイクの詩を読んだ。湿った草地に寝ころがり、ニワトリをながめながらお互いの子供時代や子供たちのことを話し合った。ノーラン・ライアンがアスレチックスを完封するのを観、何時間も藪《やぶ》をかき分けた先にある湖のほとりで寝袋にくるまって眠った。猫足のバスタブの中で、ボートの上で、森の中で、そして何より雨のサンポーチでゆらめく緑に囲まれて、二人は愛を交わした。

愛とはなんだろう。眠っている彼の顔のきれいなしわを見ながら、マリアは自分に問いかけた。わたしたちが愛し合うことを、止めるものが何かあるだろうか。

ふだんめったに人と口をきかないことはお互い認めるところだったが、それが今やこんなに朝から晩まで話しあい、相手の話の途中で、うん、でもね、とさえぎるのが可笑しくて、二人は笑った。話が彼の新しい本のことになったり、ハイデッガーやウィトゲンシュタイン、デリダ、チョムスキー、その他彼女が名前も知らないような書き手のこととなると、難しかった。

「ごめんなさい。わたしは詩人だから、頭が具体的なの。抽象的なことはよくわからない。そういうことをあなたと論じ合うだけの知識がわたしにはないの」

ディクソンは怒った。「そんなことで、よくおれの前の本を翻訳したな？　本の評価は高いから、君はいい仕事をしたんだろう。いったいあの本をちゃんと読んだのか？」

「そう、わたしはいい仕事をした。一つとして言葉をねじ曲げなかった。わたしの詩を完璧に訳した人が、それでもその詩のことを個人的で取るに足らないと思っているということだってあると思う。わたしはあなたの本の哲学的な含みを、完全には……つかんでいなかったと思う」

「ならばここまで来たことも茶番だな。おれの本はおれそのものだ。君と何かを話し合ってもまったくの無意味だ」

マリアは傷つき腹を立てかけ、出ていく彼を放っておこうとした。けれども追いかけて、ポーチの階段に並んで座った。「無意味なんかじゃない。それにあなたという人のことを、わたしはいま知ろうとしている最中なの」。するとディクソンは彼女の肩を抱き、おずおずとキスをした。

彼が学生だったころ、ここから何エーカーか先の森の中にある小屋に住んでいた。今のこの家には老人が一人で住んでいて、ディクソンはその人のために町から食料や日用品を運んでくるなど、用を足してあげていた。老人は死ぬと、家と十エーカーの土地を彼に遺し、残りの地所は野鳥の保護区にするようにと州に託した。マリアとディクソンは翌朝、彼の昔の小屋まで行ってみた。あのころは水も外からわざわざ運んできた、と彼は言った。あれは人生で最良の時だった。

木造の小屋はハコヤナギの木立の中にあった。小屋に通じる径《みち》はなく、コナラやメスキートに囲まれて、目印さえもないように見えた。近づくにつれ、ディクソンは傷を受けたように悲鳴をあげた。

若い子たちのしわざなのだろう、小屋は窓という窓が割られ、内部は斧でめちゃめちゃに壊されて、むきだしの松材の壁にはスプレーで卑猥な落書きがしてあった。わざわざこんな荒野の果てまで来た人がこんなことをするなんて、信じられなかった。オークランドみたい、とマリアは言った。ディクソンは鋭く彼女をにらみ、背を向けて木々のあいだを引き返しはじめた。姿は見えていたが、速すぎて追いつけなかった。不気味な静けさだった。木の陰に、ときおり背中にコブのある大きなブラーミン牛がいるのが見えた。まばたきもせず、のっそりと、ただ静かにたたずんでいた。

帰りの車の中で、ディクソンはひと言も口をきかなかった。緑色のバッタがフロントガラスにカツカツ当たった。「小屋のこと、ひどいよね」マリアは言ったが、返事がないのでさらに言った。「わたしも心が傷ついたときはそうするの。病気の猫みたいに家の床下でじっとしている」。それでも返事はなかった。家の前に着くと、彼はマリアの体ごしに手をのばして助手席のドアを開けた。エンジンはかかったままだった。「郵便を取ってくる。すぐに戻る。おれの本でも読んでいてくれ」

テーブルの上のあの何百というカードのことを言っているのだと彼女にはわかった。なぜ今になってそんなことを言ったのだろう。きっと話せなかったからだ。自分でもそうすることがある。誰かに思いを話そうとして、それがつらすぎてできないと、彼女は代わりに詩を見せた。なぜそんなことをするのか、誰もわかってはくれなかった。

重苦しい気分で彼女は家に入った。ドアを閉めなくてもいいような場所で暮らせるのはいいことだった。ディクソンの居間に行って音楽でもかけようと思ったが、気が変わってカードのある部屋に行った。スツールをテーブルからテーブルへ動かして座っては、カードに書かれた文章を何度も何度も読みかえした。

「何が書いてあるのかわからないだろう」いつの間にか彼が音もなく部屋に入ってきていて、テーブルの上にかがみこんでいる彼女の後ろに立った。彼女はカードには手を触れていなかった。彼はトランプを番号順に並べるあのゲームのように、猛然とテーブルのカードを動かしはじめた。マリアは部屋を出てポーチに向かった。

「あの床を土足で踏むなと頼んだはずだ」

「どの床？　いったいなんの話？」

「白い床だ」

「あそこには近づいてもいない。あなたどうかしてる」

「嘘をつくな。きみの足跡があった」

「ああ、ごめんなさい。たしかに一度入りかけた。でもほんの二歩ぐらいしか入っていません」

「そのとおりだ。二つあった」

「明日の朝帰れてせいせいするわ。ちょっと散歩に行ってくる」

マリアは小径を分け入って池に行き、緑色のボートに乗って、岸からボートを押し出した。トンボを見てオークランド警察のヘリコプターのようだと思い、そう思った自分を嘲笑《わら》った。

ディクソンが小径をやって来て、水に入り、ボートに乗りこんできた。そして彼女にキスし、水のたまった船底に押しつけて彼女の中に入った。二人は荒々しく体をぶつけあい、ボートは揺れてぐるぐる回り、葦の茂みにひっかかって止まった。熱い日差しの下、二人は水に揺られて横たわった。これほどの激しさはどこから来るのだろう、とマリアは考えた。ただの怒りだろうか、それとも寂しさだろうか。その夜、二人はサンポーチで雨の音を聴きながら、ひと晩じゅう無言で体を交わしつづけた。雨が降りだす直前、コヨーテが吠え、木の枝にとまっているニワトリたちが小さく鳴くのを二人は聞いた。

見渡すかぎりのブルーボネットとプリムローズの中を、二人は無言で空港に向かった。降ろしてくれるだけでいい、と彼女は言った。もうあまり時間がないから。

マリアは空港からタクシーに乗り、オークランドの高層アパートにもどった。ガードマンに挨拶し、郵便受けをのぞく。日中のことで、エレベーターも廊下も人けはなかった。家に入るとスーツケースを下に置き、エアコンをつけた。絨毯の上を歩くとき誰でもそうするように、靴を脱いだ。寝室に入り、自分ひとりのベッドに横になった。

コンチへの手紙

コンチへ

ニューメキシコ大学、あたしたちが想像していたのとはまるでちがってた。チリの中学校のほうがまだここの大学より難しかったわよ。あたしは寮に入ったんだけれど、気が強くて社交的な女の子ばかり何百人といる。いまだになじめなくて、居心地がわるい。

場所は本当にいいところ。キャンパスに日干しレンガの古い建物がいっぱいあって。砂漠はきれいだし、山もある。もちろんアンデスとまではいかないけれど、これはこれで大きくて立派。ごつごつして岩だらけで。こっちの人はロッキー山脈のことを〝大ばか《ダムダム》〟って呼んでるけど。空気はきれいだし、夜はうんと冷えて、満天の星空。

持ってきた服は全部アウト。こっちじゃ誰もあんたみたいに〝ドレスアップ〟しないのよ、なんて言われちゃった。白のソックスと馬鹿みたいに広がるサーキュラースカート、それにジーンズを買わなくちゃ。はっきり言って、こっちの女の子は本当に垢抜けない。でも同じふうでも男の人は素敵なの、カジュアルな服にブーツはいて。

食べ物には永遠に慣れそうにない。朝はシリアルに、紅茶みたいに薄いコーヒー。そろそろ午後のお茶の時間かな、ぐらいの時間がこっちでは夕食なの。で、お夕食が食べたいなあ、と思っていると、もう寮の消灯時間。

念願だったラモン・センデールの授業は来学期までおあずけ。でも廊下で彼と遭遇したの！『夜明けのクロニカ』が愛読書です、と言ったら「そうか、しかしまだ若いのにな」だって。想像してたとおりの雰囲気だったけれど、すごくお爺さんだった。いかにもスペイン人っぽくて、ふてぶてしいぐらいの威厳にあふれていた。

コンチへ

あたし仕事を始めたの、信じられる？　アルバイトだけれど、でも仕事には変わりない。週一回発行の『ザ・ロボ』という大学新聞の校正の仕事。寮のすぐ隣に新聞学科の校舎があって、そこで週に三日、夜間に働いているの。寮の門限は十時だけれど、仕事は十一時までだから、寮の合鍵もちゃんともらった。発行人はジョーンジーっていう老テキサス人で、この人がライノタイプを使って印刷するの。すばらしい機械で、何千という部品や歯車でできている。この機械で鉛を溶かして活字を作るの。彼が文字を打ち込むと、カタンカタンカチャンカチャン、リズミカルな音がして、熱々の活字が出てくる。だから一行一行がすごく尊く思えてくる。

彼はあたしにいろんなことを教えてくれる。見出しの書き方とか、どういうのがいい記事で、それはなぜか、とか。あたしの気がゆるまないように、しょっちゅう落とし穴を作ったり、引っかけたりする。バスケの試合の記事の途中に『スワニー河』の一節をまぎれこませたりね。

　ときどきジョー・サンチェスっていう男の人が記事を届けに来て、ついでにジョーンジーとビールを一杯やる。この人はスポーツと特集面の記者。学生だけれど、うちのクラスの男の子たちよりずっと年上で、というのも彼は軍隊帰りで、復員兵向けの補助金制度でここに来ているから。日本で衛生兵をしていたときの話をよくしてくれる。インディオふうの顔だちで、つやつやの長い黒髪をダックテールにしてる。

　ごめん、あたしったらもうあんたの知らない言葉を使ってるよね。こっちの男の子はたいていクルーカット、というのは名ばかりのほとんど丸刈りなんだけれど、なかには髪を伸ばしている人もいて、それを後ろになでつけて、アヒルのしっぽ《ダックテール》みたいにしているの。

　ああ、あんたやケーナが恋しい。こっちではまだ一人も友だちができないの。チリにいたせいで、何もかも勝手がちがう。みんなみたいにあんまり開けっぴろげにできなくて、それでお高くとまってると思われてるみたい。こっちのユーモアもまだ理解できない、しょっちゅうセックスについてジョークを言ったりほのめかしたりするから赤面してしまう。初対面の人が長々と自分の身の上話をしてくるけれど、チリの人たちみたいに情がこもってないし温かみもないから、少しもその人とわかりあえた気になれない。

　南米に住んでたころは、ずっと故郷のアメリカにもどりたいと思ってた。チリみたいに階級で二つに分かれていない民主主義国家だと思っていたから。でも、こっちにも階級ははっきりとあったの。最初は感じよかった女の子たちも、あたしが新入生のクラブ勧誘に行かず、寮暮らしで社交クラブ《ソロリティ》にも入っていないとわかると、あからさまに馬鹿にする。おまけにそのソロリティにも〝上等〟とそうでないのがある。上等すなわちお金持ちってこと。

ルームメイトのエラに、記者のジョーが面白くていい人だと言ったら、彼女「ふうん。でもメキシコ人でしょ？」だって。ジョーはメキシコ人じゃないけれど、こっちではスペイン系の人はみんないっしょくたに〝メキシコ人〟なの。人口比を考えたら、大学にはメキシコ人はほんとにちょっとしかいないし、黒人なんて十人きりしかいない。

新聞学科の授業はとても面白い。先生はみんな素晴らしくて、見た目も本当に昔の映画に出てくる新聞記者みたい。でも最近なんだか変な気分なの。物書きになりたくてジャーナリズムを勉強しているのに、ジャーナリズムの基本はいい部分を全部削ぎ落としてしまうことなんだもの……。

コンチへ

……このところジョー・サンチェスとときどき出かけてるの。彼、記事を書く関係で、いろんなイベントのタダ券を持ってるから。彼は他人の価値観で物を言わないから気に入っている。今はデイヴ・ブルーベックていうジャズ・ミュージシャンを褒めるのが流行りなんだけれど、ジョーはレビューで彼のことを「へなちょこ」だって書いた。みんなもうカンカンよ。それにビリー・グレアム。カソリックのあんたに福音派の伝道師のことをどう説明すればいいかわからないんだけど、なにしろ神とか罪とかについて猛烈な調子で説教して、イエス・キリストに全人生を捧げよって説く人よ。あたしの周りの人はみんなビリー・グレアムは狂人だ、金の亡者で救いがたく陳腐だ、と口をそろえるんだけれど、ジョーは新聞のコラムで彼のパワーと話術について書いた。そこから記事は信仰についての話になっていった。

イベントのあとは学生の溜まり場のようなところには行かずに、サウスバレーのこぢんまりとしたレストランやメキシカン・バーやカウボーイ・バーに行く。まるでべつの国に来たみたいよ。車で山や砂漠に行って、何マイルも歩いたり登ったりもする。こっちの男の子は隙さえあれば女の子を〝モノにしよう《アトラカール》〟とするんだけれど、彼はそんなこともしない。別れぎわに頬にちょっと触れるだけ。一度だけ髪にキスされたこともある。

彼は物や、できごとや、本について〝語る〟ことはしない。そういうところがジョン叔父さんと似ている。かわりにお話をするの、自分の兄弟や、お祖父《じい》さんや、日本のゲイシャ・ガールやなにかのことを。

誰にでも話しかけるところも好き。みんなが何を考えているのか、とても興味があるのね。

コンチへ

今はボブ・ダッシュっていう人とデートしてる。すごいインテリなの。『ゴドーを待ちながら』のお芝居をいっしょに観て、それからタイトルは忘れたけれど、イタリア映画も観た。本の裏表紙のハンサムな著者みたいな感じの人。パイプ、肘当てつきのジャケット。日干しレンガの家にはインドの壺や敷物や現代美術がいっぱい。ライムを入れたジントニックを飲みながら、バルトークの「二台のピアノと打楽器のためのソナタ」なんかをいっしょに聴くの。あたしが聞いたこともないような本について熱く語って、何冊も本を貸してくれる——サルトルや、キェルケゴール（スペル要チェック）や、ベケット、T・S・エリオット、ほかにもいろいろ。エリオットの「うつろな人々」という詩はいいと思う。

ジョーは、ダッシュこそうつろな人間だって言う。彼、あたしがボブと出かけたりいっしょにコーヒーを飲んだだけで、おかしいくらいに怒るの。べつに嫉妬なんかしてやしない、きみがインテリになるのに我慢がならないだけだ、とか言って。そして毒消しにパッツィ・クラインとチャーリー・パーカーを聴け、ウォルト・ホイットマンとトマス・ウルフの『天使よ故郷を見よ』を読めって言う。

正直あたしは『天使よ故郷を見よ』よりもカミュの『異邦人』のほうが好きだった。でもあの本を好きだと言えるジョーのことは好き。彼は人から陳腐と言われることを恐れない。アメリカを愛しているし、ニューメキシコも、自分のご近所《バリオ》や砂漠も愛している。よく二人で山に出かけて長い時間ハイキングするんだけれど、一度ものすごい砂嵐に遭ったことがある。回転草が宙をびゅんびゅん舞って、黄色い砂まじりの風が吹きすさんで、彼はその中でダンスしていた。強風のなか途切れ途切れに、なんて素晴らしいんだ、砂漠は最高だ！　って叫んでいるのが聞こえた。コヨーテが一匹いて、キャンキャン吠えていた。
彼はあたしにも陳腐なくらい優しい。いろんな思い出話をして、あたしの長ったらしい話もぜんぶ聞いてくれる。いちどあたし、あんたやケーナやチリが恋しくて、わけもなく泣きだしちゃったことがあった。彼はあたしをなぐさめようとはせずに、ただ抱きしめて、好きなだけ泣かせてくれた。甘いことをささやき合ったりキスしたりするとき、あたしたちはスペイン語で話すの。そう、最近はキスをたくさんしてる。

コンチへ
短編小説を書いたの。「リンゴ」という題。リンゴを熊手でかき集める老人の話。ボブ・ダッシュは赤エンピツで形容詞を何十か所と直して、「そこそこ悪くない小話」だって言った。ジョーからは気取っていてわざとらしいと言われた。きみはもっと腹で感じたことを書くべきだ、知りもしないどこかの爺さんのことなんかじゃなく。二人に何と言われたって気にならない。何度も何度も読み返してる。
もちろん本当は気にしてる。
ルームメイトのエラには読む気がしないと言われた。残念ながら、この人とはどうにも馬が合わない。オクラホマの母親から毎月タンポンを送ってもらってんのよ。まったく。彼女、演劇が専攻なんだけれど、これっぽっちの血で大騒ぎして、どうしてマクベス夫人を演《や》れるっていうんだろう。
最近はまたボブ・ダッシュとよく会ってる。彼といると、まるでゼミで個人教授を受けているみたい。今日はコーヒーを飲みながら『嘔吐』の話をしたの。でも考えるのはますますジョーのことばかり。授業の合間や仕事中はいつも会ってる。彼とジョーンジーと三人でたくさん笑って、ピザを食べてビールを飲んで。ジョーは仕事場のような小さな部屋を持っていて、そこでキスするの。彼のことを考えるというより、彼とのキスのことばかり考えてる。〈校閲演習Ⅰ〉の授業中にも考えていて、うめき声を出すか何か言うかしちゃったらしくて、先生がこっちを見て「ミス・グレイ、何か?」。

コンチへ
……いまジェーン・オースティンを読んでいる。室内楽のような文章、なのにすごく真に迫ってて、それでいてユーモラスなの。読みたい本が何千冊とあって、どこから手をつけていいかわからないくらい。来学期は英文科に転科するつもり……。

コンチへ
新聞学科の校舎に用務員の老夫婦がいてね。ある晩、仕事のあとに屋上でビールを飲みませんかってあたしたちを誘ってくれた。屋上にハコヤナギの木が覆いかぶさっていて、木陰に座って星をながめられる。遠くに目をやればルート66の車の灯が見えるし、反対側にはあたしの住んでいる寮の窓も見える。二人は用具室の合鍵をくれて、その中から梯子で屋上に上がれるの。この場所のことは誰も知らない。あたしたちは授業の合間や仕事のあとにそこに行く。ジョーはグリルやマットレスやロウソクまで運びこんだ。まるで二人だけの島かツリーハウスみたい……。

コンチへ

いま、とても幸せ。朝、目が覚めると、ずっとほほえんでいたせいで顔が痛いくらい。

子供のころも、森や野原に行くと、ときどきは心が安らいだと思うし、チリでは毎日笑って暮らしていた。スキーをしてるときも喜びを感じた。でもジョーといるときほどの幸せは感じたことがなかった。生まれてはじめて自分が自分のままで愛されていると感じられるの。

週末は外出許可をとって彼の家に行っている。身元引受人は彼のお父さん。お父さんは年取った学校の先生で、ジョーといっしょに住んでいるの。料理が趣味で、おそろしく脂っこいものを作る。一日じゅうビールを飲んでる。そのせいで、料理しながら「人魚のミニー」だとか「屋根にふる雨」みたいな曲をえんえん歌いつづけるなんてことになる。いろんな話もしてくれる、アルミホのご近所さんのこととか。ほぼ全員が元教え子なんだそう。

コンチへ

週末はたいていヘメス山地に行く。一日じゅうかけて山を登って、夜はキャンプするの。山の上に温泉がわいているんだけれど、今のところあたしたち以外にだれも行った人はいないみたい。鹿やフクロウ、オオツノヒツジにアオカケス。二人でお湯に寝そべって、おしゃべりしたり本を朗読したり。ジョーはキーツの詩を愛好している。

授業も仕事も順調だけれど、いつも早く終わってジョーと会いたいと、それぱかり考えちゃう。彼は『トリビューン』紙のスポーツ記者もやっているから、時間を見つけるのが大変。だから陸上競技や高校のバスケの試合やストックカー・レースにいっしょに行くの。フットボールは好きじゃない、サッカーやラグビーが恋しい。

コンチへ

あたしとジョーのことで、まわりじゅうが馬鹿みたいに大騒ぎしてる。寮母さんにはみっちり叱られた。ボブ・ダッシュも最悪、くどくど一時間も説教を垂れるから、途中で席を立って帰ってきちゃった。ジョーは野蛮で下品で、知性も見識もない快楽主義者だ、だのなんだのかんだの。みんなが口をそろえて言うのは、あたしが若すぎて心配だということ。あたしが学歴もキャリアも棒に振ると思ってる。そんなわけないのに。きっとあたしたちがあんまり愛し合ってるから妬《や》いてるのね。それに、みんなあたしの評判に傷がつくだの、将来が台無しだだのといろいろ言っても、けっきょく行きつくところは「あの男はメキシコ人だから」。あたしはチリから来たんだから、もともと情《じょう》の濃いラテン系の人が好きなのに、みんなそのことにはなかなか気づきもしない。どうしてもこの国にはなじめない。ジョーと二人でサンチャゴに帰ってしまえたらどんなにかいいか……。

コンチへ

……とうとうだれかがうちの両親に、あたしがうんと年上の男と関係を持っているって手紙で知らせたみたい。

すごい剣幕で家から電話がかかってきて、チリからはるばる飛んでくると言われた。大みそかにこっちに着くそうよ。母はまたお酒を飲みはじめたみたい。何もかもあたしのせいだって父は言う。

でもジョーといれば、そんなことは少しも気にならない。彼が記者をやっているのは、きっと人と話すのが好きだからなのね。二人でどこに行っても、きっと知らない人たちと話をして、そしてその人たちを好きになる。

彼と出会う前のあたしはこの世界がきらいだったんだと思う。両親は世界のことも、あたしのこともきらっていて、だからあたしを信じようとしない。

コンチへ
　両親は大みそかに着いたけれど、旅で疲れ果てていたので少ししか話せなかった。あたしは成績がオールAだったとか、仕事をとても気に入っているとか、大みそかの新聞学科のダンスパーティのクイーンに選ばれたとかいろいろ言ってみたけれど、二人は聞く耳をもたなかった。お前はもう堕落した、下品な女だの一点張り。「それもメキシコ人《グリーサー》なんかと」と母は言った。

　年越しのダンスパーティは最高に楽しかった。ダンスの前に学科のみんなと食事をして、たくさん笑った。セレモニーがあって、あたしは新聞紙で作った王冠をかぶせてもらってランの花を一本もらった。どういうわけか、それまでジョーとは一度も踊ったことがなかった。すばらしかった。彼とのダンス。

　彼とは、次の日に両親の泊まっているモーテルに会いにいくと約束していた。父はジョーとテレビでローズボウルを見たいと言った。お互いに打ち解けるためにね。

もう言葉も出ない。行くと両親はすでにマティーニを飲んでいた。そのほうがリラックスできると思ったのね。ジョーはとても感じがよかった。気さくで、温かくて、オープンで。両親はまるで石だった。

　それでもパパは試合が始まると少し打ち解けて、ジョーといっしょにゲームを楽しんでいた。ママとあたしは無言で座っていた。ジョーはふだんビールしか飲まないから、パパのマティーニですっかり気がゆるんで、フィールドゴールのたびに「こりゃすげえ《ファッキン・A》！」だの「くそったれめ《ア・ラ・ベルガ》！」だのと雄叫びをあげた。何度かパパの肩をパンチまでした。ママはぎゅっと縮こまってお酒を飲み、ひと言も口をきかなかった。

試合が終わるとジョーが両親を食事に誘ったけれど、父の提案で、父とジョーとでチャイニーズのテイクアウトを買ってくることになった。

二人が出かけているあいだにママからは、あんたがふしだらなおかげでどんなに恥をかいたか、吐き気がする、と言われた。

ねえコンチ。あたしたち、どっちかが初めてセックスを経験したらそのことを相手に話すって約束したよね。うまく説明する自信がないけれど。何より素敵なのは、これは二人の人間のあいだに起こる、いちばん裸で親密なできごとだということ。そして一回ごとにちがう驚きが待っている。二人でずっと笑いどおしのこともある。かと思うとなんだか泣きたくなることもある。セックスはあたしが人生で体験したいちばん大切なことなの。だから母に汚らわしいと言われても、どういうことか理解できなかった。

ジョーとパパがどんな話をしたのかはわからない。帰ってきた二人は顔面蒼白だった。どうやら父は〝法定強姦〔法で定められた年齢以下の者との性交で、罪に問われる〕〟とか、そんなようなことを言い、ジョーは明日にでもあたしと結婚すると言ったみたい。うちの両親にとって、それはジョーの口から一番聞きたくない最悪の言葉だった。

食事が済むと、ジョーは「僕ら、もう疲れてしまったのでそろそろ失礼します。いっしょに来るだろ、ルー？」と言った。

「いいや、娘は今夜はここに泊まる」と父が言った。

あたしはその場に立ちすくんだ。

「ジョーと帰ります」とあたしは言った。「明日の朝また来るわ」

いま、これを寮の部屋で書いているの。不気味なほど静か。ほとんどの子はクリスマス休暇で家に帰っているから。

父に何を言われたかを言葉すくなに説明した以外は、ジョーは帰りの車の中でずっと無言だった。あたしも何も言えなかった。別れ際にキスするとき、胸が破れそうだった。

コンチへ
今学期が終わったら、両親はあたしを学校から引き離す気でいる。両親がニューヨークに来て、待っているところにあたしが行って、それから秋の学期が始まるまで三人でヨーロッパに行く、ということになってしまった。
あたしはタクシーでジョーの家まで行った。サンディア山に行って話し合うことになり、彼の車に乗りこんだ。彼に何を言われると思っていたのかも、自分がどうしたかったのかもよくわからない。
あたしは彼に言ってほしかった――きみを待っている、きみが帰ってくるまでずっとここにいるよ、と。でも彼は、もしあたしが彼を本当に愛しているならすぐに結婚できるはずだと言った。あたしは反対した。彼だって卒業しなくちゃならないし、今の仕事もアルバイトに過ぎないんだから。でも本当の本心は言わなかった。あたしは学校をやめたくなかった。シェイクスピアやロマン派の詩人のことを勉強したかった。彼は、じゅうぶんお金が貯まるまで彼の父親といっしょに暮らせばいいと言った。車がちょうどリオ・グランデを渡る橋にさしかかったとき、あたしはまだ結婚はしたくないと言った。

「自分がどれだけのものを失おうとしてるのか、きみはまるでわかってない」

二人のあいだにあるものの大きさはわかってる、あたしが戻ってくるまでそれは変わらずそこにあるはずだ、とあたしは言った。

「あるだろうね。だがきみとはもう終わりだ。もう好きにしやがれ。とっととどこかに行って、どこかのクソ男と〝お付き合い〟すればいいさ」

彼は車のドアを開け、まだ動いている車からあたしをリオ・グランデに架かる橋の上に放り出した。そして行ってしまった。あたしは寮までの道のりを延々歩いて戻った。今にも彼の車が後ろから近づいてきて停まるんじゃないかとずっと思っていたけれど、彼は来なかった。

泣くなんて馬鹿

孤独、というのはアングロサクソン的な観念だ。メキシコシティでは、ほかに乗客のいないバスに独りで乗っていて、そこにもう一人誰かが乗ってきたら、その人は隣に来て座るだけでなく、こちらにぴったり寄り添ってくる。

息子たちがまだ小さくて家にいたころは、彼らがわたしの部屋に来るときにはかならず何か理由があった。ぼくの靴下どこ？　夕ごはんは何？　大人になった今でも玄関のベルが鳴れば、それはたいてい、ねえ母さんアスレチックスの試合に行こうよ、だの、今夜うちの子あずかってくれない？　だのだ。だがここメキシコでは、ただわたしがそこにいるというだけの理由で、妹の娘たちが階段を三階ぶん上がり、ドアを三つ開けてこの部屋までやってくる。わたしに寄り添い、「元気だった《ケ・オンダ》？」と言うためだけに。

母親のサリーは鎮痛剤と睡眠薬を飲んで、すやすや眠っている。隣のベッドでわたしが本のページをめくったり咳をしたりしても気づかない。妹の十五になる息子のティノが帰ってきて、わたしにキスし、それから妹のベッドに行って添い寝をし、手をにぎる。そしておやすみのキスをしてから自分の部屋に行く。
メルセデスとビクトリアは離れたところにあるアパートで暮らしているが、毎晩かならず顔を出す。サリーが目を覚まさないとわかっていてもそうする。ビクトリアはサリーのおでこをなで、枕や上掛けを整えてやり、つるっぱげの頭にサインペンでお星さまを一つ描く。サリーが眠ったままうんうんと呻き、眉間にしわを寄せる。じっとしててよアモール、とビクトリアは言う。夜中の四時ごろ、こんどはメルセデスが母親におやすみを言いにやってくる。メルセデスは映画のセットのデザイナーをしている。働くとなると朝から晩までだ。彼女もサリーに添い寝し、歌をうたい、頭にキスをする。お星さまを見て笑う。ビクトリア、来てたのね！ 伯母さん《ティア》、起きてる？ うん、起きてる《シオジエ》。一服しようよ。二人でキッチンに行く。メルセデスは汚れてへとへとだ。立ったまま冷蔵庫の中をのぞき、ため息をついて、また閉じる。一つきりのキッチンの椅子に二人で座り、いっしょに煙草を吸い、一つのリンゴを分けあって食べる。メルセデスは上機嫌だ。いま撮っている映画は素晴らしい、監督はもう天才、自分もいい仕事をしている。「みんなあたしを一人前に扱ってくれるの、男並みに！ カッペリーニに、次の映画にもきみを使いたいって言われちゃった！」

朝になると、サリーとティノとわたしとで「ラ・ベガ」にコーヒーを飲みに行く。ティノはカプチーノのカップを手にテーブルからテーブルをまわり、友だちと話したり女の子とじゃれあったり。外では運転手のマウリシオが、ティノを学校へ送り届けるために待機している。サリーとわたしはしゃべりにしゃべる。三日前にわたしがカリフォルニアからこちらに来て以来、ずっとこうだ。サリーはくるくるカールした赤褐色のかつらをかぶり、緑色のワンピースがヒスイ色の瞳をいっそうきれいに見せている。店じゅうが彼女をほれぼれと眺める。サリーはこのカフェに二十五年も通いつづけている。みんな彼女がもう長くはないのを知っているが、今までいちばんきれいで幸せそうだ。

わたしは……もし余命一年と言われたら、きっと海を沖まで泳いでいって、さっさと終わりにしてしまうだろう。なのにサリーにとって、宣告はまるで天からの贈り物だったかのようだ。知らされる一週間前にハビエルと恋に落ちたからかもしれない。サリーはすっかり生き返った。すべてを心から楽しんでいる。言いたいことを言い、楽しいと思うことは全部やる。よく笑う。歩きがセクシー、声もセクシー。怒って物を投げつけ、汚いののしり言葉をわめく。子供のころのサリーは内気で受け身でいつもわたしの影に隠れていて、大人になってからはずっと夫の影に隠れていた。それが今では強く、輝いている。エネルギーをまわりじゅうに振りまいている。みんながテーブルにやってきて彼女にあいさつし、男たちは手にキスをする。〝お医者〟も〝建築家〟も〝やもめ〟も。

メキシコシティは大都市だが、村に一つの鍛冶屋のように、人はみんな肩書で呼ばれる。医学生。裁判官。ビクトリアはバレリーナ。メルセデスは別嬪《べっぴん》さん。サリーの元夫はお大臣。わたしはアメリカの姉さんだ。だれもがわたしをハグし、頬キスをする。

サリーの元夫のラモンがボディガードを影のように従え、エスプレッソを飲みに立ち寄る。店じゅうの椅子ががたがた引かれ、男たちは立ちあがって彼に握手を求めたりハグ《アブラッソ》したりする。ラモンは今やＰＲＩ〔「制度的革命党」の略。メキシコ最大の政党として一九二九年から七十年以上与党の座についていた〕の閣僚だ。彼はサリーとわたしにキスし、ティノに学校はどうだと訊ねる。ティノは父親をハグし、学校に出かけていく。ラモンが腕時計を見る。

もうちょっといいでしょう、とサリーが言う。あの子たち、すごく会いたがってるのよ。きっと来るから。

まずビクトリアがあらわれる。ダンスのレッスンに行く途中で、胸の大きく開いたレオタードを着ている。髪はパンク、肩にはタトゥー。なんてことだ、たのむから服を着てくれ！　と父親が言う。

「パピ、ここのみんなはあたしにはもう慣れっこよ。でしょ、フリアン？」

ウェイターのフリアンは首を振る。「いいや、ミ・ドーニャ。あなたには毎日びっくりさせられてるよ」

彼は注文するまでもなくわたしたちの飲みたいものを持ってくる。サリーには紅茶、わたしにはラテのおかわり、ラモンにはまずエスプレッソ、それからラテ。

メルセデスが髪を逆立て、濃い化粧でやってくる。映画のセットに行く前にモデルの仕事もやっているのだ。店の誰もがビクトリアとメルセデスを赤ん坊のころから知っているが、それでもあんまりきれいで奇抜な恰好をしているので、みんなしげしげと見る。

ラモンのいつものお説教が始まる。メルセデスがメキシコのＭＴＶでセクシーなシーンに出演していたからだ。はしたない。ビクトリア、お前にはちゃんと大学に通ってパートタイムで仕事をしてほしいのに。彼女は父親に腕をまわす。「でもパピ、あたしはダンスだけやってたいのに、どうして学校に行かなきゃいけないの？　それにうちはこんなにお金持ちなのに、働く必要なんてある？」

ラモンはあきれて首を振るが、けっきょく娘にレッスン代をやり、さらに靴を買うお金と、遅刻しそうというのでタクシー代まで渡す。ビクトリアは店のみんなに手を振り、投げキスをしながら出ていく。

ラモンはうなる。「遅刻だ！」彼も握手の集中砲火をかいくぐりながら出ていく。黒のリムジンが彼を乗せ、インスルヘンテス通りを猛スピードで走り去る。

「さてと、これでやっと食べられる」メルセデスが言う。フリアンがジュースと果物とチラキレスを運んでくる。「ママ、なにかちょっとぐらい食べてみたら？」サリーは首を振る。このあと抗ガン剤治療が待っていて、気分が悪くなるからだ。

「ゆうべは一秒も眠れなかったわ！」サリーが言う。メルセデスとわたしが吹き出すのを見てサリーはむくれるが、寝ているあいだに誰が来たか教えてあげると、いっしょになって笑いだす。

「明日はティアの誕生日だね。バシルの日！」メルセデスが言った。「ママもグランジの学園祭《フェート》には行ったの？」

「ええ。でもカルロッタがバシルと会った年、カルロッタの十二の誕生日がちょうど学園祭と重なったあの年には、あたしはまだ七つだった。大人も子供もみんなあのお祭りに行ったものよ。チリの中には小さなイギリスがあってね。英国国教会や、イギリス風のお屋敷や別荘があった。

庭も犬も英国式。プリンス・オブ・ウェールズっていうカントリークラブ。ラグビーやクリケットのチーム。それにもちろんグランジ校。イギリスのイートン校みたいな、とってもいい男子校だった」

「そうそう、うちの学校の女の子はみんなグランジの男の子に夢中で……」

「学園祭は一日がかりだった。サッカーやクリケット、クロスカントリー、砲丸投げにジャンプ競技、いろんな試合をやって。屋台も出て、あれこれ食べたり買ったり」

「それから占い師」とわたしは言った。「あたしその占い師に、うんとたくさん恋をして、うんとたくさん苦労するって言われたなあ」

「そんなのあたしにだってわかるわよ。まあとにかく、イギリスのカントリーフェアそのものっていう感じのお祭りだった」

「バシルはどんな感じの人だった？」

「上品で心配そうな顔。背が高くてハンサム、ただ耳がちょっと大きすぎたけど」

「それにあのしゃくれた顎……」

「夕方は表彰式で、あたしや友だちが熱をあげてた男の子はみんなスポーツで賞をもらっていたんだけれど、バシルは物理や化学や歴史やギリシャ語、ラテン語の賞を総なめにしてた。最初のうちは彼が壇上に呼ばれるたびにみんな拍手していたけれど、そのうちだんだん笑いだしちゃって。バシルは壇に上がって賞品の本をもらうたびにどんどん顔が赤くなって。もう十何冊っていう本。マルクス・アウレリウスとか、そんなの。

「それからダンスパーティの前にお茶の時間があって、みんなそのへんを歩きまわったり、小さいテーブルでお茶を飲んだり。あたしはコンチに彼をダンスに誘いなさいよってそそのかされて、本当に誘ったの。彼と家族全員がそこに立っていた。大耳のお父さん、それにお母さんと三人の姉妹はみんなあの残念なしゃくれ顎だった。あたしは彼におめでとうを言って、いっしょに踊りませんかと誘った。その瞬間に彼は恋をしたの。まさにあたしの目の前でね。

「彼はダンスをしたことがなかったから、あたしはとっても簡単よと言ってボックス・ステップをやってみせた。そうして『シボネイ』や『ロング・アゴー・アンド・ファー・アウェイ』に合わせて二人で踊りあかした――それもぜんぶボックスで。それから一週間、彼は毎日うちにお茶にやってきた。夏休みになって彼が実家の農園《フンド》に帰ってからは、毎日手紙をくれた。何十って詩が書かれていた」

「ティア、彼のキスはどんなだった？」メルセデスが言った。

「キス！　キスなんか一度もなし、手も握らなかった。あのころのチリでそんなことしたら大事件よ。映画館で『ボー・ジェスト』を観てる最中にピルロ・ディアスに手を握られただけで気絶しそうになったものよ」

「男の子が女の子に〝きみ《トゥ》〟って呼びかけるだけでもすごいことだったものね」サリーも言った。「昔むかしの話よ。デオドラントがわりにミョウバン石を脇の下にこすりつけてた。ナプキンなんてまだ発明されてもいなくて、布の月経帯をメイドが何度も繰り返し洗ってくれてた」

「で、ティア、バシルとは恋人どうしだったの？」

「ううん。付き合ったのはピルロ・ディアス。それでもバシルはずっとそばにいた、うちに来たり、ラグビーの試合やパーティで会ったり。毎日うちにお茶を飲みにきてたし。パパのご指名でいっしょにゴルフして、しょっちゅう夕食に招《よ》んでいた」

「あの人は、唯一パパのお眼鏡にかなったお婿《むこ》さん候補だったのよ」

「ほんと、恋愛ってままならない」メルセデスがしみじみ言った。「善《い》い男がセクシーだったためしがないのよね」

「でもあたしのハビエルは善い人よ！　すごく優しいし、とってもセクシーなんだから！」サリーが言った。

「バシルもパパもあたしには善い人だったけれど、それは保護者か監督官みたいな意味でだった。あたしはバシルにうんとつれなくしたのに、それでもあの人はくじけなかった。いまだにあたしの誕生日には毎年かかさずバラの花束を送るか電話をかけてくるの。毎年毎年、四十年以上も。コンチかママから居場所を聞き出して、どこにいても必ずあたしを見つけ出した。チアパス、ニューヨーク、アイダホ。一度なんかオークランドの精神病院まで」

「で、毎年毎年のその電話で、彼はどんなことを言うの？」

「なあんにも。自分のことはね。チェーンのスーパーを経営しているそうだけど。いつもあたしがどうしているかって、そればかり。それがきまってこっちで何かひどいことが起こった後でね……家が全焼したとか、離婚したとか、交通事故だとか。電話かけてくるたび、判で押したように同じことを言うの、ロザリオを唱えるみたいに。今日、十一月十二日に、ぼくはこの世でいちばん素敵な女性のことを考えているよって。バックには『ロング・アゴー・アンド・ファー・アウェイ』がかかってて」

「毎年毎年！」

「なのに手紙もくれないし、会いにも来ないの？」

「そう」とサリーは言った。「先週も電話をかけてきて、カルロッタは今どこにいるかと訊くから、あたし言ったの、姉は誕生日のころにはメキシコシティにいるから、いっしょにランチでもしたらいかがって。何となく、明日会うのは内心気が引けているんじゃないかな。家内に何と言えばいいか、とか何とか言って。奥さんも連れてくればいいじゃないのと言ったら、そういうわけにもいかない、だって」

「あ、ハビエルだ！　ママは幸せ者ね。あたしたち、ぜんぜん同情できないよ。妬けるったら《ビジャ・エンビディア》ないわ！」

ハビエルがサリーの横に来て両手をにぎる。彼は既婚者だ。二人の仲は誰も知らないことになっている。偶然通りかかったような顔をして店に入ってくる。でも二人のあいだに特別なものが流れているのは一目瞭然だ。フリアンがわたしににやっと笑ってみせる。

ハビエルも妹に負けないくらい変わった。名家の出で、すぐれた化学者で、以前はむっつりと真面目くさった人だった。今は彼も笑う。サリーと二人、戯れ、泣き、ケンカする。いっしょにダンソン〔キューバ発祥のダンス〕を習い、メリダ・ホテルに行く。広場でダンソンを踊り、夜空には星、茂みでは子供や猫が遊び、木々に紙のランタンが揺れる。

二人のあいだで交わされるちょっとした言葉——たとえば「おはよう、ミ・ビダ」とか「塩を取って」のような何気ないひと言にも並々ならぬ情感がこもっているので、メルセデスとわたしはくすくす笑う。でも内心わたしたちは心を打たれ、厳粛な気持ちになっている。人と人との、こんなにも尊い結びつきに。

「明日はバシルの日だね！」ハビエルがにっこりする。

「ビクトリアとね、うんとパンクなかっこをしていったらいいんじゃないかって話してるの。それからうんと老けづくりをするか」とメルセデスが言う。

「サリーに代わりに行ってもらうっていうのはどうかな」わたしは言う。

「ううん、それならビクトリアかメルセデスよ。そしたらあの人、きっと姉さんが出会ったころの四〇年代のままですこしも変わってないって思っちゃうかも！」

ハビエルとサリーは抗ガン剤治療のために出ていき、メルセデスも仕事に行った。わたしはその日いちにちコヨアカン〔メキシコシティ南西部の歴史ある地区。フリーダ・カーロやアンドレ・ブルトンらが住んだことで知られる〕で過ごした。教会では、司祭が五十人くらいの赤ん坊にいっぺんに洗礼をほどこしていた。わたしは後ろのほうの、世にも血まみれなキリスト像のそばにひざまずいて式を見物した。親や名付け親たちはずらりと一列に並び、通路をはさんで向かい合わせに立つ。母親が白い服を着せた赤ん坊を抱っこしている。まん丸の赤ん坊、やせっぽちの赤ん坊、肥った赤ん坊、毛のない赤ん坊。司祭が通路の真ん中を歩み、その後ろを侍者の男の子が二人、香炉を振り振りつき従う。司祭はラテン語で祈りをとなえ、左手に持った杯《カリス》に指先を浸して赤ん坊一人ひとりのおでこに十字の印をつけ、父と子と聖霊のみ名において洗礼する。親たちは神妙な顔つきでおごそかに祈る。司祭さまが母親たちも祝福してくれればいいのに、とわたしは思った。彼女たちにもなにがしかの印をつけて、神のご加護を与えてくれればいいのに。

メキシコの村に住んでいて、息子たちがまだ小さかったころ、インディオたちはときどき息子たちのおでこに十字を切って、「かわいそうに《ポブレシート》！」と言ったものだった。こんなに愛らしい生き物は、きっとこれからの人生で苦しむにちがいない！

四歳のマーク、ニューヨークのホレイショ通りの保育所。マークはほかの子たちとおままごとをしていた。おもちゃの冷蔵庫のドアを開けて、見えないコップに見えない牛乳を注ぎ、それを友だちに渡した。友だちは見えないコップを床に叩きつけて割った。そのときのマークの傷ついた表情を、その後わたしは息子たちの顔に何度も見ることになった。事故や、離婚や、挫折によってつけられた傷。どんなに狂おしくあの子たちを守りたいと願ったことか。自分の非力を思い知らされたことか。

教会を出るまぎわ、わたしは聖母マリア像の足元にロウソクを一つ灯して供える。ポブレシータ。

サリーは疲れはて、吐き気に耐えてベッドに寝ている。その額にわたしは冷たいおしぼりをのせてやる。わたしはコヨアカンの広場で見かけた人たちや洗礼式のことを話す。妹は抗ガン剤治療で会ったほかの患者や主治医のペドロのことを話す。ハビエルがこんなことを言った、本当に優しい人だと言い、つらいつらい涙を流す。

大人になり、やっと初めて仲よくなって以来、サリーとわたしは何年もかけて互いへの憎しみや嫉妬を解きほぐした。その後二人でセラピーにもかかり、さらに何年もかけて祖父や母に対する怒りを吐き出した。わたしたちの冷酷な母親。それから何年か遅れて、父への怒りも――聖人然としているのですぐには気づきにくい、父の冷酷さへの怒り。

でも今、わたしたちはつねに現在形で話す。ユカタン半島のセノーテ、トゥルムの神殿、テポストランの修道院、サリーの小さな寝室、どこにいてもわたしたちは笑う。同じ返事をしたといってては笑い、物の見方がいっしょだといってはまた笑う。

五十四回めの誕生日の朝、わたしたちは「ラ・ベガ」を早々に後にする。サリーは抗ガン剤治療の前にすこし休む必要がある。わたしもバシルとのランチに備えておしゃれしなければいけない。家にもどると、メルセデスとビクトリアがメイドのベレンとドロレスといっしょにテレビの連続ドラマを観ている。ベレンとドロレスは一日の大半をソープオペラを観て過ごす。二人ともサリーのところで二十年ちかく働いてきて、小さな屋根裏部屋に住んでいる。ラモンも娘たちも家を出たいま、仕事はほとんどないが、サリーが暇を出そうとしない。

今日は『人生の衝撃《ロス・ゴルペス・デ・ラ・ビダ》』のヤマ場だ。サリーもローブをひっかけてテレビの前にやってくる。わたしはシャワーを浴び、メイクを済ませ、灰色の麻のドレスを皺にしたくないので、やっぱりローブ姿だ。

今日はいよいよアデリーナが娘のコンチータに、アントニオとは結婚できないと告げなければならない。なぜならアントニオはじつは彼女の息子で、コンチータとは血を分けた兄妹なのだから！　アデリーナが二十五年前に修道院で産みおとした子がアントニオだったのだ。

母娘は「サンボーン」で会う。ところがアデリーナが口を開くより先に、コンチータがアントニオとひそかに結婚したと告げる。しかももうすぐ赤ちゃんが産まれる！　アデリーナの――母親のショックに打ちのめされた顔のアップ。だが彼女は笑顔を作ってコンチータにキスする。そしてウェイター《モソ》を呼んで言う、シャンパンを持ってきてちょうだい。

まあ、馬鹿げた話だ。もっと馬鹿げているのは女六人がそろいもそろって大泣きしたことで、盛大にすすりあげているところに玄関のベルが鳴った。メルセデスが急いで行ってドアを開けた。

バシルは目をまん丸にしてメルセデスを見つめた。目を泣きはらしていたし、ショートパンツに上はノーブラだったが、それだけではなかった。この姉妹の美しさにはだれもが目を見張る。ただ長年いっしょに暮らしていると見慣れてしまうというだけで。

メルセデスはバシルの頬にキスをした。「噂のバシルさんね、本物のイギリスのツイードを着てるからすぐわかった！」

彼の顔が赤くなった。それからこっちをあんまり困惑の目で見るものだから、わたしたちはおかしくなって笑いだした。くすくす笑いが止まらなくなって叱られる子供みたいに。笑いだしたら止まらなかった。わたしは立って彼のところに行き、ハグをしようとしたが、彼はまたもひるみ、お行儀よく片手を差し出して握手をした。

「ごめんなさい……みんなでお涙ちょうだいのドラマを観ていたものだから」わたしは彼をみんなに紹介した。「サリーはもちろん覚えているでしょ？」彼がまたもや驚愕の顔つきになった。

「いやだ、かつら！」サリーはあわててかつらを取りに行った。わたしも着替えをしに引っこんだ。メルセデスがついてきた。

「ねえねえティア、思いきりあばずれみたいな恰好してやんなさいよ。あの人、すごく堅苦しいんだもの！」

「このあたりには、食事にふさわしい店はとてもありそうにないね」バシルが言った。

「もちろんあるわよ。『ラ・パンパ』っていうアルゼンチン料理の店が、公園の花時計の向こうに」

「花時計？」

「見ればわかるわ」とわたしは言った。「さ、行きましょ」

わたしは彼のあとについて階段を三階ぶん降りながら緊張してまくしたてた。会えて本当にうれしいわ、あなたとてもお元気そう。

一階の正面玄関まで来ると、彼はあたりをぐるりと見まわした。

「ラモン氏は今は閣僚だったね。家族をもっといい家に住まわせてやれるだろうに」

「あの人にはもう新しい家族がいるの。エル・ペドレガルの素敵な家。でもここだってすばらしいところよ。広くて日当たりがよくて……アンティークや緑や小鳥に囲まれて」

「しかしこの場所は？」

「アモーレス通りのこと？　サリーはよそには住みたがらないの。ここのみんなと友だちだから。あたしももうすっかり顔なじみ」

彼の車まで歩きながら、わたしは道ゆく人みんなに挨拶した。彼はそのへんの子供にチップをやって、車が強盗団にやられないよう見張らせていた。

二人ともシートベルトを締めた。

「サリーのあの頭は、いったいどうしたんだ？」と彼が言った。

「薬で髪が抜けてしまったの。ガンで」

「それは大変だ！　良くなる見込みは？」

「いいえ。もう長くない」

「お気の毒に。しかしきみたちはそのことにまるで影響を受けていないようだね」

「いいえ、影響はみんな受けてる。わたしたち、いまとても幸せなの。サリーは恋しているし。わたしとサリーも仲良くなって、やっと本物の姉妹になれたし。それもなんだか恋に似てるの。妹の子供たちもしょっちゅう会いにきて、話を聞くようになったし」

彼はハンドルを握りしめたまま無言だった。

わたしはインスルヘンテス通りの公園までの道順を教えた。

「ここならどこに停めてもだいじょうぶ。ほら、あそこに花時計がある！」

「時計には見えないけれどな」

「あら見えるわよ。数字が読めるでしょ！　ええと変ね、こないだまでちゃんと時計に見えたんだけど。数字がマリーゴールドでできてるんだけど、ちょっと茎が伸びすぎちゃったみたい。でもみんな時計だってわかっているから」

　バシルは店からうんと離れたところに車を停めた。暑い日だった。わたしは背中が悪いうえにヘビースモーカーだ。スモッグ、それにハイヒール。空腹で倒れそうだった。目当てのレストランはすばらしくいい匂いだった。ニンニクとローズマリー、赤ワイン、ラム肉。

「あまり気が進まないな」と彼は言った。「どうにも騒々しい。ここではまともな会話ができそうにない。それにアルゼンチン人だらけだ！」

「そうね、だってアルゼンチン料理の店だもの」

「きみ、すっかりアメリカ人の話し方になってしまったね！　さっきからやたらと〝そうね《イエア》〟ばかりだ」

「そうね《イエア》、だってアメリカ人だもの」。わたしたちは通りを行ったり来たりして素敵な店のウィンドウを一つひとつのぞきこんだが、どれも彼のお気に召さず、一軒はお値段が張りすぎた。もうこれからは〝高い《エクスペンシヴ》〟の代わりに英国式に〝お値段が張る《ディア》〟と言うことに決めた。まあ大変、今月は電話代のお値段が張るわ！

「ねえ、どこかでサンドイッチ《トルタ》でも買って、公園で座りましょうよ。お腹がぺこぺこだし、ゆっくり話がしたいし」

「やはり中心街に行こう。あそこなら僕も店を知っているし」

「あたしがここで座って待っているあいだにあなたが車を取ってくるのはどう？」

「こんな物騒な界隈にきみを一人で置いておくわけにはいかない」

「あら、最高にいかした界隈だけど」

「頼むよ。いっしょに行って車を探そう」

車を探す。もちろん彼は車をどこに停めたか覚えていなかった。何ブロックも歩きまわった。ぐるりと一周して振りだしに戻り、行ったり来たりし、同じ猫、同じ門に寄りかかって郵便屋とおしゃべりしている同じメイドに何度も出会った。両手を離して自転車をこぎながら笛を吹く包丁研ぎ屋。

わたしはふかふかのシートにどさりと倒れこみ、靴を脱ぎすてた。煙草の箱を出したら、車中での喫煙はご遠慮願いたいと言われた。メキシコシティのスモッグのせいで、二人とも涙をだらだら流していた。煙草を吸えば保護幕になるんじゃないかと思って、とわたしは言った。

「ああカルロッタ、きみは相変わらず危険なことばかりやりたがる」

「行きましょ。もう飢え死にしそう」

だが彼はグローブボックスから子供たちの写真を出した。わたしは銀の額縁に入った写真を手に持った。澄んだ瞳の、志の高そうな若者たち。顎のしゃくれた。彼はいかに子供たちが賢くて成績優秀か、医者としていかに一流かを説明した。そう、息子とはよく会う。だがマリリンのほうは母親と折り合いが悪くてね。どちらもひどく強情なんだ。

「うちのは使用人の扱いがとてもうまいんだ」バシルは妻のことをそう言った。「きちんと分をわきまえさせる。さっきの女性たちは、妹さんのメイドかな？」

「昔はね。今はもう家族同然なの」

バシルは一方通行を逆走し、バックで戻ってほかの車やトラックからクラクションを浴びせられた。やっとペリフェリコ高速道路まで来てスピードを上げたが、行く手で事故があり、車はぴくりとも動かなくなった。バシルがエンジンとエアコンを切った。わたしは外に出て一服つけた。

「轢《ひ》かれてしまうよ！」

わたしたちの後ろ何ブロック先まで、動いている車は一台もなかった。

シェラトン・ホテルに着いたのは四時半だった。ダイニングルームは閉まっていた。どうしよう？　すでに車は停めてしまっていた。わたしたちは隣のデニーズに入った。

「人類、行き着くところはデニーズよね」わたしは言った。

「わたしはクラブハウスサンドイッチとアイスティーにするわ」とわたしは言った。「あなたは何にする？」

「さあ。あまり食べ物に関心がないんだ」

わたしはひどく気が滅入っていた。さっさとサンドイッチを食べて帰ってしまいたかったが、礼儀上、会話を続けた。僕らはみんなイングリッシュ・カントリークラブの会員なんだ。ゴルフやクリケットをやり、演劇クラブにも入っている。一度『毒薬と老嬢』の老嬢役をやったが、とても愉快だったよ。

「ところで、このたびチリのあの家を買ったんだ。サンチャゴのゴルフコースの三番ホールのすぐ横にある、プールつきの。今は人に貸しているんだが、引退したらそこに住もうと思っている。どの家だか覚えているかい？」

「もちろん。素敵な家だった、藤の花とライラックが咲いて。ライラックの茂みの下をのぞくと、ゴルフボールが百個ぐらい転がっていた。あたし、いつも一打めをスライスしてあの庭に放りこんでたっけ」

「きみは引退後はどうするつもりなんだ。将来の計画は？」

「将来？」

「貯えはあるのかい。ＩＲＡ〔個人退職年金〕のようなものには？」

わたしは首を振った。

「きみのことが前々から心配だった。ことにあの病院に入っていたときには。きみは少々ふらふらしすぎた。離婚が三回、子供が四人、職を転々として……。それにきみの息子たち、仕事は何をしている？　人様に誇れるような子供たちだろうか？」

サンドイッチが運ばれてきたが、わたしはむかむかきていた。バシルはトーストしていないチーズサンドと紅茶を頼んでいた。

「そういう考え方、好きじゃない。誇れるだなんて、それじゃまるで子供の手柄を親が横取りするみたいじゃない。あたしは自分の息子たちが好きよ。思いやりがあるし、心がまっすぐだし」

それによく笑う。とても、よく食べる。

彼はなおも息子たちの職業を訊ねた。シェフ、テレビカメラマン、グラフィック・デザイナー、ウェイター。みんな自分の仕事を気に入っている。

「きみに何かあったときに息子さんたちが頼りになるとは到底思えないな。ああカルロッタ、きみがあのままチリに残ってくれていたら。そうすれば穏やかな人生を送れていただろうに。今でもカントリークラブの女王でいられただろうに」

「穏やかな人生？　あのままチリにいたら、きっと革命で死んでいたでしょうね」カントリークラブの女王？　話題を変えよう、早く。

「あなたとイルダ、海岸には行くの？」わたしは訊いた。

「いやまさか。チリの海岸のほうがずっといい。あんなアメリカ人が群れをなしているようなところは願い下げだよ。メキシコの西海岸はどうにも退屈だね」

「海が退屈だなんていうことがある？」

「ではきみにとっては何が退屈なのかな」

「なにも。あたしは一度も退屈したことなんかないの」

「まあたしかに、きみは退屈しないためならどんな苦労も厭《いと》わないような人だ」

バシルはほとんど手つかずのサンドイッチの皿を脇にどけ、しんそこ心配だという顔で身を乗り出した。

「カルロッタ……きみはいったいどうやって人生を立て直すつもりなんだ？」

「あたしは古い人生なんていらないの。ただ前に進むだけ、なるべく人に迷惑をかけないようにして」

「じゃあ訊くが、きみが今までの人生で成し遂げたものとは何だと思う？」

何も思いつかなかった。

「三年間、一滴も飲まなかったことかしら」とわたしは言った。

「そんなものは成し遂げたとは言いがたい。『わたしは自分の母親を殺しませんでした』と言うのと変わらないよ」

「そうだ、それもあったわ」わたしはほほえんだ。

わたしは三角形のサンドイッチをパセリまで平らげていた。

「フランとカプチーノをいただける？」

そこはメキシコ共和国でフランを置いていない唯一の店だった。ジェロ、ええ《シ》それでいい。

「バシル、あなたこそどうなの。詩人になる夢はどこに行ったの」

彼は首を振った。「もちろん今でも詩は読んではいるよ。ねえ、きみの人生のよすがになる詩は何なのか、聞かせてくれないか」

なんて面白い質問！　わたしははりきったが、こんなときにかぎって不都合な詩ばかりが浮かぶ。さあ海よ、わたしを奪え！　女は誰しもファシストを愛す。わたしは苦悶の顔を愛す！　なぜならそれこそ真実だから〔それぞれエミリー・ディキンソン、シルヴィア・プラス、エミリー・ディキンソンの詩〕。

「良き夜に穏やかに流されてはならぬ」本当はディラン・トマスなんて好きでもないのに。

「相変わらず反骨精神だなあ、カルロッタは。僕が好きなのはイエイツの『身を潜め、そして歓喜せよ』だよ」

嗚呼《ああ》。わたしは煙草をもみ消し、インスタントコーヒーを飲み干した。

「『行くべき道がある、眠るまでに』というのはどうかしら〔ロバート・フロスト「雪の夜、森のそばに足を止めて」より〕。そろそろサリーのところに戻らないと」

ひどい渋滞とスモッグだった。車はじりじりとしか進まなかった。彼は死んだ共通の知り合いの名前を一人ひとり数えあげ、わたしの昔の恋人たちの金銭や結婚の失敗をいちいち並べたてた。

車が家の前で停まった。わたしはさよならと言い、愚かにも彼をハグしようと動いた。彼は後ずさり、車のドアの陰に引っこんだ。さよなら《チャオ》、とわたしは言った。歓喜せよ！

家の中は静かだった。サリーは抗ガン剤治療を終えて眠っていた。ときおり思い出したように身じろぎした。わたしは濃いコーヒーを淹れ、カナリアのそばに座り、チュベローズの香りをかぎ、階下の住人が弾く下手くそなチェロに耳を傾けた。

わたしは妹のベッドにそっともぐりこんだ。そうして暗くなるまでいっしょに眠った。ビクトリアとメルセデスがランチの結果を聞きにやってきた。

一部始終を話すこともできた。傑作な笑い話にしてしまうこともできた。マリーゴールドが伸びすぎてバシルには花時計だとわからなかったこととか。彼が『毒薬と老嬢』で演った老婆の物真似をしてみせてもよかった。けれどもわたしはサリーの隣でクッションに力なくもたれかかった。

「もう二度と電話かけてこないと思う」

わたしは泣いた。サリーと二人の娘がわたしをなぐさめた。泣くわたしを、だれも馬鹿だとは思わなかった。

情事

受付と奥の事務室を一人でまわすのは大変だった。包帯を取り替えたり体温や血圧を計ったりしながら新規の患者を受け付けて、電話も取らないといけない。心電図をとったり、傷の縫合やパップテスト〔子宮頸癌を発見するための細胞診〕の助手をするときは、そのたびに電話応答サービスに代わりを頼まなければならないので、ひどく手間だった。待合室はほったらかされて不満をつのらせる人たちで満杯、電話はじゃんじゃん鳴る。

B医師《せんせい》の患者さんは、たいていが高齢だった。パップテストを受ける女性患者は往々にして肥満体で、奥まで届かせるのに難儀するので、よけいに時間がかかった。

先生が女の患者を診るときはわたしが立ち会う、というのは、たしかそういう決まりになっていたように思う。最初は時代おくれの用心だと思っていた。とんでもなかった。びっくりするほどたくさんのお年寄りの女性たちが、先生に恋していた。

わたしが先生にスペキュラ〔膣を広げるための金属の器具〕を渡し、つぎに柄の長い綿棒を渡す。先生が子宮頸部から組織をこそげ、それをわたしが差し出すスライドガラスになすりつける。わたしはそれに保護フィルムをスプレーしてもう一枚ガラスをかぶせ、箱に入れてラベルをつけ、検査にまわす。

女の患者さんたちの脚をもちあげてあぶみにのせ、お尻を診察台の端まで動かして、先生の目の高さにくるようにするのがわたしの大事な役目だ。それから膝にシーツをかぶせてあげ、なるべく患者さんをリラックスさせるようにする。先生が来るまでおしゃべりしたり冗談を言ったり。このおしゃべりの部分は簡単だった。患者さんたちとは顔見知りだったし、みんないい人たちだった。

問題は先生が来てからだった。先生はあわれなほど緊張する性質《たち》で、ときおりそれがひどい手のふるえとなってあらわれた。小切手にサインをしたりパップテストをするときはいつもそうなった。

先生が丸椅子に腰かけ、患者のヴァギナと向き合い、額のライトを点ける。わたしがスペキュラ（温めてある）を手渡し、患者が何分か唸ったり苦しんだりしたあと、こんどは柄の長い綿棒を渡す。先生は手に持った綿棒をバトンワラーのように揺らしながら膝のシーツの中に消える。やっとこさシーツの中から手が出てくると、わたしが構えるスライドガラスに向かって差し出される綿棒は、もはや高速のメトロノームだ。当時のわたしはまだ飲酒していたので、綿棒を受け止めようとするガラスも目に見えてふるえていた。ただしわたしのは小刻みな上下のふるえ。先生のは左右の揺れ。やっとこさ、ぴしゃん。この一連の動作にあまり手間取るので、先生はたびたび大事な電話をのがすし、もちろん待合室の人の堪忍袋の緒は切れる寸前だ。一度などミスター・ララビーが診察室のドアをノックして、B先生は驚いて綿棒を取り落としてしまった。また一からやり直し。それでやっと先生も、受付に誰かパートを雇うことを許してくれた。もしわたしがいまあらたに仕事を探すなら、給料はたんまりと要求するだろう。当時のルースやわたしほど安い給料で働くような人間は、何か裏があるのに決まっている。

ルースはそれまで一度も働いたことがなく、その必要もなかったので、それだけでもじゅうぶん怪しかった。彼女は趣味で働こうとしていたのだ。

それがあんまり物珍しかったので、わたしは面接のあと彼女をランチに誘った。ピル・ヒル・カフェで、ツナのメルトサンドを食べながら。わたしはたちまち彼女が好きになった。彼女はわたしの知っているどんな人ともちがっていた。

ルースは五十歳、三十年連れ添っている夫は幼なじみで、会計士をしていた。子供が二人、猫三匹。履歴書の趣味の欄には「猫」と書かれていた。だからB先生は彼女の顔を見るたびに猫は元気かねと訊いた。わたしの趣味は「読書」で、だからわたしには「イッチー・グミーの岸のほとりで」とか「二度とない《ネヴァモア》、と大ガラスは言った」などと言った〔前者はロングフェローの『ハイアワサの歌』、後者はポーの『大鴉』の有名な一節だが、どちらも微妙に間違って覚えている〕。

新しい患者が来ると、先生はカルテの裏に必ずなにかひと言ふた言書きつけた。診察室に入ったときに会話の役に立ちそうなことをメモしているのだ。〈テキサスを神の国だと思っている〉、〈プードル二匹〉、〈ヘロインに一日五百ドル使う〉などなど。そして患者と顔を合わせると、「おはよう！　最近は神の国には行かれましたか？」とか「わたしに薬を都合してもらおうったって、そうはいきませんよ」などと言った。

ランチのときルースがわたしに言うには、さいきん自分が歳をとって、人生がマンネリ化しているような気がしたので、友の会に入会した。〈陽気なおふざけ集団《メリー・プランクスターズ》〉略してＭＰ会、というのは表向きで、本当は更年期《メノポーズ》の略だった。ルースはいつもその言葉を「メノ・ポーズ」と二つに分けて発音した。女性の人生をもっと活気づかせるというのが会の趣旨だった。活動対象はメンバー自身だった。いちばん最近はハンナだった。会は彼女にウェイト・ウォッチャーズ〔ダイエットを指導する教室〕を始めさせ、ランチョ・デル・ソルのスパに行かせ、ボサノバの教室に通わせ、脂肪吸引とフェイスリフトを受けさせた。おかげでハンナは見ちがえたが、あらたに二つの友の会に入った。一つはフェイスリフトを受けたけれど相変わらず不幸な女の会、もう一つは「愛しすぎる女たちの会」。ルースはため息をついた。「あの人、いつも沖仲仕に恋するような人だから」

沖仲仕《スティーヴドア》！　ルースはときどき思いも寄らない言葉を使った。〝従前は《ヒアトゥフォア》〟とか〝かまびすしい《ハラバルー》〟とか。〝月のあの時期《ザット・タイム・オブ・ザ・マンス》〟がなくなってしまって寂しい、そんな言い方をした。あれはぬくぬくと心地よい時間だったのに。

ＭＰ会の勧めにしたがって、ルースはフラワーアレンジメントを習い、演劇クラブに加入し、〈トリビアル・パスート〉〔雑学クイズを取り入れたボードゲーム〕の同好会に入り、そして就職した。恋愛もするように言われていたが、まだその気はなかった。すでに彼女の人生はじゅうぶん活気づいていた。フラワーアレンジメントは楽しくて、今は仲間と雑草を使ったブーケ作りに取り組んでいるところだった。それに『オクラホマ！』〔一九四三年初演のブロードウェイ・ミュージカルの古典〕では、歌わない端役だけれど出番ももらった。

ルースが職場にいるのは楽しかった。いっしょに患者さんたちと冗談を言い合い、まるで親戚の話でもするように患者さんたちのことを二人で話した。ルースはファイル仕事ですら楽しんで、「Abcdefg hi jk lmnop lmnopqrstuvwxyZ!」と歌いながらやるので、しまいにわたしが「もういい、あたしがやる」と言った。

患者の世話をするのは、前よりずっと楽になった。だが彼女はほとんど何も仕事をしなかった。〈トリビアル・パスート〉の雑学カードを読み、友だちに電話をかけ、ことにいまダンスのインストラクターと不倫中のハンナとはしょっちゅうしゃべっていた。

昼休みには、ルースがブーケ用の雑草を探すのに付き合って、炎天下に二人で汗だくになりながらフリーウェイの土手を這いのぼり、ノラニンジンやダイオウナスビの花をつんだ。靴の中は石だらけ。見た目は平凡で可愛らしいユダヤ系の中年女性のようでいて、ルースにはどこか自由で野性的なところがあった。病院の裏通りでピンク色のハナダイコンを一輪見つけたときの、あの叫び声。

ルースと夫とは赤ん坊のころからの幼なじみだった。アイオワの小さな町の数少ないユダヤ人世帯だったせいで、お互いの家族がとても親しかった。思い出せるかぎりの昔からずっと、ルースとエフレムは結婚するものと周囲から思われていた。そして高校のとき、二人は本当に恋に落ちた。彼女は大学で家政学を学び、彼が経営会計学科を卒業するまで待った。もちろん結婚までは互いに純潔を守った。夫婦は夫の寝たきりの母親の介護をするために彼の実家に移り住んだ。

二人がここオークランドに転居すると母親もいっしょについてきて、八十六歳の今も同居していた。

ルースが愚痴をこぼすのをわたしは聞いたことがなかった。病気の姑のことも、子供たちのことも、エフレムのことも。子供たちや元夫や息子の嫁や、ことにB先生のことでしょっちゅう文句を言っているわたしとは大ちがいだった。先生は中に爆弾が入っているかもしれないからと、自分あての小包を全部わたしに開けさせた。ミツバチやスズメバチが入ってくると、わたしが殺すまで部屋の外で待った。こんなのは序の口だ。B先生は意地が悪かった。ことにルースに対する態度はひどかった。「これだから低能を雇うのは嫌だったんだ」などと言った。彼女が電話番号の数字を入れちがえて書いたときは〝失読症〟呼ばわりした。彼女はしょっちゅうこれをやった。先生は二日に一度は彼女をクビにしろとわたしに迫った。無理です、とわたしは言った。理由がありません。わたしはとても助かってますし、患者さんもみんなあの人が大好きです。彼女がいると場が明るくなるんです。

「明るさなんて大嫌いだ」と先生は言った。「あの薄ら笑いを顔からひっぺがしてやりたくなる」

ルースは先生にあくまで優しかった。先生のことをヒースクリフか『ジェーン・エア』のロチェスター氏の小型版だと思っていた。「たしかにだいぶ小さいわね」とわたしは言ったが、ルースは否定的な意見には耳を貸さなかった。きっと先生は、いつか誰かにひどく失恋したことがあったにちがいないと信じていた。ルースはクーゲルやルゲラーやハーマンタッシェン〔いずれも伝統的なユダヤ料理・菓子〕を先生のためにせっせと作り、つねに口実をつくっては彼の部屋に入ろうとした。B先生がわたしの部屋にやってきてドアを閉めて、やっとわたしも彼女が先生を恋愛の相手に選んだのだと気づいた。

「あいつをすぐにクビにしろ！　わたしに色目を使ってくるぞ！　破廉恥にも程がある」

「ええ、信じられないような話ですけど、どうやら先生のことをとてつもなく魅力的だと思ってるようですね。でもわたし、あの人がいないと困るんです。あんなに仕事がしやすい人はそうはいません。どうかこらえてください。お願いです、この通り《プリーズ・サー》」この〝サー〟がいつも功を奏した。

「わかった」先生はため息まじりに言った。

彼女はわたしの人生を良くしてくれた。活気を与えてくれた。以前は昼休みに裏通りで鬱々とタバコを吸っていたわたしが、今では彼女といっしょに泥まみれになり、笑いながら花をつんでいた。彼女が一日じゅう雑誌からコピーする何百というレシピを元に料理も始めた。ブラウンシュガーを振りかけて焼くパールオニオン。彼女がシュマッタ古着店から服を持ちこめば、わたしはそれを買った。エフレムが疲れて行けないときは、わたしが代わりに彼女とオペラに行った。

彼女と行くオペラは素敵に楽しかった。休憩時間、ほかの人々が手持ち無沙汰にただ突っ立っているなか、彼女はわたしをロビーまで引っぱっていき、服や宝石をうっとり鑑賞した。『ラ・トラヴィアータ』ではいっしょに泣いた。『スペードの女王』の老女のアリアが二人のお気に入りだった。

ある日、ルースはB先生をオペラに誘った。「冗談じゃない！　場をわきまえたまえ！」先生は言った。

「クソったれ」先生が出ていくと、わたしは言った。でも彼女はただこう言った。お医者さんはみんな忙しすぎて恋愛どころじゃないのね。だからわたし、ジュリアスにしようと思う。

ジュリアスというのは引退した歯科医で、『オクラホマ！』をいっしょに演じた仲間だった。男やもめで太っていた。太っているのはいいことよ、と彼女は言った。温かくて、ふかふかしているから。

もしかしてエフレムはもうセックスに熱心じゃないの、とわたしは訊いてみた。「正反対！」と彼女は言った。「あの人、朝起きた瞬間から夜寝るまでそのことしか頭にないの。昼間だって、家にいようものならずっとわたしのお尻を追っかけまわすんだから。まったく……」

ジュリアスの姿は、チャペル・オブ・ザ・ヴァレーのエフレムの母親の葬式で見かけた。寝ているあいだに静かに逝ったのだ。

ルース一家は葬儀場の階段に並んで立っていた。ルースとエフレム、それに両親を気丈に支える見目よく上品な二人の子供たち。エフレムは暗い感じの美男だった。痩せて、陰気で、思い詰めたような表情をしていた。彼こそまさにヒースクリフだ。悲しげにうるんだ彼の目が、わたしの目に向かってほほえみかけた。「家内にいつも良くしていただいて感謝していますよ」

「ほら、あの人！」ルースが耳打ちして、赤ら顔のジュリアスを指さした。金の鎖、はちきれそうなシングルの紺のスーツ。クロレッツでも嚙んでいたのだろう、歯が緑色に染まっていた。

「冗談でしょ！」わたしは彼女にささやきかえした。

ルースがチャペル・オブ・ザ・ヴァレーを選んだのは、ここがわたしたちのお気に入りの出入りの葬儀社だったからだ。B先生の患者はよく死んだので、毎日のように葬儀屋が死亡証明書をもらいにやって来た。署名は黒のインクでと法律で決まっているのにB先生はいつも青のインクでサインしてしまうので、先生が戻ってきて黒ペンでサインし直してくれるまで、事務室でコーヒーを飲んで時間をつぶしていた。

わたしはどこに座ればいいのか決めかねて、チャペルの後ろのほうに立っていた。ハダーサ〔ユダヤ人女性による慈善団体〕の女性たちがたくさん参列していて満員だった。チャペルの葬儀屋の一人がわたしの隣にやってきた。「リリー、グレイの服がとても素敵だね」と彼は言った。そこにもう一人、ボタンホールに花を挿《さ》した葬儀屋も通路の向こうからやってきて、低く悲しげな声で「来てくれてうれしいよ。僕がいい席を見つけてあげる」と言った。二人の引率で通路を歩きながら、わたしはちょっと得意な気分だった。レストランで顔が利いたような。

葬儀は立派だった。ラビは聖書の、良き妻はルビーよりも貴重であるという箇所を読みあげた。死んだ姑のことをそんなふうに思う人がいたとは思えない。その言葉はむしろルースにこそふさわしいと思えたし、エフレムとジュリアスも同じ気持ちでいるのが、二人が彼女に注ぐまなざしでわかった。

月曜日、わたしはなんとか彼女を思いとどまらせようとした。「あなたは何もかも手にしてる。健康、美貌、ユーモアのセンス。丘の上の一軒家。掃除婦にゴミ圧縮機。すばらしい子供たち。それにエフレム！　ハンサムで優秀でお金持ち、おまけにあなたにぞっこんじゃない！」

友の会はあなたをまちがった方向に導こうとしている、とわたしは説いた。エフレムを悲しませるようなことはするべきじゃない。自分の幸運にもっと感謝しなきゃ。MPの連中はあなたをやっかんでるのよ。どうせ夫がアル中か、アメフトの試合ばかり観てるか、インポか、よそで女を作ってるに決まってる。子供たちはポケベル持って、ピアスして、過食症で、ヤク中で、タトゥーをしてる。

「あなたはきっと自分の幸せがうしろめたいの。それでMPの人たちの仲間入りをしたくてこんなことをしようとしてるのよ。気持ちはわかる。あたし小学生のころ、叔母さんに日記帳をもらったの。でも書くことといったら毎日『学校に行きました、宿題をやりました』ばかり。それで何か書くことがほしくて悪いことを始めたもの」

「そんなに真剣に恋愛するつもりはないの」と彼女は言った。「ただちょっと人生のスパイスがほしいだけ」

「なら、あたしがエフレムと浮気するっていうのはどう？　それこそあたしの人生のスパイスよ。そうすればあなたは嫉妬して、もう一度彼に夢中になるかもよ」

ルースはほほえんだ。無邪気な、子供のような笑みだった。

「あの人はそんなことしない。わたしを愛しているから」

その件はもうあきらめたものとばかり思っていたら、ある金曜日に彼女が新聞をもってやってきた。

「今夜ジュリアスとデートするの。でもエフレムにはあなたと行くって言うつもり。この映画のなかで、あなたがもう観て、あたしに筋を教えられそうなのはある？」

わたしは『乱』について何から何まで教え、ことに女人が短刀を引き抜くところと道化が泣くところについては念入りに描写した。森の中の青い幟《のぼり》、森の中の赤い幟、森の中の白い幟。夢中で話していると彼女が「ストップ！」と言い、映画のあとはどこに行こうと言った。わたしはわたしたちを、というか二人を、バークレーのカフェ・ローマに行かせることにした。

ルースとジュリアスは金曜日ごとにデートした。二人のロマンスはわたしにも薬のように効いた。ふだんのわたしは仕事から帰ると小説を読み、100プルーフのウォッカを飲み、ただ眠るだけの毎日だった。それが〝情事〟が始まってからは、ルースとジュリアスがハングリー・タイガーやラスティ・スカッパーで会っているあいだ、わたしは実際に弦楽四重奏を聴きに行き、映画を観、イシグロやレスリー・スカラピーノの朗読会に足を運んだ。

二人はおよそ二か月間デートを重ねてから、ついに〝例のこと〟に及んだ。ビッグ・サーへの三日間の旅行がその舞台だった。エフレムに何と言おう？

「なに、簡単よ」とわたしは言った。「あたしたち二人で禅の修行に行くの。もちろん電話なんてない。ただ黙って瞑想するだけだから、報告するようなことも何もない。夜は星空の下で温泉。海を見おろす崖の上で蓮華座を組む。ただひたすら寄せては返す波また波」

その三日のあいだ自由に出かけられないのと、電話の相手をいちいちチェックしないといけないのが面倒ではあったけれど、うまくいった。エフレムは子供たちを食事に連れていき、猫にエサをやり、植木に水をやり、妻の帰りを待ちわびた。それはそれは熱烈に。

旅行明けの月曜日、事務室に大きなバラの花束が三つ届いた。一つめのカードには〈大切なわが妻へ　愛をこめて〉。もう一つには〈ひそかなファンより〉。そしてもう一つには〈かの女《ひと》は美しく歩む〔バイロン卿の有名な詩の一節〕〉。最後のは自分で自分に贈ったのだとルースは打ち明けた。彼女はバラが大好きだった。両方の男にバラ好きを匂わせてはいたが、まさか本当に贈ってくるとは思ってもいなかった。

「まるで葬儀場だ、すぐにそれをどこかにやってくれ！」B先生が診療所から病院に向かう途中で言った。それより前、先生はまたしても彼女をクビにするように言い、またしてもわたしは断っていた。どうしてそんなにルースを嫌うんです？

「言っただろう。陽気すぎるんだ」

「わたしもふだんだったら陽気な人はお断りですけど、あの人の陽気さには裏がないんです」

「ああ、もう最悪だ」

「どうか温かく見守ってあげてください。それにこれはわたしの勘ですけど、彼女もうじきしょんぼりすると思います」

「そう願いたいね」

　エフレムが事務室に顔を出し、ルースをコーヒーに誘った。その日の彼女は朝から何もせず、ずっとハンナと電話で話していた。エフレムは彼女がバラを気に入ったかどうか知りたくてここに来たのだとすぐに察しがついた。彼はあとの二つの花束を見て大いに動揺した。ルースは一つはアンナ・フェダースという女の患者さんからのものだと説明したが、〝ひそかなファン〟のほうについては笑ってはぐらかした。気の毒なエフレム。彼の顔が、心が、嫉妬に打ちのめされるのが見ていてわかった。左フック、ボディに命中。

彼はわたしに禅の修行はどうだったかと訊ねた。わたしは嘘をつくのが嫌いだ。本当に、耐えられないほど。心が正しいからではない、難しいのだ。嘘を考え出すのも、前に言ったことを覚えておくのも。

「ええ、とっても素敵なところでしたよ。ルースはとても穏やかになって、きっとあそこの雰囲気が合ってたんでしょうね。わたしは全然だめ、瞑想しようとしても心配事が頭をもたげたり、今までにやらかした失敗を一から全部思い出したりして。でも、その、とっても集中できました。穏やかで。さあ、二人とももう行かないと。ごゆっくり！」

あとで彼女から特ダネ情報を得た。ビッグ・サーはルースにとって、まさに人生の一大事だった。〝例のこと〟については、MPの人たちにはとても報告できそうになかった。なにしろ〝オーラルS〟を初めて経験したのだ。もちろんエフレムにはしたことがあったけれど、自分がされたのは初めてだった。それに、M－A－R……「なんと言ったかしら、どこかにJがつく」

「マリファナ？」

「しぃぃっ！　わたしはただ咳こんで気分がそわそわしただけだったけれど。でもあっちは本当によかった、オーラルSのほう。ただ、あの人がしょっちゅうしょっちゅう『準備はいいかい？』と訊くものだから、なんだかこれからどこかに出かけるみたいでムードが台無しだったけれど」

二人は二週間後に、こんどはメンドシーノ岬に行くことになった。そこで、わたしと彼女とでペタルーマで開かれる詩のワークショップとブックフェアに行くという筋書きにした。詩人のロバート・ハースがライター・イン・レジデンスで講師をつとめる。

その週なかばの夜、ルースがわたしの家に電話をかけてきて、今から行ってもいいかと言った。わたしはそれがアリバイ工作で、本当はジュリアスに会いにいったのだとはわからず、馬鹿みたいに彼女が来るのを待っていた。だからエフレムが電話をかけてきたときは、彼女がなかなか来ないので本当に不機嫌な声が出たし、二度めにかけてきたときはますます不機嫌だった。「こっちに着いたらすぐに電話するように言います」しばらくしてエフレムがまた電話をかけてきた。彼女はもう家に戻っていて、わたしから伝言を聞いていないと言っているというので腹を立てていた。

次の日、もうこんなことは続けられないと彼女に言った。大丈夫だと彼女は言った。月曜日からまた芝居の稽古が始まるから。

「金曜日にはあなたといっしょにフラワーアレンジメントを習いにレイニーに行くことになってるの。それだけお願い」

「わかった、これが最後だからね。彼が細かいことを詮索しなくてラッキーだったわね、あなた」

「そんなことするわけない。わたしを信じているもの。でもわたし、だんだん良心がとがめてきたの。ジュリアスとわたし、もう〝例のこと〟はしないつもり」

「じゃあいったい何をするの。こんなに苦労して秘密裡に事を運んで、それで〝例のこと〟をもうしないっていうの？」

「わたしたち、お互いフリーセックス向きの人間ではないと気づいたの。わたしは〝例のこと〟ならエフレムとするほうがずっと好きだし、ジュリアスもそんなに熱心というわけではなかったの。わたしは人目を忍ぶスリルそのものが好きだし、ジュリアスはわたしにプレゼントを買ったり料理を作ってくれるのが好き。リッチモンドかどこかのモーテルのドアをノックして、彼が開けてくれて中に飛びこむ瞬間、それがいちばんいいの。心臓がドキドキしちゃう」

「で、二人で何をするの？」

「〈トリビアル・パスート〉をやったり、ビデオを観たり。歌をうたうこともある、『バリ・ハイ』とか『美しい朝』とかのデュエット。それから夜中に雨の中お散歩をしたり！」

「雨の散歩はよそでやれ！」B先生がどなった。いつの間にか部屋に入ってきていたのに、わたしたちは気づかなかった。

先生は今度こそ本気だった。ルースが『ボナペティ』誌や〈トリビアル・パスート〉のカードや編み物の道具をまとめるあいだ、ずっと横に立っていた。先生はわたしに二週間分の手当てと未払い分の給料を彼女に支払うように言った。

B先生が去ったあと、彼女はジュリアスに電話をかけて、すぐにデニーズまで来てほしいと言った。

「わたしのキャリアに傷がついちゃった！」彼女は泣きながら言った。

彼女はわたしにさよならのハグをすると出ていった。わたしは彼女のデスクに移動した。そこからだと待合室全体が見渡せる。

エフレムがドアから入ってきた。ゆっくりこちらに歩いてくると、わたしと握手した。「リリー」低い、包みこむような声でそう言った。「ピル・ヒル・カフェでルースと昼食をいっしょにとることになっていたのにルースが一向に来ない、と彼は言った。わたしはB先生が彼女を理由もなしにクビにしたのだと言った。きっとランチのことをすっかり忘れて家に帰ってしまったんでしょう。それかショッピングでもしてるか。

エフレムはその場を動かなかった。

「きっともっといい仕事が見つかりますよ。わたしが事務の責任者だから、もちろんいい推薦状を書いてあげられます。ルースがいなくなって本当に寂しいです」

彼はそこに立ったままわたしをじっと見つめた。

「家内もあなたに会えなくなって寂しいでしょう」彼はわたしのデスクの上の小さな窓から身を乗り出した。

「でもこれでよかったんだ。これだけは信じてほしいんだが、僕は怒ってなんかいない。あなたの気持ちはとてもよくわかる」

「は?」

「僕はあなたみたいに家内とは話が合わない。文学とか、仏教とか、オペラとか。誰だって彼女を愛さずにはいられない」

「何を言っているの？」

彼はわたしの手を取ってまっすぐわたしの目を見、茶色の柔和な瞳にみるみる涙があふれた。

「僕は家内がいないとだめなんだ。お願いだリリー、どうか手を引いてほしい」

わたしの頬を涙がつたった。悲しい気持ちだった。カウンターの上で小さく重ねられたわたしたちの手と手は、濡れて温かかった。

「心配しないで」とわたしは言った。「ルースが愛しているのはあなただけよ、エフレム」

笑ってみせてよ

そう、墓穴は恋人の眼より強力だ。口を開けた墓の、なんという磁力。だからわたしはこの言葉をあなたにいう、あなたが笑えばわたしは世界の始まりを思うから。

——ビセンテ・ウイドブロ『アルタソル』

ジェシーにはまったく度肝を抜かれた。人を見る目にかけては自信のあるこの私がだ。グリリグの事務所に入る以前は国選弁護人を長くやっていたから、依頼人も陪審員も、ひとめ見ればどんな人間かおおよそ見当がつくようになっていたのだ。

不意を突かれたというのもある。アポイントなしだったし、秘書のエレナはインターカムで前もって知らせもせず、いきなり彼を部屋に連れてきた。

「コーエンさん、ジェシーがいらっしゃいました」

エレナはもったいぶって彼のファーストネームだけを告げた。ハンサムで、物おじせず堂々と入ってきたので、てっきり私の知らない、名の通ったロックスターか何かかと思った。カウボーイブーツにブラックジーンズをはき、シルクの黒いシャツを着ていた。長髪で、彫りの深い力強い顔だちだった。三十前後と見当をつけたが、握手したときの笑顔はなんとも言えず可愛らしく、澄んだハシバミ色の瞳に無邪気なあどけなさが浮かんだ。話すと低いしゃがれ声で、私はさらに混乱した。彼は物を知らない若者に向かって噛んで含めるように話した。この私にだ。

一万ドル遺産相続したので、それで私を雇いたいのだと彼は言った。いっしょに暮らしている女がトラブルに巻き込まれていて、二か月後に裁判にかけられることになっている。十の罪状で訴えられている。

彼には気の毒だが、その金額では私をとても雇えない。

「国選弁護人がつくんじゃないのかね」そう訊いてみた。

「ついてた。だがあの野郎、やめやがった。彼女のことを有罪で悪人の変質者だと決めてかかってた」

「私だって同じように思うかもしれないよ」と私は言った。

「思わないさ。あんたは街でいちばんの人権派弁護士だって彼女が言ってた。ただ、おれがここに来てることを彼女は知らないんだ。彼女には、あんたが自分から引き受けたって思わせてほしい。道義心に駆られて。それがおれのたった一つの条件だ」

「無理だね」と言おうとした。引き受けるつもりはない、そうきっぱり言うつもりだった。逆立ちしたって彼に私は雇えない。この件にはかかわり合いになりたくなかった。この哀れな若者が自分から進んで全財産を投げ打とうとしているとは、とうてい信じられなかった。私はすでに彼女を嫌悪していた。まさしく有罪、悪人じゃないか！

問題は判事と陪審員が読むことになる警察の調書なのだ、と彼は言った。あんなでたらめで悪意に満ちた調書を読めば、彼女をはなから有罪と決めつけるに決まっている。あんたなら彼女を救えるはずだ。この逮捕が不当で、調書は誹謗と中傷に満ちていて、彼女が殴った警官が暴力の常習犯で、逮捕にあたった警官は精神異常で、証拠も仕込まれたものだと証明できるはず。あいつらはきっとよそでも不当逮捕をしたり、暴力をふるったことがあるにちがいない。あんたならきっとその証拠を見つけられると思う。

彼はさらに、裁判の進め方についても私にわざわざ教授してくれた。なぜそのとき怒らなかったのか、とっとと出ていけと言わなかったのか、自分でもよくわからない。彼の弁舌は熱っぽく説得力があった。まったく弁護士向きだ。

私はこの若者が気に入った。そればかりか、相続した金をすべて使うことが彼にとっては必要な通過儀礼、健気であっぱれな行為なのだとさえ思えてきた。

ジェシーはまるで未来か、べつの星から来たようだった。件《くだん》の女性は彼のことを〝地球に落ちてきた男〟と呼ぶのだとも彼は言った。それで彼女への印象もすこし良くなった。

私はその日の打ち合わせとアポイントをどちらもキャンセルするようエレナに言った。ジェシーはそこから長い時間をかけて、二人のなれそめについて、彼女の逮捕について、簡潔かつ明快な言葉で説明した。

私は被告弁護人だ。人を容易には信じない。野心もあるし強欲だ。その私が無償でこの件を引き受けようと言った。

「ありがとう。でもいいんだ」と彼は言った。「彼女にはあんたがタダで引き受けたことにしておいてほしい。でも彼女がこんなことになったのはおれのせいだから、きちんと償《つぐな》いをしたいんだ。いくらぐらいかかな。五千？　もっと？」

「二千だ」と私は言った。

「そんなに安いわけがない。三でどう？」

「引き受けた」私は言った。

彼はブーツを片方脱ぎ、ほかほかの百ドル札を三十枚数え、それをトランプのように扇形に広げて私のデスクの上に置いた。私たちは握手した。

「受けてくれてありがとう、コーエンさん」

「ああ。ジョンでいいよ」

彼は腰を据えて座りなおすと、さらにくわしく語りはじめた。

彼と友人のジョーは高校をドロップアウトして、去年ニューメキシコ州から家出してきた。ジェシーはギターを弾いていて、サンフランシスコで演奏するつもりだった。十八歳の誕生日に、ネブラスカのとある老婦人から遺産を相続することになっていて（これもまた涙なしには聞けない話なのだが）、それでロンドンに行くつもりだった。前にイギリスのとあるバンドがアルバカーキで演奏したときに彼の曲とギターを気に入って、来ないかと誘ってくれていたのだ。ジョーと二人でベイエリアまで来たものの、泊まるところがなかったので、ジェシーの中学のときの親友のベンを頼った。ベンの母親は二人が家出中だとは知らなかった。ガレージだったらしばらく泊まってもいいと彼女は言った。やがて彼女は家出のことを知ったが、二人の両親に電話をかけ、二人とも問題なくやっているからと言ってなだめてくれた。

お互いの利益が一致した。ジェシーとジョーは庭仕事や、重いものの運搬や、その他いろいろの雑用を引き受けた。ジェシーはほかのプレイヤーたちと演奏し、曲を書いた。二人はベンとも母親のカルロッタとも馬が合った。カルロッタはジェシーが末っ子のソールの面倒をよく見、野球の試合や釣りに連れていったりティルデン・パークでいっしょに山登りをしたりしてくれるので、大いに感謝した。学校の先生をしていて働きづめだったから、洗濯物を手伝ったり、食料品を運んだり、皿を洗ったりしてくれるのもありがたかった。ともかくも、と彼は言った。誰にとってもこれはいい取り決めだった。

「マギーとは三年前にはじめて会った。アルバカーキの中学で、彼女が学校に呼ばれて来たことがあった。誰かがベンの牛乳にLSDを入れて、ベンは自分でも何がなんだかわからないままぶっ飛んじまったんだ。で、彼女が迎えにきた。ベンが暴れるといけないっていうんで、おれとジョーも付き添った。病院に連れていくのかと思ったら、彼女、車でそのまま川に行った。それで四人でイグサのあいだに座って、ハゴロモガラスを眺めながらベンが落ちつくのを待った。おかげであいつはすごくいい感じのトリップを経験することになった。おれとマギーは鳥とか川の話をして、すごく気が合った。おれ、ふだんはあんまりしゃべらないんだけれど、彼女といるとあれもこれもと話したくなるんだ」

私はこのあたりで録音機のスイッチを入れた。

「そんなわけでおれたちはバークレーの彼女の家にひと月居候し、それがふた月になった。夜になるとみんなで暖炉の前に座り、話をしたり冗談を言ったりした。ジョーはそのころには彼女ができていて、ベンもそうだったから、夜は出かけることが多かった。ベンはまだ高校の三年生で、テレグラフ通りで手作りアクセサリーやロックスターの写真を売ったりしていて、あんまり顔を合わせなくなっていた。週末になるとおれとマギーとソールとで、よくマリーナやビーチに行った」

「待ってくれ。彼女の名前はカルロッタだと言ったよな。マギーっていうのは誰なんだ」

「おれがマギーって呼んでるんだ。夜になると彼女はテストの採点をし、おれはギターを弾いた。夜どおし身の上話を語りあって、笑ったり泣いたりすることもあった。おれも彼女もアル中で、見ようによっちゃ良くないことだが、今まで誰にも言えずにいたことを言い合えるようになるっていう意味ではいいことでもあった。どっちの子供時代も、恐ろしさといいひどさといいまったくそっくりで、お互いがお互いのネガフィルムみたいだった。おれたちがくっついたときには息子たちは目ん玉ひんむいたし、彼女の知り合いはみんな異常だ、近親相姦も同然だって言った。でもおれたちの近親相姦はふつうとはちがう。まるで双子のきょうだいみたいなんだ。同じ人間どうしっていうか。彼女は小説を書くんだが、彼女が文字でやってることを、おれは音楽でやっている。ともかく、おれたちは日に日に互いを深く知り合うようになり、とうとういっしょにベッドに入ったときには、まるで最初からお互いの身体の中にいたみたいな気がした。恋人になって二か月が経って、おれは出ていくことになった。おれが十八になる十二月二十八日にアルバカーキに行って金を受け取り、それからロンドンに行く手はずだった。彼女がどうしても行けと言ったんだ。おれには経験が必要だし、もう二人は別れなければならないと言って。

「おれはロンドンには行きたくなかった。そりゃあおれは若いけど、二人のあいだにあるものは普通の人間には及びもつかない素晴らしいものだってわかってたから。おれたちは魂と魂でわかりあってる、いいことも悪いことも。お互いを心から思いやってるんだ」

それから話は彼女とジョーと三人で空港に行ったときのことになった。ジョーのベルトナイフやジッパーがセキュリティの金属探知機にひっかかり、三人とも裸にされて調べられ、ジェシーは飛行機をのがした。彼はギターと曲が飛行機に乗ってるんだと大声でわめき散らして手錠をかけられ、警官に殴られているところにマギーが入ってきた。

「おれたちは全員逮捕された。調書はそのときのものだ」と彼は言った。「新聞の見出しは〈ルーテル派の学校教師とヘルズ・エンジェルス二名、空港で大暴れ〉だったよ」

「きみ、ヘルズ・エンジェルスなのか?」

「んなわけない。でも調書にはそう書かれた。ジョーはそんななりだし、ヘルズ・エンジェルスに憧れてる。あいつ、あの新聞を十部ぐらい買ったんじゃないかな。ともかく、ジョーとマギーはレッドウッドシティの拘置所に入れられた。おれはその日は少年拘置所に入れられて、それからニューメキシコに送り返された。おれの誕生日にマギーが電話をかけてきて、何も心配いらないと言った。裁判のことはひと言もいわなかったし、学校をクビになって家の立ち退きにあったことも、子供たちがメキシコの前の夫のところに引き取られたことも黙ってた。でもジョーが教えてくれた、彼女からは口止めされてたんだけどね。で、おれはまたこっちに戻ってきた」

「彼女はこの件についてどう思っているんだね」

「すごく怒ってた。あんたはロンドンに行かなきゃいけなかったのにって言って。世界を見て大人にならなきゃいけなかったのに。しかも彼女、十七歳だったおれと付き合った自分が何もかも悪いんだなんていうたわごとを信じかけてた。誘ったのはおれのほうなんだ。彼女以外、誰もそのことをわかっちゃいない。おれはそのへんのティーンエイジャーとはちがうんだ」

「たしかに」と私は言った。

「でも、とにかくおれたちはまたいっしょになった。彼女と話し合って、裁判が終わるまでは何も決めないと約束させた。仕事も家も探さないって。ぜんぶ済んだら、おれは彼女とどこか遠くに行きたいと思ってる」

彼は私に警察の調書を渡した。「あんたがこれを読んでくれて、それから三人で話すのが一番いい。うちに食事に来なよ。金曜日でどう？　それまでに読んでおいてよ。その警官のこと、あんたのほうで調べてくれるとうれしいな。二人とも。早めに来てくれよな」と彼は言った。「仕事が終わったらすぐ。おれたち、この通りのずっと先に住んでるんだ」

もはやお手上げだった。あんまり一方的すぎるとは言いだせなかった。こっちにだって予定があるとも、妻がヘソを曲げるとも言えなかった。

「わかった。六時に行くよ」彼から教わった住所は、街でもいちばん物騒なブロックだった。


すばらしいクリスマスだった。素敵なプレゼントを交換しあい、ごちそうを食べた。キースはわたしのクラスのカレンを招《よ》んだ。我ながら子供じみているとは思うけれど、生徒に憧れの目で見られて、ちょっといい気分になった。ベンのガールフレンドのメガンがミンスパイを焼いてくれた。二人に手伝ってもらって料理を作るのは楽しかった。一家の友人のラリーも来た。あかあか燃える暖炉の火を囲んで、昔ながらのいい一日だった。

ネイサンとキースはやっとジェシーがいなくなるのを喜んで、彼にもうんと感じよくして、プレゼントまであげていた。ジェシーはわたしたち全員に手作りのプレゼントを用意していた。和気あいあいと楽しくて、でもキッチンでジェシーに「なあマギー、おれがいなくなったらどうするの?」とささやかれて、涙がこぼれそうになった。彼はわたしに星と月のついた指輪をくれた。お互いへのプレゼントは、偶然にもどっちも銀のフラスクだった。わたしたちは喜んだ。ネイサンには「最低だな母さん」と言われたけれど、わたしは聞いちゃいなかった。

ジェシーの飛行機は六時だった。ジョーも見送りしたいと言うので、雨の中をわたしの運転で空港まで行った。ラジオで「ザ・ジョーカー」や「ジャンピン・ジャック・フラッシュ」を聴きながら。ジョーは缶ビールを飲み、ジェシーとわたしはジム・ビームのパイント瓶を回し飲みした。自分が青少年の非行に手を貸しているとは思っていなかった。出会ったときから二人は飲んでいたし、身分証明書を出せと言われることもなく店でお酒を買っていたし。でも本当は、自分の飲酒から目をそらすのに必死で、二人の飲酒を気にするどころではなかったのだ。

空港に入るとジェシーが立ち止まって言った。「やべえ、きっと二人とも車をどこに停めたかわかんなくなるぜ」わたしたちは笑った。まさかそれが本当になるとも知らずに。

三人とも酔ってはいなかったが、浮かれてはしゃいでいた。わたしは彼が行ってしまうつらさを表に出すまいと必死だった。

今にして思えば、わたしたちはひどく人目を引いていたと思う。三人とも図抜けて背が高かった。ラグーナ・インディアンのジョーは肌が浅黒く、黒髪を長い三つ編みにし、革のライダーズ・ジャケットを着てベルトにナイフを提げていた。ごついブーツ、ジッパーにチェーン。ジェシーは黒ずくめで、ダッフルバッグにギターをかついでいた。ジェシー。彼は別世界の人みたいだった。わたしは目を上げて彼を見られなかった、彼のあごも、歯も、黄金《きん》色の目も、流れる髪も。見れば泣いてしまいそうだった。わたしはクリスマス用に黒のベルベットのパンツスーツを着て、ナバホ族のジュエリーを着けていた。とにかく、この三人の取り合わせ、加えてジョーが金属探知機にひっかかって何度もアラームが鳴り……結果わたしたちは危険人物とみなされて、それぞれ別室に連れていかれて身体検査をされた。わたしはバッグや下着の中まで探られ、髪の毛や足の指のあいだにまで指を入れられた。文字どおり、全身くまなく。部屋から出るとジェシーの姿が見えず、出発ゲートまで走った。ジェシーの飛行機は出たあとだった。彼は係員に向かって、ギターが飛行機に乗ってるんだ、曲が飛行機に乗ってるんだと大声で叫んでいた。わたしはトイレに行きたくなった。戻ってくると、チケットカウンターにはもう誰もいなかった。飛行機が飛んでしまったから。近くにいた男の人に、あの背の高い黒服の若者は飛行機に乗れたのかと訊くと、その人は表示の何もないドアのほうに顎をしゃくった。わたしは入っていった。

部屋の中には警備員と警官がおおぜいいた。汗のにおいがむっと鼻をついた。警備員が二人、手錠をかけられたジョーを制止していた。警官が二人がかりでジェシーを押さえつけ、もう一人が三十センチぐらいある懐中電灯で頭を殴っていた。顔は血にべったりまみれ、シャツも血で濡れていた。彼は苦痛の叫びをあげていた。わたしが部屋をつかつか横切るのに誰も気づかなかった。男たちはみんな、テレビで格闘技でも観るみたいに警官がジェシーを殴りつけるのをながめていた。わたしは懐中電灯をひったくり、警官の頭を殴った。警官は床にどうと倒れた。「大変だ、死んじまったぞ」もう一人の警官が言った。

ジェシーとわたしは手錠をかけられ、空港の中を通って地下にある小さな警察署に連れていかれた。そして両手を背もたれの後ろに回して隣り合わせに座らされた。ジェシーの両目はふさがって、血でくっついていた。何も見えず、頭からはまだ血が垂れていた。わたしはお願いだから血を拭くか手当てをするかしてあげてほしいと言った。この人の目を洗ってあげて。警備員が言った、レッドウッドシティのムショに行きゃあ洗ってくれるだろうよ。

「おいランディ、こいつ未成年だぞ！　誰かがこいつを橋の向こうまで連れてかねえと！」

「未成年？　じゃあこの女は重罪人だな。おれはごめんだぜ。もうすぐシフト明けなんだ」

ランディがわたしのところまで来た。「お前が殴った治安官な、いまＩＣＵに入ってるそうだ。死んじまうかもしれないな」

「ねえお願い。目を洗ってあげてくれる？」

「こいつの目なんか知るか」

「ジェシー、顔をこっちに向けて」

わたしは舌で彼の血を舐めとった。血はぶ厚く固まり、まつ毛にこびりついてなかなか取れなかった。舐めては何度もぺっと吐き出した。赤いアザに取り囲まれて、彼の瞳はハチミツのような琥珀色に輝いて見えた。

「なあマギー、笑ってみせてよ」

わたしたちはキスをした。警備員がわたしの頭をつかんで引きはなし、頬を平手で殴った。

「ハレンチ女め！」男は言った。そこにわあわあ騒ぐ声がして、ジョーがわたしたちの隣に放りこまれた。女性や子供の前で卑猥な言葉を使ったかどで逮捕されたのだ。誰もわたしたちのことを教えてくれないので、腹を立てたらしい。

「こっちの奴はレッドウッドシティにぶち込める歳だ」

ジョーは後ろ手に手錠をされていたのでわたしたちをハグできず、代わりにそれぞれにキスをした。覚えているかぎり、彼がわたしたちの口にキスをしたのはそれが初めてだった。あとになって、わたしたちの口があんまり血だらけで悲しくなったのだと彼は言った。警官たちはまたしてもわたしを子供をかどわかす変質者だとなじった。

わたしはもううんざりしていた。そのときはまだ何もわかっていなかった。自分がこの先世間からどんな目で見られることになるのかも。自分の罪状がどんどん積みあがっていることも。警官の一人が部屋の奥のカウンターの中からそれらを一つずつ読みあげた。「公共の場での酩酊、逮捕妨害、警察官に対する暴力行為、凶器を用いた襲撃、殺人未遂、逮捕の抵抗。猥褻かつ煽情的な言動、未成年者に対する性的行為（眼球を舐める）、未成年者の非行の助長およびマリファナ所持」

「嘘をつけ！」ジョーが言った。

「何も言うな」ジェシーが小声で言った。「むしろおれたちには有利だ。後から入れたにきまってる。だっておれたち一度身体検査されたよな？」

「ああ、だな」ジョーは言った。「それに、持ってりゃとっくに吸ってたよ」

ジェシーは連れていかれた。ジョーとわたしはパトカーの後ろに乗せられた。延々走って、レッドウッドシティの拘置所に着いた。わたしはただジェシーが行ってしまったということしか考えられなかった。きっと彼はアルバカーキに送られ、そこからロンドンに行くのだろう。

二人の女警官が手荒にわたしのヴァギナと直腸を検査し、冷水シャワーを浴びせた。ライソープで髪を洗われ、液が目にしみた。タオルも櫛もくれなかった。渡されたのはうんと短いガウンが一枚と運動靴、それで全部だった。わたしは目の周りが黒くあざになり、唇が腫れていた。懐中電灯を取り上げられて、それで殴られたのだ。わたしを階下に連行していく警官は手錠をずっとねじり上げるようにしたので、両手首が自殺をしくじったみたいに切れて血がにじんだ。

煙草も返してもらえなかった。同部屋の売春婦二人とアル中の女が、濡れてちびた吸いさしを恵んでくれたのがせめてもの救いだった。誰も眠らず、しゃべらなかった。わたしは寒いのと酒が切れたのとでひと晩じゅうふるえていた。

朝になって、わたしたちはバスに乗せられて裁判所のある郡庁舎まで行った。窓越しに電話で太った赤ら顔の弁護士と話をした。彼が読み上げた警察の調書は何から何まででっち上げで、ひどく誇張されていた。

「空港ロビーで挙動の不審な三人の人物の報告あり。女一名、ヘルズ・エンジェルスの男二名、うち一名はインディアン。全員武器を所持し危害を加える恐れがあった」。わたしはそこに書かれていることはすべてでたらめだと何度も言った。弁護士はそれには耳を貸さず、わたしが少年と性交したのかだけをしつこく訊ねた。

「ええそうよ！」わたしはとうとう言った。「そこのところだけは罪状に入ってないみたいだけどね」

「私だったらそれも間違いなく入れていただろう。法定強姦だ」

わたしはげんなりして笑い出し、それで相手をますます怒らせた。法定強姦《スタチュトリー・レイプ》。ピグマリオンとか、どこかのイタリア人が「ピエタ」の像《スタチュー》をレイプしている図が浮かぶ。

「異常者め」と弁護士は言った。「公共の場で未成年者と性的行為をした罪にも問われているんだからな」

ジェシーの目の血を取って見えるようにしてあげただけだ、とわたしは言った。

「で、舌で舐めたわけか?」彼があざけるように言った。

刑務所がどれほどひどい地獄か、わたしには想像がつく。あの場所で、人はますます悪くなるだけだとつくづくわかった。わたしはこの弁護士を殺したいと思った。これからどうなるのかとわたしは訊ねた。彼の説明によると、まず裁判所に行って罪状認否を行い、裁判の日取りが決められる。わたしはそこで無罪を申し立て、あとは法廷に出て、ほんの少しでも寛容な判事に当たるよう祈るしかない。この街の陪審員というのがまた問題だ。信心ぶかい超保守ぞろいで、薬物や性犯罪にはことのほか厳しい。ヘルズ・エンジェルスはサタン、マリファナなんぞ論外だ。

「マリファナなんて持ってなかった」とわたしは言った。「警官が入れたのよ」

「だろうね。あんたにナニをしゃぶってもらったお礼にか?」

「ねえ。あなたあたしの弁護士なの、それとも検察官?」

「あんたの国選の弁護人だ。では法廷で」

裁判所にはジョーもいた。オレンジ色の服を着た男ばかり、鎖で一列につながれた中にいた。彼はこっちを見なかった。わたしは顔じゅうあざだらけで髪もくしゃくしゃ、着ている簡易服は短すぎて下着が見えそうだった。あとになってジョーは、わたしがあんまりひどいなりなので他人のふりをしたのだと白状した。裁判所の日取りは二人とも一月と決まった。ジョーのほうは裁判官が一笑に付して公訴を棄却した。

その前にわたしは家に電話をかけていた。自分が今どこにいるか、ベンに言うだけでもつらかった。保釈の保証人になってくれとは恥ずかしくて誰にも頼めなかったので、もう一日待って、自分で誓約書を書いて保釈してもらった。それをするのに、愚かにも刑務所が勤務先の校長に確認の電話を入れるのを許してしまった。彼女はわたしを気に入ってくれ、一目置いてもくれていた。そのときはまだ、自分がどんな目で世間から見られることになるのかわかっていなかった。今にして思えば自分の迂闊《うかつ》さにあきれるが、今とちがってあのころのわたしは酒を飲んでいた。

ジョーがわたしに保釈金を払ってほしがっていると警察から言われたので、出所するとその足で保釈金立て替え屋のところに行った。小切手を書いたから、きっと大した額ではなかったのだろう。

二人で空港まで戻ろうという話になった。でもこういうのはエベレストを見るのと似ている。すぐ近くに見えるのだ。わたしたちは冷たい雨の中を、ふるえながら延々と歩きつづけた。ほとんどまる一日かかった。犬舎を突っ切って近道しようとして、それでもげらげら笑いつづけた。下でドーベルマンに歯をむき出して吠えつかれながら、金網にしがみついていた。アボットとコステロのお笑いコンビだ。フリーウェイまで出たが、誰もわたしたちを乗せてはくれなかった。いや、トラックが一台やっと停まってくれたけれど、そのときはもうすぐそこだったので、行っていいと手で合図した。

そこからがいちばんの悪夢だった。嘘じゃない。車がどうやっても見つからなかった。わたしたちはだだっ広いフロアをぐるぐる回りながら、上へ上へと一階ずつ見ていき、それからまた下へ下へ、また上へ上へ、ぐるぐるぐるぐる、しまいに二人とも泣きだした。疲れたのとひもじいのと寒いのとで、おいおい声を上げて泣いた。年寄りの黒人がそんなわたしたちを拾ってくれた。ずぶ濡れで馬鹿みたいに泣いているのも、ぴかぴかに磨きあげた古いハドソンが水と泥で汚れるのもいとわなかった。彼は車を上から下までぐるぐる走らせながら、主はきっと助けてくださる、大丈夫、と何度も言った。そしてとうとう車が見つかったときには全員が「主をたたえよ！」と叫んだ。車を降りると彼が言った、「神のお恵みを」。「ありがとう、あなたにも神のお恵みを」ジョーとわたしは教会の応唱のように声をそろえて言った。

「あの爺さん、すげえ天使だな」

「ほんとね」とわたしは言った。

「いやさほんと、ありゃマジもんの天使だよ」

グローブボックスにジム・ビームがまだ半分以上残っていた。わたしたちは車に座ってヒーターをつけ、窓を蒸気でくもらせながら、チェリオと紙袋入りのアヒルの餌用クルトンを食べ、ウイスキーを飲みほした。

「ここだけの話」とジョーが言った。「こんなにうまいもん食ったことねえわ」

雨の中、車を走らせながらわたしたちは無言だった。彼が運転し、わたしはガラスのくもりを拭きつづけた。ジェシーと息子たちには起訴のこともあの警官のことも黙っていてほしいと彼には頼んだ。これが知れたら大騒ぎになるから。いい？　ほいよ、とジョーは答えた。それきりまた黙った。そのときのわたしはうしろめたいとも恥ずかしいとも思っていなかったし、このまずい状況のことも先行きのことも心配していなかった。ただジェシーが行ってしまったとだけ思っていた。

ジェシーの家に行く前に妻に電話をかけたがすぐに切られてしまい、もう一度かけると留守番電話になっていた。車で行こうとしたが、あのあたりに路上駐車しておくのは不安だった。といって歩いていくのも不安だった。けっきょくポルシェを事務所のガレージに置いたまま七、八ブロック歩いていったということは、よほど車が心配だったのだろう。

アパート一階のドアは落書きだらけのベニヤで、外側に鉄格子がはまっていた。ブザーを押してドアを開けてもらうと、玄関ロビーは埃だらけの大理石で、四階上の星形の天窓から光が射していた。建物はタイルと大理石でできていて、カーブした階段といい、アールデコの額にはまった剝げかけの鏡といい、往年の美しさをそこかしこにとどめていた。台座つきの壺にもたれて眠っている人がいた。何人かは階段ですれちがうとき顔をそむけた。裁判所か刑務所でうっすら見おぼえのある顔だった。

二人の住まいにたどり着くころには息があがり、小便と安ワインと古い油と埃の臭いで胸が悪くなっていた。ドアを開けたのはカルロッタだった。「いらっしゃい」そう言ってにっこりした。一歩内部《なか》に入るとそこはテクニカラーの別世界で、コーンブレッドとレッドチリ、ライムとコリアンダーと彼女の香水のにおいがした。天井は高く、窓は縦長で背が高かった。磨きこまれた木の床には東洋のラグ。大きなシダ、バナナの木、極楽鳥花《ストレリチア》。赤いサテンのシーツを敷いたベッドが、その部屋で唯一の家具だった。窓の外ではアビシニアン・バプテスト教会の黄金色のドームや、背の高い古いヤシの木立や、弧を描くBART〔サンフランシスコの高速鉄道〕の線路が遅い午後の陽を浴びていた。まるでタンジールの街並みを見下ろしているようだった。彼女は私が景色を堪能するあいだしばらく待ち、それから握手した。

「力を貸してくださってありがとう、コーエンさん。お金はいつかきっと支払います」

「いやいいんです。こちらこそ、ぜひ力になりたいんだ」と私は言った。「あの調書を読んだあとではなおさらだ。明らかな悪意に満ちている」

カルロッタは長身で日に焼け、ジャージー素材の柔らかな白のワンピースを着ていた。見たところ三十前後で、私の母がよく言っていた気品のようなものを漂わせていた。この家よりも、ジェシーよりも、彼女はさらなる驚きだった——いやジェシーほどではないが。なるほどたしかにこの二人の取り合わせは衝撃だ。私は彼女から目が離せなかった。魅力的な女性だった。美しかったが、美人という意味で言うのではない。優美だった。もしも裁判ということになれば、さぞや法廷で目を引くことだろう。

この日を皮切りに、私は彼らの家に足しげく通うようになった。金曜日のたびに、仕事を終えると歩いて、いや走って彼らの家に向かった。まるで壜《びん》の中身を飲んだアリスか、ウディ・アレンの映画のようだった。役者たちがスクリーンから出てくるのではない、こちらから中に入っていくのだ。

最初の日、彼女に案内されてもう一つの部屋に入ると、見事なブハラ絨毯があり、サドルバッグがあり、三人分の皿がしつらえられた食卓には花とキャンドルが飾ってあった。ステレオからは「アンジー」が流れていた。縦長の窓に竹のブラインドがかかり、風に揺れて吹き流しのような影を壁に作っていた。

ジェシーがキッチンからやあと声をかけ、出てきて私と握手した。ジーンズに白のTシャツ姿だった。今日は一日ずっと河口にいたので、二人ともいい色だった。

「どうこの家、気に入った？　おれがペンキを塗ったんだぜ。ほらこのキッチン、赤んぼのうんちみたいな黄色だろ。どう、いいでしょ？」

「いや、じつに素晴らしい家だよ！」

「彼女も素敵だろ。きっと気に入ってくれると思ったよ」彼は私にジントニックのグラスを渡した。

「しかしどうして……？」

「秘書の人に訊いたんだ。今日はおれが料理の係。きっとマギーにいろいろ質問があるだろ、その間におれはもうちょっとやることがあるから」

私は彼女に連れられて〝テラス〟に出た。といっても窓の外の非常階段の上の、木箱二つぶんほどのスペースだった。たしかに彼女には訊きたいことが山ほどあった。調書によると、彼女は自分を学校教師であると名乗っていた。彼女はルーテル派の高校を解雇されたこと、家も立ち退きにあったことを語った。淡々とした口ぶりだった。前々から苦情が来ていた。大人数で住んでいたし、音楽もうるさかった。今度の件がとどめだった。メキシコにいる別れた夫が下の子三人を引き取ってくれたので助かっている。

「今のわたしはもうとことん混乱して、どうにかなりそうなんです」彼女は言ったが、落ちついた美しい声のせいで、にわかには信じがたかった。

彼女は空港でのできごとを大まかに、ジェシーの話よりも自分に罪をかぶせて語った。「罪状そのものに関しては、たしかにわたしに非があったと思ってます。ただマリファナだけは別、あれは警官が勝手に入れたもの。でも警察の書きぶりがあまりにもひどすぎる。たとえばジョーはたしかにわたしたちにキスしたけれど、あれは友情のキスだった。わたしは若い男の子たちと乱交なんかしていない。何より醜悪で許せなかったのは、あの警官があまりにひどくジェシーを殴ったことと、それをほかの連中がただ立って眺めていたこと。まともな人間だったら誰だってわたしと同じようにしたと思う。まあ、さいわいあの警官は死ななかったみたいだけれど」

裁判が済んだらどうするつもりかと私は訊ねた。彼女はうろたえた表情になり、ジェシーが私の事務所で言ったのと同じことを小声で繰り返した。裁判が済むまではそれについては考えないことにしたのだ、と。

「でもわたしなら大丈夫。自分のことは何とかできると思う」自分はスペイン語が話せるので、病院で職を探すか裁判所の通訳をしようと思う、と彼女は言った。ニューメキシコ州で一年ちかくとある裁判の手伝いをしたので、いいつてもある。私はその裁判も、彼女がいっしょに仕事をした弁護士や判事の名前も知っていた。有名な判決だった――とある薬物中毒者が麻薬取締官を背後から五発撃ったが、故殺にしか問われなかった件だ。私たちはあのみごとな弁護についてひとしきり語り合い、裁判の通訳の職ならどこに問い合わせればいいかを教えた。

ジェシーがワカモレとチップス、私の酒のお代わり、それに自分たちのビールをもって出てきた。彼女が地面に降り、彼が座った。彼女が膝にもたれかかると彼はほっそりした指で彼女の喉を支え、もう片方の手でビールを飲んだ。

あの光景を私は一生忘れないだろう。彼は彼女の喉を支えていた。二人は仲むつまじくもよそよそしくもせず、性的どころか愛情を示すそぶりさえ一切見せなかった。なのに二人の親密さは痛いほど伝わってきた。彼は彼女の喉を支えていた。所有物扱いしているのではない。一つにつながっているのだ。

「もちろんマギーなら仕事はいくらでも見つけられるし、家を見つけて子供たちをみんな呼ぶこともできる。ただ、彼女と別々に暮らしてたほうがあいつらのためなんだ。もちろん母親が恋しいだろうし、彼女だって同じだ。いい母親だったんだ。みんないい育てられ方をしたから、個性も価値観もしっかり持ってて、自分ってものがある。まっすぐで嘘がないし、人生を楽しんでる。今は父親のもとで暮らしてるけど、すごくリッチなんだ。きっと父親の母校のアンドーバーにだってハーバードにだって行かせてもらえるだろう。セーリングも釣りもスキューバも好きなだけやれる。もし子供たちが戻ってくるなら、おれは出ていかなきゃならない。おれが出ていけば、きっと彼女は酒を飲みはじめる。そうなるともう止めようがないし、ひどいことになるのは目に見えてる」

「きみはどうするんだ、もし出ていったら？」

「おれか？　死ぬね」

沈む夕日が彼女のきらきら光るブルーの瞳に映っていた。その目に涙があふれ、まつ毛の先に引っかかって止まり、その中にヤシの緑が映って、まるでターコイズ色のゴーグルをかけているようだった。

「泣かないで、マギー」ジェシーは彼女の顔を仰向かせ、涙をキスでふいた。

「どうして泣いているとわかったんだ」と私は訊いた。

「いつもこうなの」と彼女が言った。「夜、わたしが真っ暗ななか彼に背を向けてほほえんでいたら、彼が言うの、『なにがそんなにおかしいのさ？』って」

「お互いさまだよ。彼女が酔っぱらってぐうぐう眠ってる。おれはそれを見てにやっとする。すると彼女がぱっちり目を開いて、おれを見てにこっとするんだ」

それから食事をした。料理はすばらしかった。三人で裁判以外のいろんなことを話した。どうしてそんな話になったのだったか、私は自分のロシア人の祖母の逸話の数々まで披露した。何年かぶりで腹の底から笑った。二人に〝恥っさらし《シヨンダ》〟というユダヤ語を伝授した。なんたるションダ！

カルロッタがテーブルを片づけた。キャンドルは半分になっていた。彼女がコーヒーとフランを運んできた。それが終わるころ、カルロッタが言った。「ジョン、あなたのこと〝相談役《カウンセラー》〟って呼んでいい？」

「よせやい」とジェシーが言った。「それじゃまるで中学校だ。きみのその怒りの元は何なのかね？　とか訊かれそうだ。それよか〝弁護人《バリスター》〟がいい。バリスター、このご婦人の窮状を救う腹案はおありでしょうか？」

「いかにも。ではブリーフケースを取ってきて、今のわれわれの状況について説明してしんぜよう」

コニャックを勧められたので、いただくと答えた。二人はウイスキーの水割りを飲みはじめていた。私はわくわくした。事務的に話そうとしたが、喜びが勝った。まず調書についておさらいし、その中から事実に反する、誤解を招くあるいは誹謗中傷と取れる記述を三ページにわたって抜き出したリストを示した。〝卑猥な〟〝野蛮な行為〟〝煽情的な振る舞い〟〝高圧的な〟〝恐怖心をあおる〟〝武器を所持し危険〟。判事や陪審員が私の依頼人に悪い先入観をいだきかねない表現は枚挙にいとまがなかった。げんにこの私だって、ジェシーの話を聞いたあともなお彼女に悪印象をもっていたぐらいだ。

私は空港警備員の、彼女の体、衣服、バッグをくまなく調べたが薬物も武器も見つからなかったという証言のコピーも入手していた。

「だがいちばんの目玉はこれだ。ジェシー、きみの推測どおり、あの警官は二人とも重大な違反行為の常習犯だったんだ。容疑者を殴るなどした不適切な武力の行使で停職処分を何度も食らっている。丸腰の被疑者を殺した容疑で二度も個別調査を受けている。暴力行為、過度の権力行使、不法逮捕、証拠品捏造の訴えは数知れない。ほんの二、三日調べただけでこの有り様だ！　両者とも過去に重い停職処分や降格処分を受け、元の持ち場からサンフランシスコ南地区に配置換えさせられたこともわかっている。これだけあれば逮捕担当警官二名の内部調査を要請し、サンフランシスコ市警察を訴えると脅しをかけてやることができる」

「脅しなんかじゃなく本当に訴えようぜ」ジェシーが言った。

あとでわかったことだが、酒が入るとジェシーは大胆になるが、カルロッタは逆に気弱になる性質《たち》だった。彼女は首を振った。「そんなのとても身がもたない」

「得策とは言えないな」と私はジェシーに言った。「だが手持ちの札としてこれは使える」

裁判は六月末まで始まらなかった。助手たちには警官二人の証拠を引きつづき集めさせていたが、私たちが話し合うべきことはもう何も残っていなかった。もし公訴棄却の申し立てが認められなければ審理の延期を申請し、あとはただ祈るしかない。それでも私は金曜日のたびにテレグラフ通りのあのアパートに通いつづけた。おかげで妻のシェリルは怒り、嫉妬した。ハンドボールの試合を除けば、妻抜きで独りで出かけるなど今までにないことだった。なぜ自分はいっしょに行ってはいけないのかと妻はいぶかしんだ。私もうまく説明できなかったし、自分でも理由がわからなかった。浮気をしているのだろうとなじられたこともあった。

じっさい情事のようなものだった。何もかもがハプニングだらけで刺激的だった。金曜日はあのアパートに行くことを思って朝からそわそわした。あの人たち全員に恋していた。ときどきジェシー、ジョー、カルロッタの息子のベンといっしょにダウンタウンにポーカーやビリヤードをやりに行った。ジェシーの指導のおかげで私はポーカーもビリヤードも腕を上げた。彼らといっしょなら、びくつくことなくダウンタウンのビリヤード場に入ることができ、そのことに子供っぽい快感をおぼえた。ジョーがいてくれるおかげで私たちはどこへ行っても安全だった。

「あいつはピットブルを連れてるようなもんさ。エサ代はずっと安上がりだけどね」とジェシーが言った。

「ジョーのいいとこはそれだけじゃないよ」ベンが言った。「瓶のふたを歯で開けられるし。それに笑いのセンスがピカ一だし」たしかにそうだった。ジョーはめったにしゃべらないが、どんなものにもユーモアの種を目ざとく見つけた。

ときどきベンが写真を撮るのに付き合って、私たちもいっしょにオークランドのダウンタウンを歩きまわった。カルロッタが私たちに、両手で作ったフレームごしに何でも眺めるやり方を教えてくれた。おかげですっかり物の見方が変わったよ、と私はベンに言った。

ジョーはよく写真にさりげなく写りこむという遊びをやった。フィルムのベタ焼きが上がってみると、アル中たちに混じって階段に座っていたり、戸口の前で迷子になったふりをしていたり、中国人の肉屋と鴨肉をめぐって打々発止やりあっているジョーの姿がそこここに見つかった。

ある金曜日、ベンがミノルタを一台もってきて、私に五十ドルで売ろうと言った。私は二つ返事で承知した。あとでベンがその金をジョーに渡していたことがわかって、私はちょっと勘ぐった。

「フィルムを入れる前に、まずは手でいじってみるといい。最初はただ歩きまわって、ときどきファインダーをのぞいてみる。おれも二回に一回はカメラにフィルムを入れてないんだ」

私が初めて撮ったのは、事務所からほんの数ブロックのところにある商店の写真だった。靴の片方だけを一ドルで売る店だ。店の片側には古靴の左足だけが山と積んであり、右側には右足だけの山がある。老人たち。金のない若者たち。老店主は揺り椅子に座って、金はクエーカー・オートミールの缶にしまいこむ。

初めてフィルム一本ぶんを撮りおえたときは、何年来味わったことがないほどの喜びを感じた。裁判で勝つよりもうれしかった。紙焼きを見せるとみんなが私とハイタッチした。カルロッタはハグしてくれた。

何度かベンといっしょに早朝のチャイナタウンや倉庫街を歩いた。誰かの人となりを知るのに、これはじつにいいやり方だ。私が学校の制服を着た子供たちにピントを合わせれば、ベンは老人の手を撮った。人にカメラを向けるのはなんだか気が引ける、他人の生活にずかずか踏みこんでいるみたいな気がする、と私はベンに言った。

「その点はジェシーと母さんがいてくれて助かったな。あの二人は誰かれなく話しかけるし、そうすると相手も返事をする。今は、撮りたい相手がこっちを見ていてうまく撮れないときは、行ってずばり『写真撮ってもいいですか?』って訊くようにしてる。たいてい返ってくるのは『いいわけあるか、阿呆』だけれど、たまには構わないよと言ってくれることもある」

ベンはカルロッタとジェシーのことも何度か話した。三人はうまくやっていたから、彼の怒りに触れて驚いた。

「うん、怒ってるよ。自分でもガキっぽいと思うけど、二人があんまりべったりなもんだから、自分だけ仲間外れにされたみたいで悔しいんだ。母親と親友をいっぺんに失くしたみたいでさ。でもよかったなって思う面もある。あいつも母さんも、あんなに幸せそうにしてるのを見たことがなかったから。でも、あの二人は互いの破滅的で自己嫌悪的な部分を助長しあっているんだ。テレグラフのあの家で暮らしはじめてから、ジェシーはギターを弾くのをやめたし、母さんも小説を書かなくなった。あいつの金を二人でじゃんじゃん浪費してる。それもほとんどが酒に」

「彼らが酔っていると感じたことは一度もないが」と私は言った。

「そりゃ、シラフのところを見たことがないからね。それに二人が本気で飲みだすのは、おれたちが帰ったあとなんだ。酔っていっしょに街をふらふらほっつき歩いて、消防車を追っかけたり、愚にもつかないことをやる。一度なんか郵便局の集荷倉庫に忍びこんで発砲されたこともある。まあ、でも性質《たち》のいい酔っぱらいではある。あきれるほどお互いを思いやってるし。おれたちは母さんからいやなことをされたことがないし、一度もぶたれたことがない。子供をすごく愛してるんだ。だからわからないんだよ、どうして弟たちを呼び戻さないのか」

テレグラフの家で、ジェシーが書いた歌詞をベンが見せてくれたことがあった。いい詞だった。大人びて、ひねりがきいていて、繊細だった。ディランとトム・ウェイツとジョニー・キャッシュを合わせたようだと思った。ベンはカルロッタの小説が載った『アトランティック・マンスリー』も見せてくれた。私はすでに何か月か前にそれを読んで感銘を受けていた。「きみらが本当にこの傑作を書いたのか？」二人は黙って肩をすくめた。

ベンの言うことは理解できたが、私には二人が破滅的なようにも自分を憎んでいるようにも見えなかった。彼らといると、自分がどんどん前向きに、センチメンタルになっていくようだった。

あるときカルロッタと二人きりでテラスに座っていた。ここにいるとどうしてこんなに楽しいんだろう、と私は言った。「みんなが若いっていうだけかな」

彼女は笑った。「あの子たちは誰も若くなんかない。ベンは一度も子供だったことがないし、それはわたしも同じ。あなたもきっと大人子供だったのね。ここに来るとありのままの自分を出せて、だからわたしたちといて楽しいのよ。それって最高に楽しいことだもの。あなたがここを好きなのは、ここではほかのことがすべて消えるから。一度も奥さんの話をしたことがないのは、きっとうまくいっていないからなんでしょ。仕事もしんどいことだらけよね。ジェシーは誰にでも、ありのままの自分でいい、自分のことだけ考えていてもいいって思わせてくれるの。わがままでいいんだって。

「ジェシーと暮らしていると、瞑想しているみたいになる。座禅を組んだり、感覚遮断タンクに入るのに似ている。過去も未来も消滅する。悩みも迷いも消えてなくなる。時間も消えて、ただ現在だけが息をのむほど鮮やかな色彩をおびて、今この瞬間のフレームの中に存在している。ちょうど両手で作るあのフレームみたいに」

彼女が酔っているのがわかったが、言っている意味はわかったし、そのとおりだと思った。

一時期、ジェシーとカルロッタは毎晩ダウンタウンのちがうビルの屋上で眠っていた。なんでそんなことをするのかわからないと言うと、ある晩連れていってくれた。まず古い鉄製の非常階段を探して、ジェシーが飛びあがって地面に引き下ろした。全員が階段をのぼって踊り場に上がると、ジェシーがまた引き上げた。そこからはひたすら上へ上へのぼっていった。屋上から眺める河口と入江は、夢を見ているような不気味な美しさだった。ゴールデンゲートブリッジのあたりがまだ淡いピンク色に暮れ残っていた。オークランドのダウンタウンはしんと人けが絶えていた。「休日なんか、このあたりはまんま『渚にて』だよ」とジェシーは言った。

静寂、この世に自分たちしか残っていないような感覚、眼下に広がる街、三百六十度の空、それらすべてに私は言葉を失った。ここがどこなのか、ジェシーに反対側の端に呼ばれてやっと気がついた。「ほらあそこ」私は見て、そしてわかった。私の事務所だった。レイマン・ビルディングの十五階、今いるところから数階高いところにそれはあった。そこからほんのいくつか窓を隔ててブリリグの事務所もあった。鼈甲《べっこう》のシェードの小さなランプが灯っていた。大きなデスクの前にブリリグが、上着を脱ぎネクタイもはずし、ハソックに足をのせて座っていた。何か読んでいた。革装の本で、顔に笑みを浮かべているから、たぶんモンテーニュだ。

「こういうの、よくない」カルロッタが言った。「帰りましょう」

「自分だっていつも窓の中の人を見るのが好きじゃないか」

「そう。でも知っている人でそれをやったら、空想じゃなく覗きになってしまう」

非常階段を降りながら、今みたいなやり取りがあるから自分はこの二人が好きなのだと思った。彼らはけっしてけちな言い合いをしなかった。

ある日訪ねていくと、ジョーとジェシーはまだ魚釣りから戻らず、ベンがいた。マギーは目を泣きはらしていた。彼女が十五歳のネイサンからの手紙を見せてくれた。いじらしい手紙だった。向こうで毎日どんなことをしているかを書き、早く家に帰りたいと訴えていた。

「きみはどう思う?」彼女が顔を洗いに行っているあいだにベンに訊いた。

「あの二人がジェシーか息子たちか二つに一つって考え方をやめてくれたらいいのにって思うよ。母さんが仕事と家を見つけて、酒をやめて、ジェシーがときどき訪ねてくるようにすれば、それでうまくいくはずなんだ。そう、はずだ。問題は、もしも相手がシラフに戻ったら自分を捨てるんじゃないかってお互いに恐れてる点なんだ」

「ジェシーがいなくなったら彼女は酒をやめるだろうか」

「それはないね。考えただけでも恐ろしいよ」

その夜、ベンとジョーは野球の試合に出かけていった。ジョーはアスレチックスのことをいつも「ファッキン・A《べらぼうに最高》」と呼んでいた。

「テレビで『真夜中のカーボーイ』をやるんだ。いっしょにどう?」ジェシーが言った。いいね、大好きな映画だよ、と私は答えた。彼の年齢のことを忘れて、最初はバーにでも行くのかと思っていた。ちがった、行き先はグレイハウンドバスの停留所だった。椅子に並んで腰かけて、一つずつついている小さなテレビに二十五セント玉を入れる。コマーシャルになると、カルロッタが小銭とポップコーンのお代わりを持ってきた。終わると中華料理店に行った。だが店は閉まるまぎわだった。「そう、おれたちいつも閉店ぎりぎりに来るんだ。ちょうど店の人たちがピザの出前を取るころだからね」。いったいどうやってこのやり方を発見したのだろう。二人が私を店のウェイターに紹介して、金を払った。そしてウェイターや料理人や皿洗いたちといっしょに大きなテーブルを囲んでピザを食べ、コークを飲んだ。電気は消えていたので、明かりはロウソクだった。誰もが中国語をしゃべり、ときどきうなずきながら私たちにべつの種類のピザを回してくれた。本当に中国の料理店にいるような気分になった。

翌日の夜はシェリルといっしょにジャック・ロンドン広場のレストランで友人たちと食事をすることになっていた。気持ちのいい晩で、ポルシェの幌をおろして走っていた。その日は一日夫婦水入らずで、セックスをし、ベッドの中でだらだら過ごした。レストランが近づくまでは二人とも上機嫌で笑っていた。広場まで来ると、名物ののろのろと走る貨物列車に行く手をはばまれた。列車は延々、いつまでたっても途切れなかった。誰かが叫ぶのが聞こえた。

「カウンセラー！　ジョン！　バリスター！」ジェシーとカルロッタが有蓋貨車の上に乗って、手を振り投げキスをしていた。

「まさかと思うけど」とシェリルが言った。「あれ、ピーターパン君とそのママじゃないの？あなたのお友だちのボニーとクライド」

「黙れ」

そんなことを言ったのは初めてだった。彼女は何も聞こえなかったかのようにまっすぐ前を向いていた。私たちはエレガントな店で、エレガントでリベラルな議論好きの友人たちと会った。料理はすばらしく、ワインは完璧だった。映画や、政治や、法律について語り合った。シェリルはチャーミングで、私はウィットに富んでいた。取り返しのつかない何かが、すでに二人のあいだには起こっていた。

シェリルとは今はもう離婚した。私たちの結婚は彼女が浮気を始めたときにではなく、あの金曜の夜の訪問のときからすでに終わりはじめていたのだ。私が一度も彼女を二人に会わせなかったことが、彼女には許せなかった。なぜそうしたくなかったのかは自分でもわからない。彼女が二人を嫌うのが怖かったのか、彼らが彼女を嫌うのを恐れたのか。いやそうではない――自分のちがう一面を、妻に見られるのが恥ずかしかったのだ。

ジェシーもカルロッタも、次に会ったときにはもう貨物列車のことを忘れていた。

「マギーのやつ、だらしないんだ。せっかく練習してたんだぜ。あれでアメリカじゅうどこへだって行けるんだ。なのにちょっとがたんごとんいいはじめるともう大騒ぎだ。いちばん遠くてせいぜいリッチモンドとフリーモントまでだ」

「ちがうわよ、一度ストックトンまで行ったじゃない。あれは遠くです。ジョン、本当に怖いんだから。でもたしかに素敵でもある。自由だって感じがするの、自分専用の列車に乗ってるみたいで。問題はジェシーがあんまり心配しなさすぎなこと。ノースダコタまで行っちゃって、吹雪のなか閉じこめられでもしたらどうするの？　凍え死んじゃうじゃない」

「何をそんなに心配してるんだよ。人のこと言えた義理じゃないぜ。サウスダコタの吹雪のことでビクつくなんてさ！」

「ノースダコタ」

「ジョン、言ってやってくれよ、マギーは心配しすぎだって」

「大丈夫、きっとうまくいくよ、カルロッタ」そう言いはしたものの、私も内心はひやひやしていた。

わたしたちはマリーナの夜間警備員の動きを観察した。夜の七時半にはいつも桟橋の反対側にいる。道具一式をフェンスの向こう側に放りこみ、よじ登り、警報装置のない海側に降りる。何度か試すうち、ついに理想の船を見つけた。〈ラ・シガール（蟬）〉。大きくて美しい、デッキがチーク材のヨットだ。水面低く浮かんでいる。わたしたちは寝袋を広げ、小さな音でラジオをかけ、サンドイッチを食べビールを飲んだ。それからウイスキーをちびちびやった。ひんやりして、潮の香りがした。たまに霧が晴れると星が見えた。壮観なのは、自動車を満載した日本の大型船が河口に入ってくるときだった。動く摩天楼の群れのように、あかあかと灯をともしていた。音もなく滑るように進む幽霊船。船が立てる波は大きくて、しぶきも立てずに静かにうねる。甲板にはいつも一人二人しか人影がない。男がぽつんと街のほうを見ながら煙草を吸い、顔には何の表情も浮かんでいない。

メキシコのタンカーは正反対だった。まず音楽、そしてエンジンの吐く煙のにおいがして、それから錆びついた船体があらわれる。船員たちは総出で船べりに並んで身を乗り出し、レストランのテラスにいる女たちに手を振っている。誰もが笑ったり煙草を吸ったり食べたりしていた。わたしは我慢できずに、ようこそ《ビエンベニドス》！　と叫び、それを警備員に聞かれてしまった。彼は近づいてきて、わたしたちに懐中電灯を向けた。

「あんたたちのことは何度か見かけてたよ。乱暴を働いたり物を盗んだりする連中じゃないのはわかってた。だが、下手すりゃこっちの首が飛んじまう」

ジェシーが降りてきなよと手で合図した。「ウェルカム・アボード！」とまで言った。わたしたちはサンドイッチとビールをふるまい、万が一見つかっても、あなたには見つけようがなかったと証明するから、と言った。警備員の名はソリーといった。いらい彼は毎晩八時になるとやって来て、夕食をたべてから見回りに出かけるようになった。そして夜明け前、鳥たちが海の上を飛びはじめるころになると起こしに来てくれた。

心地よい春の夜が続いた。わたしたちは愛し合い、飲み、語らった。何をあんなに話していたのだろう？　ときには夜を徹して語り合った。あるときは子供時代に起こったひどい出来事について話した。お互いを相手に見立てて感情をぶつけ合ったりもした。セクシーで、恐ろしかった。それきり二度とやらなかった。会話の中心は人間のこと、街を歩いていて出会った人々のことだった。それにソリー。彼がジェシーと畑仕事の話をするのを横で聞いているのは楽しかった。アイオワ州グランディセンターの出で、海軍時代はトレジャー・アイランドに配属されていた。

ジェシーは本を読まなかったが、人が話す言葉を面白がった。自分は〝塩とコショウみたいに年寄りだ〟とわたしたちに言った黒人のおばさん。女房が〝昼間っから酔いどれてトンチキになりやがった〟からとっととおさらばした、と言ったソリー。

ジェシーはすべての人に尊厳を与えた。親切なのではなかった。〝親切《カインド》〟という言葉には〝慈善《チャリティ》〟と同じ、努力してやる響きがつきまとう。あのバンパーステッカーの〈一日一善〉みたいに。でも本当はその人のふだんのありようをそう言うべきだ、ことさら選んでやることではなく。ジェシーは誰にでも寄り添い、その人を知ろうとした。わたしは子供のころからずっと、自分が本当に存在しているという実感がもてなかった。彼はわたしを見てくれた。わたしという人間を。危険なことをたくさんいっしょにしたけれど、彼といるときにだけわたしは安心できた。

二人でやったいちばん無茶な冒険は、メリット湖の島まで泳いで渡ったことだ〔オークランド中心部にある湖。周囲が公園になっており、鳥類保護のための人工の小島がある〕。荷物をぜんぶ——着替え、食料、ウィスキー、煙草——ビニール袋に詰め、島を目指して泳ぎだした。見た目よりもずっと遠かった。水はひどく冷たく汚物の臭いがして、服を着替えても体が臭った。

昼間、公園は美しい。なだらかな丘、大きなオークの木々、バラ園。そこが夜には禍々しい恐怖が渦巻く場となる。ぞっとするような物音が対岸から大きく響きわたってきた。荒々しい性交や喧嘩の音、割れるガラス瓶。吐いたり叫んだりする声。女が平手打ちされる音。警察、呻吟、殴打。今ではなじみ深い、あの警官の懐中電灯の音。木に覆われた小島には波がひたひた打ち寄せていたが、わたしたちはふるえが止まらず、酒を飲んでどうにかそれを鎮めると、勇気をふりしぼって泳いで戻った。水はよほど汚染されていたのだろう、それから何日間かは二人とも具合が悪かった。

ある夕方、ベンがやって来た。家にはわたし一人だった。ジョーとジェシーはビリヤードに行っていた。ベンがわたしの髪をつかみ、バスルームまで引っぱっていった。

「よく見てみろ、酒でただれたその顔！　自分でわかってんのかよ？　弟たちはどうなる？　父さんと彼女はコカインやってる。あんたと暮らせば弟たちは自動車事故で死ぬかもしれないし、あんたが出した火事で焼け死ぬかもしれない、でも少なくともアル中がかっこいいもんじゃないってことはわかるだろうさ。あいつらにはあんたがいないとだめなんだ。おれもあんたがいないとだめなんだ。あんたを嫌いにさせないでくれよ」ベンは泣いていた。

わたしには、今まで何百万回としてきたことをまた繰り返す以外に何もできなかった。ただ「ごめんね」と、何度も何度も言うことしか。

だがもう飲むのをやめたいとジェシーに言うと、わかったと彼は言った。どうせなら煙草を吸うのもすっぱりやめよう。わたしたちはビッグ・サーのほうにバックパック旅行をしに行くとみんなに言った。海を見下ろす州道1号線のヘアピンカーブを車で南に走った。月が出て、波しぶきがネオンホワイトに輝いていた。ジェシーがヘッドライトをつけずに運転するのが恐ろしく、それで喧嘩が始まった。目的地について森に入ると雨が降りだした。ざんざん降りの雨のなか、わたしたちはまた喧嘩をした。たしかラーメンがどうのこうのというようなことだった。寒いうえに、二人とも酒が切れてひどくふるえていた。けっきょく一晩しかもたなかった。家に戻って飲み、徐々に酒を減らしていって、もう一度やりなおした。

今度はもっとうまくいった。行き先はレイズ岬だった。晴れてあたたかかった。二人で何時間も黙って海をながめた。森でハイキングし、浜辺を走り、ザクロのおいしさについて語り合った。そうして三日ほど過ごしたある朝、不気味ならなり声で目が覚めた。霧にけむる森の中を、何かが手足をふりまわしながらこちらに近づいてきた。エイリアンのように縦長の頭をして、ふりしぼるような笑い声を口からもらしていた。脚をつっぱらせ、体をぐらぐら揺らしながら歩いてくる。「おはよう。驚かせてすみませんね」男の人が言った。重度の障害のあるティーンエイジャーの一団だった。ひょろ長い頭と見えたものは、バックパックの上に丸めて載せた寝袋だった。「くそっ煙草が吸いてえ」ジェシーが言った。テレグラフ通りのわが家に戻るとほっとした。酒はまだ飲んでいなかった。

「おれたち、今まで酒でずいぶん時間を無駄にしてきたんだな」

わたしたちは映画を観た。『地獄の逃避行』を三度も観た。二人とも眠れなくなった。朝から晩までセックスした。怒りをぶつけ合うみたいにして、シルクのシーツから床にずり落ち、汗にまみれてへとへとになりながら。

ある夜、わたしがバスルームでネイサンからの手紙を読んでいるところにジェシーが入ってきた。早く家に帰りたい、そう書いてあった。ひと晩じゅう喧嘩になった。殴ったり蹴ったり引っかいたりする本物の喧嘩で、しまいには泣きながら酔っぱらった。それから何日間かぶっ続けでしたたかに飲んだ。今までいちばんひどい飲み方だった。とうとうわたしはアルコールの毒がまわりすぎて酒が効かなくなった。飲んでもふるえが止まらなかった。わたしは恐怖で半狂乱になった。もう酒を止められない、自分で自分の面倒を見られない、ましてや子供たちなんてとても無理だと思った。

わたしたちは荒れ、互いをいっそう荒れさせた。自分たちは生きている価値がないのだと思った。彼はきっとミュージシャンとして成功しない、すでにチャンスをふいにした。わたしは母親失格だ。手のほどこしようのないアル中ふたり。二人いっしょには生きられない。この世に生まれてきたのがまちがいだった。だからもう死んでしまおう。文字にするといたたまれない。自己中心的でメロドラマチックだ。二人で話しているときには、動かしようのない残酷な真実に思えた。

翌朝、わたしたちは車に乗ってサンクレメンテを目指した。わたしが水曜日に両親の家を訪ねる。木曜日に浜に行き、沖に向かって泳ぎだす。こうすれば事故に見せかけられるし、遺体は両親がなんとかしてくれるだろう。ジェシーは車で家に戻って金曜日に首を吊る。たぶんジョンが見つけてくれるはずだ。

わたしたちは旅に出るためだけに酒をセーブした。それからジョンとジョーとベンに電話をかけて、ちょっと出かけてくる、次の金曜日に会おうと伝えた。それからゆっくり南に向かった。楽しい旅だった。海で泳いだ。カーメル、ハースト・キャッスル。ニューポート・ビーチ。ニューポート・ビーチは最高だった。モーテルの女主人がドアをノックして、わたしに「旦那さんのタオルを忘れてました」と言った。

テレビで『バークレー牧場』を観ているときにジェシーが言った。「なあ、どうしよう。結婚する、それとも自殺する?」

両親の家の近くまで来たとき、馬鹿げたことで喧嘩になった。わたしを降ろす前にリチャード・ニクソンの家を見たいと彼が言いだしたのだ。わたしは人生の最後にしたことがニクソンの家の見物だなんてごめんだと言った。

「ああそうかよ。じゃあここで降りろ」

わたしは自分に言い聞かせた。もし彼が愛していると言ってくれたら降りるのはやめよう。だが彼は「笑ってみせてよ、マギー」と言っただけだった。わたしは車を降り、後部座席からスーツケースを出した。笑うなんてできなかった。彼は行ってしまった。

母は魔女だ。すべてをお見通しだった。両親にはジェシーのことは言っていなかった。学校をレイオフされて、子供たちはメキシコに行き、いまは求職中だと言ってあった。なのに着いて一時間もしないうちに母が言った。「で、あんたは自殺するつもりなのね」

職を探すので本当に参ってしまったのだ、子供たちにも会えないし、とわたしは説明した。だから二人の顔を見たら元気になるかなと思った。でもそれでは問題を先送りしているだけだと気がついた。だから明日の朝もどろうと思う。両親はいたく同情してくれた。その夜は三人でさんざん飲んだ。

次の朝、父が車でジョン・ウェイン空港まで送ってくれ、オークランド行きのチケットも買ってくれた。お前は診療所の受付の仕事をするべきだ、いろいろ役得があるから、と何度も言った。

水死しているはずの時刻に、わたしはテレグラフ行きのマッカーサー・バスに乗っていた。四十丁目からの何ブロックかを家まで走った。ジェシーがもう死んでいるんじゃないかと心配だった。

家には誰もいなかった。家じゅうにライラック色のチューリップがあふれていた。花瓶、空き缶、ボウル。バスルームにもキッチンにもチューリップ。食卓の上に書き置きがあった。〈マギー、おれと別れるなんてできないさ〉

彼が後ろから近づいてきて、わたしを振り向かせてガス台に押しつけた。わたしを抱きしめ、スカートをたくし上げ、ショーツを下ろし、入ってきて、果てた。午《ひる》までずっとキッチンの床で過ごした。オーティス・レディング、ジミ・ヘンドリックス。「男が女を愛する時」。ジェシーが二人の定番のサンドイッチをこしらえた。ワンダーブレッドにチキンとマヨネーズ。塩はなし。これがとても美味しい。愛し合いすぎたせいで脚ががくがくふるえ、顔は笑いすぎて痛かった。シャワーを浴びて服を着て、その夜は自分たちのアパートの屋上で過ごした。言葉は交わさなかった。彼がぽつんと「もっとひどいことになっちまったな」と言い、わたしは彼の胸でうなずいた。

次の晩ジョンがやって来て、ジョーとベンも来た。ベンはわたしたちが飲んでいないので満足そうだった。まだやめると決めたわけではなく、ただ飲んでいないだけだった。もちろんみんなチューリップのことを訊ねた。

「部屋に色が足りないと思ったんだ」ジェシーが言った。

フリント・バーベキューをテイクアウトしてバークレー・マリーナに行こうということになった。

「わたしたちのヨットに持っていければいいのにね」とわたしは言った。

「ヨットなら私が持ってるぞ」とジョンが言った。「みんなでそれに乗ろう」

ジョンのヨットは〈ラ・シガール〉号よりは小さかったけれど、それでも素敵だった。エンジンを使って海に出て、夕焼けの入江をぐるりと巡った。街も、橋も、波しぶきも美しかった。それから桟橋にもどり、デッキの上で食事をした。ソリーが通りかかり、わたしたちを見てぎょっとした。わたしたちはソリーをジョンに紹介し、この人が自分のヨットに乗せてくれたのだと説明した。

ソリーはにやっとした。「そりゃよかった、お二人さん。ヨットは楽しいもんなあ！」

ジョーとベンは笑っていた。海の上がすっかり気に入ったのだ。あの香りや、のびのびとした感じを。自分たちも船を手に入れてそこで暮らそうと言い、一から計画を立てはじめた。

「みんな、どうしちゃったんだよ？」ジョーがわたしたちに言った。そのとおりだった。わたしたち三人は、ただ黙って座っていた。

「悲しくなるよ」とジョンは言った。「一年もこの船を持っているのに、乗ったのは今日でたったの三回だ。一度も帆を上げたことすらない。私は大事にするものをまちがっていた。人生を棒に振った気分だよ」

「おれは……」ジェシーは言いかけて、首を振った。たぶん彼もわたしと同じことを悲しがっていた。この船は本物なのだ。

ジェシーは裁判に行きたくないと言った。私はカルロッタに、朝うんと早くに迎えに行くと言った。当時はガソリンが配給制で、どれくらい並ばされるかわからなかった。シアーズの角で彼女を拾った。ジェシーが来ていた。二日酔いの青ざめた顔をしていた。

「大丈夫、心配するな。きっとうまくいく」と私が言うと、彼は黙ってうなずいた。

彼女は髪にスカーフを巻いていた。すっきりした表情で、落ちついているように見えた。くすんだローズ色のワンピースにエナメルのパンプスをはき、小ぶりのバッグを持っていた。

「ジャクリーン・オナシス法廷にあらわる、だな！　すばらしいよ、今日の服」と私は言った。

二人はさよならのキスをした。

「おれはこんなの好きじゃないね」と彼が言った。「戻ってきたら燃やしてやるよ」二人はしばらく見つめあっていた。

「さあ乗って。きみは刑務所に入ったりしないよ、約束する」

思ったとおりガソリンの列は長かった。待ちながら、私たちは裁判以外のいろいろなことを話した。ボストンの話になった。グロリエ書店。ロカバー・レストラン。ケープコッドのトゥルーロと砂丘。私とシェリルが出会ったのもケープコッドのプロビンスタウンだった。私は妻が浮気をしているとカルロッタに言った。自分で自分の気持ちがわからないんだ。浮気のことも、この結婚のことも。シフトレバーを握る私の手にカルロッタが手を重ねた。

「気の毒に」と彼女は言った。「自分の気持ちがわからないというのが一番つらいものよ。気持ちさえわかれば、いろんなことがはっきりするでしょう、きっと」

「ありがとう」私はほほえんだ。

法廷にはあの警官二人も来ていた。彼女は傍聴席の彼らと向き合うように着席した。私は判事と検察官と話をし、いっしょに判事室に入った。入っていくとき、警官たちがすごい形相でカルロッタをにらみつけているのが見えた。

あとはとんとん拍子だった。私は何ページにも及ぶ警察の証拠書類と、マリファナは見つからなかったとする警備員の証言の写しを提示した。本論に入るまでもなく、判事は警察の調書がどういう類《たぐい》のものか察したようだった。

「なるほどわかった。で、君はどうするつもりだ?」

「もし告訴がすべて棄却されないのであれば、われわれはサンフランシスコ市警察を訴えるつもりです」判事はしばらく考えたが、決断は早かった。

「告訴を棄却するのが妥当だろう」

検察官はこうなることを予期していたようだったが、警官たちと顔を合わせるのは気が重そうだった。

法廷に戻ると判事は、サンフランシスコ市警察に対する訴訟が留保されており、カルロッタ・モランに対する告訴はすべて棄却するのが妥当と判断する、と言った。もし警官たちが懐中電灯を持っていたら、その場でカルロッタを殴り殺していたにちがいない。彼女は思わず天使のほほえみをもらした。

私は拍子抜けした。あまりにあっけなかった。それに彼女は思ったほどうれしそうにも、ほっとしたようにも見えなかった。もし最初の弁護士に任せていたら、きっと今ごろは牢屋に入っていたはずだ。私は彼女にほめてもらいたくて、それを口に出して言った。

「ねえ、もうちょっとはしゃいだり、その、感謝してくれてもいいんじゃないかな?」

「ごめんね、ジョン。もちろん万歳って気分よ。それに感謝もしてる。あなたの弁護士費用のことを知ってるから。あたしたち、本当はあなたに何千ドルも払わなきゃいけないのにね。でも何よりあなたと知り合えて、あなたがあたしたちを好きになってくれたことがうれしいの。あたしたちもあなたが大好きよ」彼女は私に心のこもったハグをし、晴れやかに笑った。

私は恥じ入り、金のことは忘れてほしい、自分にとってこれは裁判以上の何かだったのだから、と言った。私たちは車に乗りこんだ。

「一杯飲みたいな。あたしたち、朝もまだ食べてないし」

私は車を停め、彼女にジム・ビームの半パイント瓶を買ってきた。彼女はそれを何口かあおり、それから二人でデニーズに入った。

「すごい。ここまるでクリーヴランドね。ほら見てよ」。たしかにレッドウッドシティのデニーズは、まるでアメリカ中西部のような雰囲気だった。

彼女は無理して楽しげに振る舞っているようだった。判事室で何があったのか、私が何を言い、判事が何を言ったのかと私に訊ねた。帰り道では私がこれまでに受け持ったほかの裁判や、中でもお気に入りのものについて質問した。ベイブリッジを渡っているときに涙が見えて、それでやっと私も気がついた。橋を渡りおえると車を脇に寄せて停め、ハンカチを渡した。彼女はミラーで顔を直し、それからこちらを向いて、口をゆがめて無理にほほえんだ。

「では、パーティはそろそろお開きか」と私は言った。雨が降ってきたので急いで幌をかけた。オークランドが近づくにつれ、雨足はさらに激しくなった。

「これからどうする？」

「カウンセラー、あなたのアドバイスは？」

「そんな皮肉はよしてくれ。君らしくもない」

「本気よ。あなたならどうする？」

私は首を振った。ネイサンからの手紙を読む彼女の顔がよぎった。彼女の喉を支えていたジェシーのことも。

「もう心は決まっているのか？　これからやることに」

「ええ」彼女はささやくように言った。「決まってるわ」

ジェシーがシアーズの角に立って待っていた。ずぶ濡れだった。

「停めて！　あの人だ！」

彼女は車を降りた。彼が近づいてきて、どうだったと訊いた。

「楽勝よ。全部うまくいったわ」

彼が車の中に手を入れて私と握手した。「ありがとう、ジョン」

私は角を曲がって車を路肩に停め、ざんざん降りの雨の中を遠ざかっていく二人を見た。わざわざ水たまりを選んで踏み、やさしく体をぶつけあいながら歩いていく、二人を。

カルメン

街なかのドラッグストアの外はどこも古い車が何十台と停まっていて、後部座席では子供たちがケンカをしている。その母親たちとは店の中で顔を合わせることになる。「ペイレス」、「ウォルグリーン」、「リーズ」――でもわたしたちは互いにあいさつしたりはしない。たとえ顔見知りの相手でも他人のふりをする。わたしたちは一列に並んで順番にコデイン入りの咳止めシロップを買い、ごつくて不格好な店の台帳に署名をした。みんな本名を書くこともあれば偽名のこともあった。自分もそうだったからよくわかる。どっちがより悪いことなのか、よくわからないのだ。ときには日に四度も五度も、ちがう店で同じ女と鉢合わせることもあった。彼女たちもまた中毒者の妻か母親だ。店のほうでも心得たもので、顔なじみの客だというそぶりはけっして見せない。一度だけ、「フォース・ストリート・ドラッグス」の若い店員にカウンターの中から呼び止められた。心臓が止まりかけた。きっと通報されるのだ。でもその店員はもじもじと言いにくそうに、差し出がましいことを言うようですけど、とあやまってから言った。お客さん妊娠してらっしゃいますよね。この咳止めシロップはアルコール分が多いので、知らずに依存症になっちゃうことがあるんです。あんまりたくさん買われるから心配で。わたしは自分が飲むのではないとは言わなかった。ただ礼を言って、でも回れ右して小走りに店を出ながら泣けてきた。泣いたのは、この子が産まれてくるまでにヌードルズにクリーンになっていてほしかったから。「ママ、どうして泣いてるの？　ねえママ？　ママが泣いてる！」ウィリーとヴィンセントが後部座席で跳びはねた。「座んなさい」わたしはシート越しに手をのばしてウィリーの頭をはたいた。「いいから座って。ママはね、へとへとなのにあんたたちが静かにしないから泣いてるの」

このあいだ街で大規模な手入れがあり、クリアカンのほうではもっと大きいのがあったせいで、アルバカーキじゅうどこを探してもヘロインは手に入らなかった。ヌードルズは最初のうち、咳止めシロップでだんだん体を慣らしていってヤクとは縁を切るから大丈夫だ、二か月後に赤んぼが産まれるときまでにはすっかりクリーンになってみせるさ、と言っていた。無理なのはわかっていた。今までにないくらいヘロインにどっぷりだったし、建設現場で腰も傷めていた。すくなくとも体がきかないという言い訳はたった。

彼は這いつくばって電話を取ったなり、膝立ちのまま誰かと話していた。わかってる、わたしだってその手の会合には出たことがあるから。彼のためについついドラッグを調達してしまうわたしも立派な病人、共依存者だ。でもそのときはたしかに彼に心から愛と憐れみと優しさを感じていたのだ。彼はひどく痩せてつらそうだった。わたしは彼がこんなふうに苦しまないためなら何だってした。わたしも膝をついて、彼を両手で抱きしめた。彼が電話を切った。

「ちきしょう。ベトの奴が挙げられた」彼はわたしにキスをして抱きしめ、子供たちも呼んでいっしょに抱きしめた。「お前たち、父ちゃんに手を貸して、杖になってトイレまで連れてってくれ」子供たちがトイレから出ていくと、わたしは入っていってドアを閉めた。彼があんまりひどくふるえているので、口を開けさせて瓶から直接シロップを注いだ。ひどい臭いに吐き気がこみ上げた。彼の汗と便。トレーラーじゅうにしみついた、腐ったオレンジみたいなシロップの臭い。

わたしは子供たちに食事を作ってやり、二人は食べおわるとテレビで『0011ナポレオン・ソロ』を観た。同級生がみんなリーヴァイスとTシャツのなか、ウィリーひとりがちがった。小学校三年だというのに黒いズボンに白シャツを着て、髪はテレビのあのブロンドの俳優みたいにきっちりなでつけていた。息子たちは狭い部屋の二段ベッドで寝て、ヌードルズとわたしはもう一つの寝室で寝ていた。わたしはベッドの足元にすでに幌つきのベビーベッドを用意していて、あいている隙間という隙間をベビー服とおむつで埋めつくしていた。わたしたちはここコラレスの、水路のそばのハコヤナギの木立のなかに二エーカーの土地を持っていた。最初のうちは日干しレンガの家を建てて、畑で野菜を作る計画だった。けれども土地を買った直後からヌードルズがまたヘロインをやりはじめた。まだ建設現場で働いていたけれど、家のほうは何の進展もないまま、もうじき冬になろうとしていた。

わたしはココアを一杯いれ、ステップに出た。「ヌードルズ、ちょっと来て、見て!」だが返事はなかった。シロップの新しいボトルのキャップをひねる音がした。空はすばらしく色あざやかな夕焼けだった。壮大なサンディア山脈は濃いピンク色に染まり、裾野の岩山まで真っ赤だった。川べりでは黄色のハコヤナギが燃えていた。桃色の月がもうのぼっていた。ああ、あたしったらどうしちゃったんだろう、また涙が出てきた。きれいなものを一人きりで見るのが嫌なのだ。すると彼が来てわたしのうなじにキスをし、両腕をわたしの体にまわした。

「知ってるか、あの山がサンディアっていうのは形が西瓜《サンディア》みたいだからなんだぜ」。「ちがうってば」とわたしは言った、「色が西瓜みたいだからでしょ」。この言い合いは初めてのデートのときにして、いらい百回ちかくも繰り返してきた。彼は笑って、うんとやさしくわたしにキスをした。もう大丈夫そうだった。ドラッグのタチが悪いのはこういうところだ、とわたしは思った。〝効いて〟しまうのだ。わたしたちは並んで座って、ヨタカが野原を横切って飛ぶのをながめた。

「ねえ、もうシロップを飲むのはよして。残りのボトルはぜんぶ隠して、本当に具合が悪くなったときだけ渡すようにする。いい？」

「ああ」彼は上の空だった。「ベトがファアレスまで行って〝ラ・ナチャ〟からヤクを仕入れることになってたんだ。あっちにはメルがいる。あいつが試し打ちをすることになってる。だがあいつは運びはできない。国境を越えられないんだ。モナ、お前が行ってくれ。お前がこの役にいちばん向いてるんだ。白人《アングロ》だし、妊婦だし、顔も可愛らしいし。どこから見たってまともな女だ」

あたしはまともな女よ、とわたしは心の中で言った。

「まず飛行機でエルパソまで行き、タクシーで国境を越える。で、また飛行機で戻ってくる。簡単だ」

わたしは前に〝ラ・ナチャ〟の家の前に停めた車の中で待っていたときのことを思い出した。

ぶっそうで恐ろしいところだった。

「あたしはいちばん向いてないよ。子供たちを置いていけないし。牢屋に入るわけにもいかない」

「お前はぜったい牢屋には入れられないさ。だから頼むんだ。子供たちはコニーが預かってくれるさ。あいつはお前がエルパソに親戚がいるのを知ってる。なにか緊急事態があったってことにすればいい。子供たちだってコニーんとこが好きだろう」

「麻薬取締官《ナークス》に止められたらどうするの。こんなところで何してるって訊かれたら？」

「まだローラの身分証明書が残ってる。写真がお前にわりと似てるんだ、お前ほど美人じゃないが、金髪だし目も青い。お前はいい加減な紙切れに〈ルペ・ベガ〉って名前とナチャの家の隣の住所を書いたやつを持っていく。そしてうちのメイドを探しに来た、勝手に来なくなってしまったんだがお金をいくらか貸している、とか何とか言うんだ。とにかく右も左もわからないフリをして、じゃあ助けてあげなきゃって気に周りをさせるんだ」

けっきょくわたしは承知した。メルが向こうにいるから、あいつが試し打ちするところをよく見ていろ、とヌードルズは言った。「モノが良ければお前にもわかるだろう」そう、いいモノを打ったときの恍惚の表情ならよく知っていた。「いいか、とにかくメルを部屋に一人きりにするな。そのかわり自分が部屋を出ていくときは絶対に一人で出ていけ、メルにもついて来させるな。自分が乗ってきたタクシーに一時間後に来るように言っておけ。あいつらの呼んだタクシーには死んでも乗るな」

わたしは支度をして、コニーに電話をかけて、エルパソのゲイブ伯父さんが死んだから子供たちを今夜いっぱい、もしかしたら明日まで預かってくれないかと言った。ヌードルズから札束を入れてきっちりテープで封をした分厚い封筒を受け取った。それから子供たちの荷物をまとめた。二人は大はしゃぎだった。コニーのところの六人の子たちとは従兄弟どうしみたいなものだった。子供たちを玄関前まで連れていくと、コニーは二人を家の中に追いやって、ポーチに出てきてわたしを抱きしめた。黒い髪にブリキのカーラーをたくさん巻いて、カブキの髪飾りみたいだった。カットオフジーンズにTシャツを着ていて、十四歳ぐらいに見えた。

「モナ、あたしには嘘つかないでいいのよ」コニーは言った。

「あんたはこれ、やったことある？」

「うん、何度も。でも子供を生んでからはやってない。あんただって二度とやりたくないって思うはず。気をつけてね。あんたのためにお祈りしてる」

エルパソはまだ暑かった。飛行機を降りて、踏むとへこむ溶けたアスファルトの上を歩くと、子供のころと同じ土埃とセージの匂いがした。タクシーの運転手に橋までと告げて、でもまずワニの池を一周してと頼んだ。

「ワニ？　昔いたワニはもう何年も前にみんな死んじまったよ。それでも広場に行くかい？」

「お願い」わたしはシートにもたれ、窓の外を過ぎ去る街並みをながめた。あちこち変わってはいたけれど、子供のころにローラースケートをはいて街じゅうをさんざん走りまわったから、古い家々も木々も、みんな知っているような気がした。お腹の赤ちゃんが動いて蹴った。「あたしのふるさとが好きなの？」

「え、なんだって？」運転手が言った。

「ごめんなさい、お腹の子に話しかけてたの」

運転手は笑った。「奴《やっこ》さん、返事したかい？」

わたしは橋を渡った。焚き火やカリーチェ土やとうがらしや、精錬所から吹いてくる硫黄まじりの風や、そんなものの匂いのせいでまだ気分が浮き立っていた。友だちのホープと二人して、国境警備員に国籍を訊かれるたびに、面白がって変てこな返事をしたものだ。トランシルヴァニア。モザンビーク。

「合衆国」とわたしは言った。誰もわたしを気にも留めなかった。それでも用心して、国境を越えてすぐのタクシーは拾わずに、何ブロックか歩いた。マルメロのゼリー《ドゥルセ・デ・メンブリージョ》を買って食べた。子供のころでさえ好きではなかったけれど、小さな経木《きょうぎ》の箱に入っていて、フタをスプーン代わりに使うところがおもしろかった。シルバーのアクセサリーや貝細工の灰皿やドンキホーテの人形を一つひとつ見てから、意を決してタクシーを拾い、ルペという名前と、わざとちがう住所を書いた紙を運転手に渡した。「いくら？《クワント》」

「二十ドル」

「十で」

「いいだろう《ブエノ》」そこから先は、もう内心の恐怖を隠せなかった。車は猛スピードで長いこと走った。見おぼえのある閑散とした通りと漆喰の建物が見えた。車がその二、三軒先で停まった。わたしはブロークンなスペイン語で一時間後に戻ってきてほしいと言った。二十ドル出すから。

「オーケイ。一時間《ウナ・オラ》」

階段で四階まで上がるのはきつかった。お腹が大きいうえに、脚もむくんで痛かった。踊り場のたびに、わななくように荒い息をついた。膝も手もがくがくふるえた。43と書かれたドアをノックした。メルがドアを開けると、よろよろと中に入った。

「よう。どうかしたのか?」

「お願い、水をちょうだい」わたしは汚いビニールのソファにへたりこんだ。メルはダイエットコークを一本持ってきて、シャツで飲み口をぬぐうと、にっと笑った。不潔で、ハンサムで、チーターのような身のこなしの男。刑務所から何度も脱獄したり保釈金を踏み倒したりで、いまやその名がとどろいていた。武器携帯、キワメテ凶悪。メルは椅子を一脚もってきてわたしに足を上げさせ、足首をさすった。

「〝ラ・ナチャ〟はどこ?」彼女がただの〝ナチャ〟と呼ばれることはけっしてなかった。いつだって〝あの〟ナチャ——それがどういう意味なのかはわからなかったけれど。彼女が入ってきた。男物の黒いスーツに白いシャツを着て、デスクの向こうに座った。男が女装をしているようにも、女が男のかっこうをしているようにも見えた。ほとんど黒にちかい褐色の肌、マヤ族の顔だち、口紅とネイルは黒っぽい赤で、サングラスも黒だった。短い髪をオールバックにしていた。わたしのほうを見もせずに、ずんぐりした手をメルのほうに差し出した。わたしはお金をメルに渡した。彼女が目の前でそれを数えはじめた。

そのとき、ほんものの恐怖が襲ってきた。それまではヌードルズのためにドラッグを手に入れるのだろうと思っていた。あの人が苦しまないか、ただそれだけが心配だった。封筒の中にはせいぜい十ドル札か二十ドル札の束が入っているんだろうと思っていた。でもラ・ナチャが手にしているのは何千ドルという大金だった。ヌードルズは自分のぶんのドラッグを買うためだけにわたしをよこしたんじゃなかった。これはとんでもない額の危険な取り引きだ。もしもわたしが捕まれば、それはドラッグ使用者としてではなく売人としてだろう。そうなったら誰が子供たちの面倒を見るの？　わたしはヌードルズを憎んだ。

わたしがふるえていることにメルが気がついた。息も詰まりかけていたかもしれない。メルがあちこちポケットをさぐり、青い錠剤をもって近づいてきた。わたしはかぶりを振った。赤ちゃんがいる。

「勘違いすんな、バカ。ただのヴァリウムだよ。これを飲まねえと腹の子にはもっと毒だぜ。いいから飲め。ビビってんじゃねえよ！　聞こえたか？」

わたしはうなずいた。馬鹿にされて我にかえった。薬を飲むまでもなく正気が戻ってきた。

「ヌードルズから聞いてるだろうが、まずおれがこいつを試す。いいブツだったらあんたにそう言うから、そしたらバルーンをもって出ていけばいい。バルーンの隠し方は知ってるな？」知っていたけれど、やるつもりはなかった。もしも中で破裂して赤ちゃんに触れてしまったら？

メルは魔物だ、人の心を読む。「自分でやんねえんなら俺が入れてやるよ。大丈夫、破れやしないさ。それにそいつは腹ん中できっちり袋に包まれて、ヤクからもおっかねえ外の世界からも守られてるんだから。ま、外に出てきてからのことは知らねえけどな」

メルはラ・ナチャがパケットの重さをはかる手元をじっと見つめ、うなずきながらそれを受け取った。彼女はまだ一度もわたしのほうを見ていなかった。わたしはメルがヤクを打つところを見守った。水を吸わせた綿をスプーンにのせ、茶色のヘロインを一つまみふりかけて火であぶる。腕をしばり、手の血管に注射針を刺し、血が逆流するのを押し戻し、腕のゴムがはずれて落ちると、とたんに顔つきがゆるんだ。彼はいま風洞の中にいる。亡霊たちにいざなわれて別世界へ飛んでいる。急に尿意が来た、それに吐き気も。「トイレはどこ?」ラ・ナチャは黙ってドアのほうを指さした。臭いをたどって廊下の端のトイレを見つけた。戻ってきてから、メルから目を離すなと言われていたのを思い出した。彼はにやにや笑っていた。丸めて球状にしたコンドームをわたしに渡した。

「ほらよ、かわい子ちゃん。いい旅をな。ちゃんと言うこときいて、しまうとこにしまえよ」わたしは彼に背を向けて、バルーンを体の中に入れるふりをして、きついショーツの中に押しこんだ。部屋の外に出てから、暗い廊下でブラの中に移した。

階段を酔っぱらいのようにそろそろと下りた。暗くて、臭かった。

二階の踊り場まで来たとき、下のドアが開く音がして、通りの音が流れこんだ。若い男の子が二人、階段を駆けあがってきた。「おい、見ろよ！《フィハテ・ノ・マス》」一人がわたしを壁に押しつけ、もう一人がバッグを奪った。そっちにはバラ銭と化粧道具しか入っていなかった。ほかのものはみんな上着の内ポケットだった。少年がわたしを殴った。

「ヤッちまおうぜ」もう一人が言った。

「どうやって？　ナニが一メートルぐらいねえと無理だろ」

「後ろ向かせんだよ、ぼけ《バト》」

もう一発殴られた瞬間、ドアが開く音がして、ナイフを持った老人が階段を駆けおりてきた。少年二人はきびすを返して走って逃げていった。「大丈夫か？」老人が英語で訊いた。

わたしはうなずいた。外までついてきてほしい、とわたしは頼んだ。「タクシーが来てるはずだから」

「あんたはここで待ってろ。もし来てたら、クラクションを三回鳴らすように言うから」

こういうときの礼儀作法はどうすればいいんだろう。レディらしく振る舞いなさい、母さんからはそう教わったけれど。お金をあげるべきだろうか？　でもそうはしなかった。老人はタクシーのドアを開けてくれて、歯のない口で笑った顔が優しかった。

「アディオス」


アルバカーキ行きの小型双発機の中で、わたしは乗り物酔いした。自分の体から、汗と汚れたソファとおしっこの染みだらけの壁の臭いがした。サンドイッチとナッツとミルクをお代わりした。

「二人ぶん食わにゃ、なあ!」通路ごしに、テキサスなまりの客が笑って言った。

空港から家まで車を運転した。子供たちを迎えに行く前にシャワーを浴びたかった。トレーラーの手前のむきだしの地面に車を乗り入れると、ピーコートを着たヌードルズが外に出て、タバコをふかしながらそわそわ歩きまわっているのが見えた。

ひどくあせった様子で、わたしにお帰りも言わなかった。わたしは彼のあとを追って家の中に入った。

彼がベッドの端に腰かけた。テーブルの上には道具一式がすでに並べてあった。「よこせ」バルーンを渡すと、彼はベッドの上の戸棚を開けて、小さな秤《はかり》にそれをのせた。振り向きざま、わたしの顔を力まかせに殴った。殴られたのはこれがはじめてだった。わたしは頬をじんじんさせて彼の横にへたりこんだ。「お前、メルを一人にしただろう。え? どうなんだ?」

「こんなにたくさんあるじゃない。あたしが長いこと牢屋にぶちこまれるぐらいたくさん」

「あいつから目を離すなって言っただろうが。ああ、どうすりゃいい?」

「警察を呼べば」わたしが言うと、もう一発殴られた。今度のは痛みすら感じなかった。強い陣痛が始まった。ブラクストン・ヒックス〔前駆陣痛。発見したイギリスの医師の名にちなんでそう呼ぶ〕、わたしは頭のなかで言った。誰なんだろうブラクストン・ヒックスって。わたしが汗をだらだらかきフアレスの悪臭を立ちのぼらせている横で、彼はコンドームの中身をフィルム缶に移した。スプーンにのせた綿の上に少し振りかけた。わたしにはすでにうんざりするほどわかっていた。わたしと子供たちか、それともドラッグかだったら、この人はいつだってドラッグを選ぶのだ。

温かな液体が腿をつたってカーペットに落ちた。「ヌードルズ！　あたし破水してる！　病院に行かなきゃ！」でも彼はすでに注射を打ったあとだった。スプーンがテーブルにことんと転がり、ゴムバンドが腕からはずれて落ちた。彼は枕にもたれかかった。「モノはたしかにいいな」ささやくように言った。また陣痛が来た。強い。どろどろのワンピースを脱ぎ捨て、濡らしたスポンジで体を拭き、白のウィピルを頭からかぶった。また陣痛。救急車を呼んだ。ヌードルズはすでにうつらうつらしていた。書き置きを残すべきだろうか。目が覚めたら病院に電話してくれるかもしれない。いいや。たぶんわたしのことなんて考えもしないだろう。

きっと目を覚まして真っ先にやるのは、スプーンの残りをまた打って、もうちょっとだけ続きを味わうことだろう。口の中に銅の味がひろがった。ヌードルズの頬を叩いたが、ぴくりとも動かなかった。

わたしはヘロインの缶をティッシュでつかんで開けた。スプーンに山盛り一杯のせた。水をすこし足し、彼のきれいな手に缶を握らせた。またひどい陣痛が来た。血と粘液が内腿をつたって流れた。セーターを着て、メディ・カルのカードを持ち、外に出て救急車を待った。

わたしはすぐに分娩室に運ばれた。「もう産まれそう！」わたしは言った。ナースがわたしのメディ・カルのカードを取り、あれこれ質問した。電話番号は、夫の名前は、生児出産の回数は、予定日は。

ナースがわたしを診た。「子宮口が完全に開いてる、もう頭が見えてるわ」

痛みがつぎつぎ襲ってきた。ナースが走ってドクターを呼びに行った。彼女がいないすきに赤ちゃんは産まれた。小さな女の子だった。カルメン。わたしはかがんで娘を抱きあげた。湯気のたっている温かな体を自分のお腹のうえに乗せた。分娩室はしんとして、わたしたちのほかに誰もいなかった。人がおおぜいやってきて、わたしたちは担架にがらがら乗せられて眩《まぶ》しいライトの下に引き出された。誰かがへその緒を切って、赤ちゃんが産声をあげた。さらにひどい痛みとともに胎盤が出てきて、顔にマスクがかぶせられた。「なにするの？　娘が産まれたのに！」

「いまドクターが来ますからね。会陰縫合をします」わたしは両手を縛られた。

「あたしの赤ちゃんはどこ？　あの子に会わせて！」ナースは出ていってしまった。わたしはベッドの両脇に手を縛りつけられていた。お医者がやって来た。「お願い、これをほどいて」医者はほどいてくれた。その優しさにぞっとした。「何があったの？」

「お子さんは早産でした」医者は言った。「体重がほんの数ポンドしかなくて。亡くなりました。お気の毒です」彼はわたしの腕をぽんぽんと不器用にたたいた。枕をたたくみたいに。わたしのカルテを見た。「これが自宅の電話番号ですか？　ご主人に電話しましょうか？」

「いいえ」わたしは言った。「家には誰もいません」

ミヒート

ふるさとに帰りたい。かわいい赤ちゃん《ミヒート》のヘススが眠るとあたしはふるさとのことを思う、マシータや弟や妹たちのことを思う。あたしはたくさんの木や、村の人たちのことを思い出そうとする。あたしを思い出そうとする、だっていろんなことが起こる前《タンタス・コサス・ケ・アン・パサード》のあたしは、今とはちがうあたしだったから。あたしは何も知らなかった。テレビジョンも薬《ドラガス》も、いろんなこわいことも知らなかった。旅が終わってからはずっとこわいことばかりが続いている。バンから出て、男の人たちがいて、走って逃げて、やっとマノロに会えたと思ったらもっとこわくなった、あの人も前とはちがってしまっていたから。彼があたしを愛しているのはわかったし、抱きしめられたらあの川のほとりのときのようだった。でもあの人は変わってしまった、やさしい目のなかに恐怖があった。オークランドに着くまでアメリカの何もかもがこわかった。あたしたちの前に車、後ろに車、反対側にも車、車、車、売られている車、それからお店、お店、また車。オークランドの小さな部屋に着いて、マノロにそこで待っているように言われたけれど、部屋の中も音でいっぱいだった。テレビジョンだけでなく、車や、バスや、サイレンや、ヘリコプターや、だれかがケンカしたりピストルを撃ったりどなったりする声。黒人《マヤテ》はおそろしくて、道のあちこちに固まって立っていて、こわくて外に出られない。マノロは前とはちがう人みたいで、もう結婚してくれないんじゃないかと心配だったけれど、「馬鹿いうな、愛してるよ、ミ・ビーダ」と言ってくれた。それでうれしくなったけれど、彼は言った、「どっちみち正式に夫婦にならないと生活保護とフードスタンプをもらえないからな」。あたしたちはすぐに結婚して、その日のうちにあたしは福祉局に連れていかれた。悲しかった。遊園地に行くとか、ワインを飲むとか、ちょっとした新婚《ルナ・デ・ミエル》のパーティをしたかった。

マッカーサー通りのフラミンゴ・モーテルにあたしたちは住んだ。さびしかった。彼はいつも出かけていた。あたしが何でもこわがるといってマノロは怒ったけれど、ここがどんなにメキシコとちがうか彼は忘れてしまっている。ふるさとには家の中のトイレもなかったし、明かりもなかった。テレビジョンもあたしにはこわかった、あんまり本当みたいだから。二人だけの小さな家か部屋に住めたらいいのにと思った。そしたらあたしはそこをすてきにして、料理も作ってあげられるのに。食事はいつも彼が買ってくるケンタッキー・フライかタコベルかハンバーガーだった。朝ごはんはいつも小さなカフェで、それはメキシコみたいでうれしかった。

ある日、ドアをどんどん叩く音がした。開けるのがいやだった。その人はラモンという名前で、マノロの伯父さんだと言った。マノロは牢屋にいるとラモンは言った。今から会わせに連れていってやると言った。あたしは荷物を全部まとめるように言われ、それから車に乗せられた。あたしは何度も聞いた、「どうして？　何が起こったの？　あの人が何かしたの？」

「うるせえな《ノ・メ・ホダス》！　黙ってろ《カジャテ》」と彼は言った。「いいか《ミラ》、おれは何も知らねえんだ。あいつが自分で話すだろう。とにかくわかってるのは、裁判が始まるまでお前はおれんちに住むってことだ」

　大きな建物の中に入って、エレベーターに乗っていちばん上の階まで行った。エレベーターに乗ったのはそれがはじめてだった。ラモンが警察の人と何か話すと、一人があたしをドアの中に連れていき、そこには窓と椅子が一つあった。警官が電話を指さした。マノロが入ってきて窓の向こうにすわった。やせて、ひげが伸びて、おびえた目をしていた。ふるえて、顔が青ざめていた。オレンジ色の寝巻一枚きりだった。彼がすわって、あたしたちは黙って見つめあった。マノロが電話を取り、あたしにもそうするように合図した。それがあたしのはじめての電話だった。全然あの人の声じゃないようだったけれど、目の前では彼がしゃべっていた。ぞっとした。ぜんぶは覚えていないけれど、彼が愛している、ごめんなと言ったのを覚えている。裁判の日が決まったらラモンに知らせる、そしたらまたお前のところに帰りたいと彼は言った。でももし帰れなくても待っていてほしい、お前はおれの妻なんだから。ラモンとルペはいい人たち《ブエナ・ヘンテ》だから、おれが出てくるまでお前の面倒を見てくれる。そのためには福祉局に行ってお前の住所を変えないといけない。「忘れないでくれよ。すまない《アイムソーリー》」と彼は英語で言った。スペイン語でなんと言うんだろうとあたしは考えた。ロ・シエント。わたしはそれを感じます。

　あのときわかっていれば。あたしも愛している、ずっと待っていると言えばよかった。心のぜんぶで愛してると言えばよかった。赤ちゃんのことを言えばよかった。でもあたしは心配で、電話で話すのがおそろしくて、ただじっと顔を見ているうちに警官が二人やってきて、彼を連れていってしまった。

車の中で、あたしは何があったのか、彼はどこに連れていかれたのかと何度もラモンに聞いた。するとラモンは車を停めて、そんなの知るか、黙れと言った。お前を食わせなきゃならないから小切手とフードスタンプはこっちでいただく、お前には子供たちの面倒を見てもらうと言った。家を見つけたらすぐに出てってもらうからな。妊娠三か月だと言うと、彼は「なんてこった《ファック・ア・ダック》」と言った。それがあたしがはじめて声に出して言った英語だった。「ファック・ア・ダック」


フリッツ医師《せんせい》はもうじき来るはずだから、少なくとも何人かはこの人たちを診察室に入れていいだろう。本当は二時間前に来ていなければいけないのに、また例によって手術を一つ入れたのだ。水曜日は診療所《こっち》の日だとわかっているはずなのに。待合室は満杯で、赤ん坊は泣き叫ぶし、子供たちはとっくみあいのケンカだ。カーマもわたしも七時で上がれれば御の字だろう。カーマの肩書は診療所主任。まったくとんだ仕事だ。部屋の中は蒸し暑くて、汚れおむつと汗と濡れた服がむっとにおう。もちろん外は雨で、ほとんどの母親たちはえんえんバスに乗ってここに来る。

待合室に出ていくときは、目をちょっと寄り目にする。そして患者さんの名前を呼びながら、母親だか祖母だか里親だかに向かってにっこりするけれど、目はその人たちの額にある第三の目を見る。これは緊急救命室で会得した技だ。これをしないと、ここではとてももたない、ことにクラック・ベイビーやエイズやガンの赤ん坊だらけのこの診療所では。あるいは、けっして大人にならない赤ん坊たち。もし親たちの目を見れば、そこにある不安や疲弊や苦しみがぜんぶ自分の中に入ってきて根をおろしてしまう。だがいっぽう親たちを一度知ってしまえば、それが唯一こちらにできることでもある——言葉では言い表せない希望や悲しみをこめて、彼女たちの目を見つめること。

最初の二人は術後の処置だ。わたしは手袋と抜糸の道具、ガーゼとテープを用意し、母親たちに赤ん坊の服を脱がせるように言う。これは長くはかからないだろう。わたしは待合室に行き、ヘスス・ロメロの名前を呼ぶ。

まだ十代の母親が、メキシコのレボゾのようなものに赤ん坊をくるんでやって来る。ひどく怯えた顔をしている。「英語わかりません《ノー・イングレス》」と言う。

わたしはスペイン語でおむつ以外全部脱がせるように言い、どうしましたかと訊ねる。

彼女が言う、「かわいそうなわたしの《ポブレ・ミ》赤ちゃん《ヒート》。ずっと泣いて泣いて、泣きやみません」

わたしは赤ん坊の体重をはかり、生まれたときの体重を訊く。七ポンドだった。生後三か月にしては小さすぎる。

「注射には連れていきましたか?」

はい、何日か前に病院《ラ・クリニカ》に連れていきました。そこでヘルニアがあると言われました。赤ちゃんに注射しなければいけないなんて知らなかった。お医者さんが一本打ってくれて、来月また来なさい、でもまずはすぐにここに来るようにと言われました。

アメリアというのが彼女の名前だった。十七歳で、いいなずけと結婚するためにミチョアカン〔メキシコ南西部の州〕から来たが、夫はソレダッドの刑務所に入ってしまった。いまは伯父伯母の家に身を寄せている。メキシコに帰るお金もない。伯父伯母は自分をじゃまにし、いつも泣いているから赤ちゃんのこともきらう。

「母乳はあげている？」

「はい、でもきっとお乳がわるいんです。すぐに目を覚まして、ずっと泣きつづけるから」

ジャガイモの袋を持つみたいにして自分の子を抱いている。「この袋、どうすればいいんだろう」という顔をしている。もしかしたら、この子は周りにものを教えてくれる人が誰もいないのかもしれない。

「おっぱいを替えるやり方は知ってる？　かならず前とちがう側から始めて、まずたっぷり飲ませて、それから左右を替えてもう少し飲ませる。とにかく替えるのがポイントよ。こうすると赤ちゃんはいっぱい飲めるし、お乳もたくさん出る。お腹いっぱいになる前に、途中で疲れて眠ってしまうかもしれないけれどね。泣くのはヘルニアのせいもあるかもしれない。ここの先生はとても優秀だから、大丈夫、ちゃんと治してくれます」

彼女は少し安心したように見える。だがわかりにくい。ドクターたちがよく言う〝感情の鈍麻〟が見られる。

「これからべつの患者さんのところに行かないといけないの。でも先生がいらしたら戻ってきますからね」彼女は従順にうなずく。暴力にさらされた女に特有の、すべてをあきらめきったような表情。同じ女どうしでこんなことを言うのははばかられるけれど、こういう顔つきの女を見ると、ひっぱたいてやりたくなる。

フリッツ先生がやって来て第一診察室に入る。お母さんがたをどれだけ待たせても、カーマとわたしがどれだけカッカきていても、子供を診《み》ている先生を前にすると、すべてを許す気になってしまう。まさに名医、天性の癒し手だ。フリッツ先生は、ほかのドクターたちをぜんぶ合わせたよりもたくさんの手術をこなしている。もちろんみんなは偏執狂だの自己中心的だのと陰口をたたくが、先生がすばらしい外科医であることは誰にも否定のしようがない。じっさい先生は、あの大地震のときに命がけで男の子を救った医者としても有名なのだ。

最初の二人はあっというまに片づく。わたしは先生に、第三診察室に術前の患者さんが入っている、英語がしゃべれないのですぐに自分も行きますと言う。わたしは診察室を片付け、さらに患者を入れる。第三に入ると先生は赤ちゃんをだっこして、アメリアにヘルニアの押し戻し方を教えている。赤ちゃんは先生を見あげてにこにこしている。

「パットに言って、この子の手術のスケジュールを入れてもらって。術前の検査と絶食についてよくよく説明しておくように。ヘルニアが飛び出して押し込めないときは電話するようにお母さんに伝えて」先生は赤ん坊を母親に返す。「かわいい子《ムィ・ボニート》だねえ」と言う。

「この子の腕のあざはどうしたのか、ちょっと訊いてくれないか。こういうのを見落としてもらっちゃ困るよ」そう言って赤ん坊の腕の内側を指さす。

「すみません」わたしが訊ねると、彼女ははっと怯えた表情になる。「わかりません」

「わからないそうです」

「きみはどう思う?」

「わたしには、彼女が……」

「考えていることはわかるが、言うなよ。これからいくつか電話を折り返さないといけない。十分後に第一に入るので、拡張器を用意しておいて。八と十」

先生の言うとおりだった。たしかにわたしは彼女自身が虐待されているように見えると思っていた。それに虐待の被害者が往々にして加害者になるということも。わたしは彼女にこの手術がいかに大事で、だから前日の診察も大事だということをよく説明する。もし赤ちゃんの具合が悪かったりおむつかぶれがひどくなったら電話をすること。手術前の三時間はおっぱいをあげないこと。それからパットに手術の日を決めて、もう一度説明をするように頼む。

それからしばらく彼女のことを忘れていたが、一か月以上経ったころにふと、そういえば彼女が術後の診察に赤ん坊を連れてきていないことに気づく。わたしはパットに手術はいつだったのか訊いた。

「ヘスス・ロメロのこと? もうとんだ手間取らせたよ。最初の手術はすっぽかされた。電話ひとつよこさない。こっちからかけると、足がなかったんだと。オッケー。で、言ったわけよ、ならば手術当日に術前の診察もいっしょにやりましょう。朝うんと早く来てもらって検査と採血を済ませます、でもとにかく来てくださいよって。そしたらハレルヤ、彼女やって来た。で、どうなったと思う?」

「手術の三十分前に授乳した」

「当たり。フリッツ先生は出張に出ちゃうから、次はひと月先まで空きはないわ」

あの人たちと暮らすのはとてもつらかった。マノロとまたいっしょになれる日が待ちどおしかった。あたしは小切手もフードスタンプもあの人たちに渡していた。でも自分用にはほんのちょっとのお金しかもらえなかった。ティナとウィリーの世話をしたけれど、二人はスペイン語をしゃべらないし、こっちを見もしなかった。ルペはあたしが家にいることをいやがっていたし、ラモンはいい人だったけれど、お酒を飲むとあたしをつかんだり後ろからつついたりした。あたしはラモンよりルペのほうがこわくて、だから家で仕事がないときは台所の隅っこの自分の場所でじっとしていた。

「そんなところで何時間も何時間も、何をしてるのさ」とルペがあたしに聞いた。

「考えてます。マノロのこと。ふるさと《プエブロ》のこと」

「ここを出てくこともそろそろ考えてもらいたいね」

裁判の日はラモンは仕事があったので、ルペに連れていってもらった。ルペもときどきはやさしい。裁判所で、あたしたちはいちばん前にすわった。マノロが入ってきたけれど、あの人だとはすぐにはわからなかった。手錠をかけられ、両足にチェーンを巻かれていた。あんなにやさしい人に、なんてひどいことをするの。マノロが裁判官の下に立つと、裁判官が何か言って、二人の警官が彼を連れていった。彼は振り返ってあたしを見たけれど、あんなに怒ったあの人の顔をはじめて見た。あたしのマノロ。帰り道、ルペはどうもまずいねと言った。あたしにもマノロの罪状が何なのかはわからないけど、ただのドラッグ所持だけではないはずだ、それならサンタ・リタのほうに入れられるはずだからね。ソレダッド刑務所に八年ってのはそうとう悪い。

「八年？　八年ってどういうこと《コモ・ケ》？」

「こんなとこで取り乱すんじゃないよ。道におっぽり出してやろうか。本気だよ」

あたしは妊娠しているのだからクリニカに行かなければいけない、とルペに言われた。それが堕ろす《アボルト》という意味だとはわからなかった。「いいえ」とあたしは女ドクターに言った。「いやです、あたしはこの子を、ミヒートを生みます。この子の父親はいなくなってしまって、あたしにはこの子しかいません」先生は最初はやさしかったけれど、だんだん怒りだして言った、あなたはまだ子供で働くこともできない、それでどうやって赤ちゃんを育てられるの？　あなたは身勝手だ、わからず屋《ポルフィアダ》だ。「でもそれは罪です」とあたしは言った、「絶対にしません。赤ちゃんを生みたいです」。先生はノートを机の上に放り投げた。

「まったくもう《バルガメ・ディオス》。ならせめて、出産までにときどき検診に来るように」

先生は日にちと時間を書いた紙をくれたけれど、そこには二度と行かなかった。ひと月ひと月がゆっくり過ぎていった。あたしはマノロからの便りを待ちつづけた。ウィリーとティナはテレビばかり見ていたから面倒がなかった。赤ちゃんはルペたちの家で生んだ。ルペは手伝ってくれたけれど、ラモンは帰ってくると彼女をなぐり、あたしもなぐった。お前が来ただけでもこっちは迷惑なのに、この上ガキかよ、とラモンは言った。

あたしはなるべくみんなのじゃまにならないようにしている。台所のちっちゃな隅っこがあたしと赤ちゃんの居場所だ。赤ちゃんヘススはかわいくて、マノロにそっくりだ。あたしはグッドウィルやペイレスでヘススのためにかわいらしいものを買った。マノロが何をして牢屋に入ったのか、いつ便りがあるのか、あたしにはいまだにわからない。ラモンに聞くと彼は言った、「マノロとはもうおさらばしろ。それより早く働き口を見つけるんだな」。

あたしはルペが仕事に行っているあいだ子供たちのめんどうを見て、家を掃除している。洗濯物もあたしがぜんぶ一階のコインランドリーで洗っている。でもとても疲れる。ヘススは、あたしが何をしても泣いて泣いて泣きやまない。ルペはこの子をクリニカに連れていけと言う。でもバスはこわい。黒人《マヤテ》たちがあたしをつかもうとしてこわがらせる。きっと赤ちゃんを奪う気だ。

クリニカで、あたしはまた怒られた。なぜ出産前に検診に来なかった、注射もまだしてない、体が小さすぎると言われた。伯父さんにはかってもらったら七ポンドありました、とあたしは言った。「でも今もまだ八ポンドしかない」。クリニカでは注射を打たれ、もう一度来るように言われた。ヘススにはヘルニアがあるから放っておくと危険だ、手術しないといけないと先生は言った。女の人が地図をくれて、外科医の先生のところに行くバスとBARTの行き順を書いてくれて、帰りにどこでバスとBARTを待てばいいかまで教えてくれた。それから電話をして、予約もとってくれた。

その日はルペがクリニカまで送ってくれて、外の車の中で子供たちといっしょに待っていた。クリニカで言われたことを説明するうちに、あたしは泣きだした。ルペは車をとめて、あたしをゆさぶった。

「あんた、もう大人でしょうが！　しっかりしなよ！　ヘススが治るまでは居させてあげるよ、でもその先は自分の身の振り方は自分で考えな。うちはもう手狭なんだ。ラモンもあたしもへとへとで、なのにあんたの赤ん坊は朝から晩までぎゃんぎゃん泣いて、おまけにあんたまで泣くときた。うんざりだよ」

「でもお手伝いしています」とあたしは言った。

「ああ、そりゃどうも」

ヘススを外科医の先生のところに連れていく日、あたしはうんと早起きした。ルペは子供たちを保育園に預けないといけなくなった。保育園はタダだったし、子供たちはあたしと家にいるよりずっと楽しいから喜んでいた。でもルペは遠い保育園まで車で行かなければならなかったし、そのせいでラモンは地下鉄で仕事に行くはめになったと言って怒った。乗り物は恐ろしかった、バスも、BARTも、その次のバスも。緊張して何も食べられなかったのでお腹がすいて、こわくて目まいがした。でもそのうちに言われたとおり大きな看板が見えて、正しい場所に来たとわかった。そこから長いこと待たされた。家を朝の六時に出たのに、先生がヘススを見てくれたのは午後三時だった。ひどくお腹がへっていた。そこではいろんなことをわかりやすく説明してくれて、ナースの人がおっぱいのあげ方を変えればお乳がもっとたくさん出ると教えてくれた。先生はヘススにやさしくして、かわいい《ボニート》と言ってくれたけれど、あたしがこの子をいじめていると思ったらしくて、腕の青くなったところをナースに見せた。そんなふうになっていることに気がつかなかった。でも本当だった。あたしはあたしのミヒートを傷つけた。ゆうべ泣いて泣いて泣きやまなくて、それであたしがあざを作った。最初はこの子といっしょに毛布をかぶった。それからきつくだっこして、「しぃぃっ、泣きやんで、お願い、静かにして」と言った。はじめてあの子をあんなに強くつかんでしまった。でもあの子は変わらず泣きつづけた。

それから二週間たった。あたしはカレンダーに毎日印をつけた。手術の前の日に行って、その次の日も行かないといけないとルペに言った。

「そりゃ無理だね《ノー・ウェイ・ホセ》」とルペは言った。車は修理に出していた。ルペはウィリーとティナを保育園に連れていけない。だからあたしは行かなかった。

その日はラモンが家にいた。ビールを飲んでアスレチックスの試合を見ていた。子供たちは昼寝中で、あたしは台所でヘススにお乳をあげていた。「よう、こっちに来ていっしょに野球を見ようや」とラモンが言うので、あたしはそっちに行った。ヘススがまだおっぱいを飲んでいたので、上から毛布をかぶせた。ラモンが立ちあがってビールのお代わりを取りに行こうとした。そんなに酔っぱらっているように見えなかったけれど、立ちあがったら転んで、ソファのそばの床に倒れた。彼が毛布をひっぱりおろし、あたしのTシャツをめくりあげた。「おれにもおっぱい《チチ》、飲ませてくれよ」そう言って、もう片方の胸に吸いついた。あたしが突きとばすと彼はテーブルにぶつかって、でもヘススも落ちてテーブルで肩をひっかいた。小さな腕に血が流れた。ペーパータオルで血をふいていると、電話が鳴った。

外科の先生のところのパットさんという女の人で、あたしが来ないし電話もしなかったので、かんかんに怒っていた。「アイムソーリー」あたしは英語であやまった。

明日キャンセルが出たとパットさんは言った。朝うんと早く来てくれれば同じ日に手術前の診察もできると言った。朝の七時。ひどく怒っていた。このままだとヘススが本当に悪くなって死んでしまうかもしれない、もしあたしが手術を何度もすっぽかすようなら、国に赤ちゃんを取り上げられてしまうかもしれないと言った。「そのこと、わかってますか?」

あたしははい、と返事をしたけれど、国があたしの赤ちゃんを取り上げるなんて信じられなかった。

「明日、来られますか?」パットさんは言った。

「はい」とあたしは言った。そしてラモンに、あしたヘススを手術に連れていかなければいけないからティナとウィリーを見ていてほしいと言った。

「おれに乳を吸わせてやった見返りをよこせってわけか? ああ、家にはいるさ。どうせ失業中なんでな。ルペに告げ口しようなんて気を起こすんじゃないぞ。お前さん五分で追ん出されるだろう。おれはそれでも一向にかまわないが、ここにいるからにはおれもそれなりのことをさせてもらうぜ」

ラモンはあたしをバスルームに連れていき、ヘススが居間の床で泣いて、子供たちがドアをどんどん叩くのにもかまわずに、あたしをシンクの上にうつぶせにして、後ろから何度も突いた。

でも酔っていたから長くは続かず、床にずるずる倒れて気絶した。あたしは外に出た。子供たちにお父さんは具合がわるいと言った。体ががたがたふるえて、すわりこんでミヒートヘススを抱いてゆすりながら、子供たちといっしょにアニメを見た。どうしていいのかわからなかった。アベマリアのお祈りを唱えたけれど、こんなにうるさい音だらけで、どうやって祈りの声が届くというんだろう。

ルペが帰ってくると、ラモンは出てきた。あたしを見る顔つきで、自分がなにか悪いことをしてしまったのはわかっているけど、それが何なのか思い出せないらしいとわかった。出かけてくると彼は言った。どうぞと彼女は言った。

ルペは冷蔵庫を開けた。「あのろくでなし、ビールを全部飲んじまった。アメリア、ちょっとセブンイレブンまで行ってきてくれない？　ああくそ、あんたビールも買えないんだった。ほんとに何の役にも立たないね。仕事とか家とかは探したの？」

ずっと子供たちの面倒を見ていたのだから外になんか出られっこない、とあたしは言った。そして明日はヘススの手術だと言った。

「そう、じゃあ働けるようになったらすぐに探すんだよ。店とか薬局に求人や空き家の広告が貼りだしてあるだろう」

「字が読めません」

「スペイン語の広告もあるよ」

「スペイン語も、どっち《タンポコ》も読めないんです」

「なんてこった《ファック・ア・ダック》」

あたしも言った、「ファック・ア・ダック」。それで彼女もつい笑った。ああふるさとが恋しい。あそこでは、笑い声はそよ風みたいにやわらかかった。

「よしわかった。明日になったらあたしが代わりに探してやるよ、あちこち電話かけてさ。でも今日は子供たちを頼んだよ。一杯飲まないとやってられない。ハリスコに行ってくる」

彼女はどこかでラモンとばったり会ったらしくて、夜うんと遅くにいっしょに帰ってきた。子供たちとあたしは豆とクールエイドしか食べる物がなかった。パンも、トルティーヤを作る小麦粉もなかった。ヘススは台所の隅のいつもの場所ですやすや眠っていたけれど、あたしが横になるとすぐに泣きだした。あたしはおっぱいを飲ませた。前よりもよく飲むようになったけれど、すこし眠ったと思うとまた泣きだした。おしゃぶりをくわえさせようとしたけれど、すぐに口から出した。気づくとあたしはまたあれをしていた、「しぃぃっ、静かに」とささやきながらぎゅっときつく抱っこしてた、でもこの子が痛がると気づいてすぐにやめた。それにお医者さんにまた青あざを見られたくなかった。かわいそうに《ポブレシート》、肩だってひどいすり傷であざになっている。あたしはまたマリア様に祈った、どうかお願いです助けてください、どうすればいいか教えてください。

次の朝、まだ暗いうちに家を出た。いろんな人に助けてもらって正しいバスとBARTとまたべつのバスに乗った。病院に着くと、どこに行けばいいのか教えてくれた。ヘススは腕から血を取られた。知らないお医者さんがヘススを診察したけれど、その人はスペイン語を話さなかった。何を書いていたのかはわからない。きっと肩のことだと思う、親指でその部分をはかって、何か書いていたから。先生が質問するようにあたしの顔を見た。「子供たち、押しました《チルドレンズ・プッシュ》」と英語で答えると、先生はうなずいた。病院の人に手術は十一時だと言われたので、八時にお乳を飲ませた。でも何時間も何時間も待たされて、昼の一時になった。ヘススは泣きさけんでいた。あたしたちはベッドと椅子が一つずつある部屋に入れられていた。あたしは椅子にすわっていたけれど、ベッドがとても気持ちよさそうだったから、横になってヘススを抱きよせた。両方の胸からお乳があふれていた。まるでこの子の泣き声が聞こえたみたいに。がまんしきれなくなって、ほんの何秒かならお乳をあげても大丈夫じゃないかと思った。

　フリッツ先生があたしをどなりつけた。あたしはヘススを胸から離したけれど、先生は首を振って、そのまま飲ませなさいというようにうなずいた。ラティーナのナースがやって来て、今日はもう手術はできないと言った。おおぜい順番を待っている人がいるのに、あなたはそれを二度もむだにした。「パットに電話してスケジュールを取り直してもらって。さあ今日はもう帰って。明日きっと電話するのよ。その子は手術しないと絶対だめなの。聞いてるの？」

　ふるさとではだれも一度もあたしに怒ったりしなかった。

　立ちあがったけれど、気を失ってしまったらしい。目が覚めると、前に会ったナースの人が横にすわっていた。

「ランチをどっさり頼んであげたからね。お腹、すいてるんでしょう。今日は何か食べた？」

「いいえ」とあたしは言った。ナースさんが背中に枕を当てなおして、膝の上にテーブルを置いてくれた。あたしが食べているあいだはヘススを抱っこしてくれた。あたしはけだものみたいに食べた。スープ、クラッカー、サラダ、ジュース、牛乳、お肉、ポテト、ニンジン、パン、サラダ、パイ、ひとつのこらず。おいしかった。

「授乳期間中はたっぷり食べないとね」と彼女は言った。「大丈夫？　ちゃんと帰れる？」

あたしはうなずいた。はい。気分がとてもよくなりました。食べ物がとてもおいしかったです。

「さ、じゃあ用意して。これ赤ちゃんに、少しだけれどおむつ。わたしもうシフトを一時間オーバーだから、ここを閉めなきゃ」

パットの仕事はハードだ。六人の外科医がいるこの診療所は、オークランドの小児病院の中にある。どのドクターも毎日スケジュールがびっしりだ。それに毎日何件かはキャンセルが出るので、そこにべつの患者を入れ、さらに緊急の手術もいくつか入ってくる。毎日一人のドクターが緊急救命室で当直にあたる。指がちょん切れた、ピーナッツが気管に詰まった、ピストルで撃たれた、盲腸、火傷、ありとあらゆる外傷があり、どうかすると飛び込みのオペが日に七、八件も入る。

患者の大半はメディ・カルで、不法入国でそれさえない人もおおぜいいるので、お金のためにやっているドクターはここには一人もいない。スタッフも激務だ。わたしも十時間勤務なんて日がざらにある。外科の先生は十人十色で、それぞれにクセが強くて頭にくることも多い。でもぶうぶう文句を言いながらも、わたしたちはみんなドクターたちを尊敬し、誇りに思っている。この人たちを助けているんだと実感できる。普通の会社勤めとはちがう、やりがいのある仕事だ。おかげでわたしもものの見方がずいぶん変わった。

　昔からわたしはひねた人間だ。ここで働きはじめた当初は、ひどい先天性異常のあるクラック・ベイビーに十何回も手術をするなんて、とんだ税金の無駄づかいだと思っていた。そうやって命を救ったところで障害は残り、一年間病院で暮らしてやっと退院しても、里親から里親へたらいまわしの人生だ。母親のいない子も多く、父親となるともっと少ない。里親はたいてい立派な人たちだが、なかには鬼のようなのもいる。手足が不自由だったり、脳を損傷していたりする子供たち。何年も生きられないような子供たち。ダウン症の子供たち。自分だったらこんな子はとても育てられない、そう思っていた。

　今のわたし。待合室のドアを開けるとトビーがいる。体がねじくれてぎくしゃく揺れているトビー、言葉をひと言もしゃべれないトビー。おしっこもうんちも袋の中に出し、胃にあけた穴から栄養をとっているトビー。その彼が両手をいっぱいに広げ、笑い声をあげてわたしに抱きついてくる。下界からの祈りをかなえてやる神様がうっかり勘ちがいした結果がこういう子供たちなのかもしれない。自分の子供にいつまでも子供のままでいてほしい、ずっと自分を愛していてほしいという世の母親たちの祈り。その祈りがかなえられて地上につかわされたのが、この世のすべてのトビーたちだ。

たしかにトビーたちは、ときに結婚や家族を崩壊させる。でもそうならないとき、彼らは正反対の作用をもたらすように見える。彼らを家族にもつことで、人はそれまでそんなものがあることさえ知らなかった強さや、気高さや、よくも悪くもうんと深い感情を、自分や相手のなかに見つけるようになる。一つひとつの喜びはより甘美になり、使命感はより磐石になる。美化して言っているわけでもない。そういう実例を何度も目の当たりにして驚き、以来つぶさに観察しているのだ。離婚した夫婦も何組か見た。それはもう避けられないことだった。悲劇の主人公になる親、責任放棄する親、誰かを責める親、なんで自分がとか、天罰だとか、酒におぼれる、泣く、いろんな親を見た。きょうだいたちが反抗心から問題行動に走り、さらなる怒りと懺悔で家庭が修羅場になるところも見た。だがそれよりはるかに多く、夫婦や家族の絆が深まり、さらに良くなるところをわたしは見てきた。人は否応なしに対処する術を学ぶ。助けあい、本音をさらけ出して愚痴を言えるようになる。ほかの何ができなくとも、その子が髪をなでてくれる手にキスをしたという、ただそれだけで笑い、天に感謝するようになる。

わたしはダイアン・アーバスが嫌いだ。子供のころ、テキサスにはよくフリーク・ショウが来たものだが、みんながフリークスを指さして笑いものにするのが子供心にいやだった。だが魅《ひ》きつけられてもいた。両腕のない男の人が足の指でタイプライターを叩くのがとくに好きだった。腕がなかったからではない。その人が本当に、一日じゅうタイプを叩いていたからだ。本気で何かを書いていて、書いたものを心から気に入っていた。

ジェイが来ると、わたしは内心ほれぼれとなる。彼は二人の女の人たちに連れられて、ルーク先生のところに術前の診察にやって来る。とにかくすべてが並外れている。女は二人とも小人症だ。姉妹みたいにそっくりで、もしかしたら本当に姉妹なのだろうか、そろって小さく、ころころ肥って、バラ色の頬、くるくるの巻き毛、鼻は上を向いて、満面の笑みを浮かべている。彼女たちは恋人どうしで、人目もはばからず互いを撫で、キスし、くすぐりあう。赤ん坊のジェイは二人の養子で、同じく小人症で、重い障害をいくつも抱えている。一行に付き添ってジェイと彼の小さな酸素タンクとおむつを抱えているソーシャル・ワーカーというのが、これまたおそろしく大きい。母親たちは乳しぼりに使うような小さなスツールをめいめい持参していて、診察室に入るとそれにちょこんと座り、ジェイについてあれこれしゃべる。ずいぶん良くなってきた、最近は目の焦点が合うようになってきた、自分たちのこともわかるようだ、云々。ジェイは胃にあけた穴からチューブで食事を取れるよう、ルーク先生のところで胃ろうの手術を受けることになっている。

彼は神経質だがおとなしい子で、とくべつ体が小さいわけではないが、大きくていびつな頭をしている。母親たちは彼の話をするのが大好きで、二人でどうやって彼を抱えるか、お風呂に入れて世話をするか、喜々として話しつづける。もうじきはいはいするようになったらヘルメットを買ってあげなきゃ、なにしろうちの家具はどれもうんと背が低いから。ジェイという名前は喜び《ジョイ》に近いからつけたけれど、本当にこの子はたくさんの喜びを自分たちにくれた。

わたしは紙のテープを取りに出ていく。ジェイはテープにアレルギーがあるのだ。振り返って見ると、二人の母親は爪先立ちになって、診察台にうつぶせに寝かされたジェイを見あげている。彼が二人にほほえみ、二人も彼にほほえんでいる。ソーシャル・ワーカーとルーク先生も顔を見合わせてほほえんでいる。

「なんていい光景なんだろ」わたしはカーマに言う。

「気の毒に。今は幸せそうだけど、あの子せいぜい二、三年しか生きられないでしょう」と彼女が言う。

「じゅうぶんよ。たとえ残された時間が今日いちにちしかなかったとしても。きっとその後の悲しみをおぎなっても余りある。二人が流す涙はきっと愛に満ちていると思う」わたしは自分の口から出た言葉に驚くが、でも本心からだった。無償の奉仕というものについて、わたしはじょじょにわかりかけていた。

ルーク先生は、夫が自分の患者のことを〝川流し《リバー・ベイビー》〟と呼ぶと言って憤る。ミシシッピでは昔そういう赤ん坊のことをそう呼んだのさ、と夫は言ったそうだ。ルーク先生の夫もここの外科医だ。どういうわけか、ブルークロスのようなちゃんとした保険つきの患者の手術はみんな彼のところにまわる。障害があったり完全に機能不全の子供たちは、ルーク先生が一手に引き受けている。優秀な外科医だからというだけではない。家族の話に耳を傾け、親身に治療をするので、あちこちからたくさん紹介されてくる。

今日は朝から患者がひきもきらない。子供たちはどの子も大きくて重い。まるで石だ。わたしは子供たちを抱え、それからルーク先生が古い胃ろうのボタンをはずして新しいのに取り替えるあいだ体を押さえておく。たいていの子は泣くこともできない。うんと痛いにちがいないのに、ただ涙が顔の横をつたって耳まで流れ、体のどこか奥ぶかいところから鉄の扉がぎぎっと軋《きし》むような不気味な音がもれてくるだけだ。

最後の患者さんはみごとだ。患者自身がではなく、ルーク先生の処置のしかたが。生まれたてでまだ顔の赤い、かわいい女の赤ちゃんで、両手の指が六本ある。赤ん坊が生まれてまずは手足の指が五本あるかどうか確かめた、という冗談をよく人は言うけれど、こういうケースは思っていたよりもずっと多い。たいていのドクターは即日退院の手術を設定する。この赤ちゃんはまだ生まれてほんの数日だ。ルーク先生はわたしに局所麻酔と針、それに腸線《ガット》を用意するように言う。そして指の周辺に麻酔をかけ、六番めの小指の根元に腸線をきつく巻きつける。あとで痛がったときのために液体のタイレノールを両親に渡し、指には触らないように、しばらくすると黒くなってぽろっと取れますから、と言う。彼女のお父さんもアラバマの小さな町のお医者さんで、そういう処置をしているのを見たことがあるのだそうだ。

前にケリー先生のところに来た男の子も両手の指が六本あった。両親は強く手術を望んだが、本人はいやだと言った。六、七歳の、かわいらしい子だった。

「やだ！　取りたくない！　これはぼくのもの！　このままがいい！」

てっきり男の子を説得するものと思っていたが、老先生は両親に、どうやらお子さんはこの勲章を手放したくないようですな、と言った。

「いいではありませんか」そう先生は言った。両親は信じられないという顔をした。もし彼の気が変わったら、そのときに手術すればいいでしょう、と先生は言った。むろん早いに越したことはありませんが。

「所有権を主張するとは、この子はじつに立派です。きみ、手を出して」そうして男の子と握手した。両親はぷんぷん怒って先生に毒づきながら帰っていったが、少年は顔を輝かせていた。

彼の決心はこの先も変わらないだろうか。もしピアノを弾くようになったらどうするだろう。もしも気が変わったとして、手遅れにはならないだろうか。六本指で何がわるい？　どっちみち指なんて変てこなものだ、足の指も、髪も、耳も。いっそ人間にも尻尾があればいいのに。

自分に尻尾が生えていたり、髪のかわりに葉っぱが生えているところを空想しながら夜に備えて診察室を掃除し備品を補充していると、ドアを叩く音がする。ルーク先生ももう帰り、ここにはわたし一人だ。入口の鍵をあけ、アメリアとヘススを中に入れる。彼女は泣いていて、ふるえながら話す。赤ちゃんのヘルニアが出てしまって元にもどせないという。

わたしは自分のコートを取り、防犯装置のスイッチを入れて鍵をかけ、彼女を連れて通りを歩き、緊急外来まで行く。ちゃんと受け付けてもらえるよう、いっしょに中まで入る。今日の当直はマッギー先生だ。よかった。

「マッギー先生はやさしいお爺《オジエ》さん先生よ。ちゃんとヘススを治してくれるからね。もしかしたら今夜手術してくれるかもしれない。診療所のほうに忘れずに電話して。一週間以内に、きっとよ。そうだ、お願いだからお乳はあげないでよ」

地下鉄もバスも混んでいたけれど、もうこわくなかった。ヘススは眠っていた。マリア様があたしの祈りを聞いてくださったんだ。あのナースさんは、次の生活保護の小切手をもらったらメキシコに帰りなさいと言った。きっと祈禱師《クランデラ》がこの子を治してくれるし、泣きやませる方法はママシータが知っている。この子にバナナやパパイヤを食べさせてあげよう。でもマンゴーはだめ、赤ちゃんのお腹が痛くなることがあるから。赤ちゃんって、いつごろから歯が生えるんだろう。

家に帰ると、ルペがテレビでメロドラマを見ていた。子供たちは部屋で寝ていた。

「手術はしたのかい？」

「いいえ。いろんなことがあって」

「だろうね。今度はどんなヘマをやったのさ、え？」

あたしはいつもの隅っこに眠ったままのヘススを寝かせた。ルペが台所に入ってきた。

「あんたの行くとこを見つけてあげたよ。次の住みかが見つかるまでそこにいればいい。次の小切手はここに取りにきて、それから役所に新しい住所を届ければいい。聞いてるのかい」

「はい。小切手のお金がほしいです。メキシコに帰ります」

「馬鹿言うんじゃないよ。だいいち今月のお金はもう使っちゃったよ。あんたにあげる分なんか残っちゃいない。まったく気は確かか《エスタス・ロカ》ね？　どっちみちあれっぽっちじゃミチョアカンの半分までも行けやしない。ねえあんた、せっかくアメリカにいるんじゃない。レストランの働き口でも探しなよ、裏で寝起きさせてくれるようなところをさ。男を見つけてデートして、もっと人生楽しまなきゃ。あんたはまだ若いしきれいだ。ちゃんとすればきっときれいになる。もう独り身も同然だし、英語だってどんどん覚えてる。あきらめちゃだめよ」

「ふるさとに帰りたい」

「あきれた《ファック・ア・ダック》」そう言って彼女はテレビに戻っていった。

まだそこにすわっていると、裏口からラモンが入ってきた。たぶんソファにルペがいるのに気がつかなかったのだろう。ラモンはあたしの胸をつかみ、首にキスをした。「シュガー、おれのシュガーを食べたいな」

「そこまでだ《ヤ・エストゥーボ》」ルペが言った。それからラモンに「とっとと失せな、この薄汚いブタ！」と言って、部屋から彼を押し出した。それからあたしにはこう言った。「出てってもらうよ。さっさと荷物をまとめな。そら、ビニール袋」

あたしは持ち物を自分のバッグ《ボルサ》とビニール袋に入れて、ヘススを抱きあげた。

「さあ行くよ、赤んぼ連れて車に乗んな。荷物はあたしが持ってやる」


つぶれて板を打ちつけたお店のように見えたけれど、看板が出ていて、ドアに十字架がかかっていた。電気は消えていたけれど、ルペはドアをどんどんたたいた。年寄りの白人の男の人が出てきた。その人は首を振って英語で何か言ったけれど、ルペが大声で言い返して、あたしとヘススをドアの中に押しこんで、行ってしまった。

男の人が懐中電灯を照らした。あたしに何か言おうとしたけれど、あたしは首を振った。英語、わかりません。たぶんその人はベッドが足りないと言おうとしたんだろう。部屋には折りたたみ式のベッドがたくさん並んでいて、ぜんぶに女の人が寝ていて、子供も何人かいた。ワインとげろとおしっこが混ざったようなひどい臭いがした。臭くて、不潔だった。男の人は毛布を持ってきてくれて、隅のほうを指さした。台所の隅っこと同じくらいの狭さだった。「サンキュー」とあたしは言った。

まるで地獄だった。横になったとたんヘススが目を覚まし、泣きだして止まらなかった。あたしは毛布をテントのようにして音をとじこめようとしたけれど、何人かが舌打ちをして、「シャダップ、シャダップ！」と言った。白人の、アル中のおばさんがほとんどだったけれど、黒人の若い子も何人かいて、その人たちがあたしを押したり突き飛ばしたりした。一人の小柄な子は素早いスズメバチのようにちっちゃい手であたしを何度もぴしぴしたたいた。「やめて《ストピット》！」とあたしは叫んだ。「ストピット！　ストピット！」

さっきの男の人が懐中電灯を照らしてやってきて、あたしをその部屋から台所のべつの隅に連れていってくれた。「あたしのバッグ《ミス・ボルサス》！」と言うとわかってくれて、持ってきてくれた。「アイムソーリー」あたしは英語でそう言った。ヘススはおっぱいを飲んで眠ったけれど、あたしは壁によりかかってすわり、朝になるのを待った。あたしは英語をずいぶん覚えた、と思った。知っている英語を数えあげてみた。さいばんしょ《コート》、ケッタッキー・フライ、ハンバーガー、グッバイ、メキシコやろう《グリーサー》、ニガー、アスホール、ばいた《ホー》、パンパース、ハウマッチ、ファック・ア・ダック、チルドレン、ホスピタル、ストピット、シャダップ、ハロー、アイムソーリー、『ジェネラル・ホスピタル』、『オール・マイ・チルドレン』、そけいヘルニア《イングイナル・ハーニア》、じゅつぜん《プレ・オプ》、じゅつご《ポスト・オプ》、『ジエラルド』、フードスタンプ、マネー、カー、クラック、ポリス、『マイアミ・バイス』、ホセ・カンセコ、ホームレス、とてもかわいい《リアル・プリティ》、おことわり《ノー・ウェイ・ホセ》、エクスキューズミー、アイムソーリー、プリーズ、プリーズ、ストピット、シャダップ、シャダップ、アイムソーリー。てんしゅのおんははせいマリア《ホーリー・メアリー・マザー・オブ・ゴッド》、われらのためにいのりたまえ《プレイ・フォー・アス》。

夜明けすこし前に、あの男の人ともう一人女の人が入ってきて、お湯をわかしてオートミールを作りはじめた。女の人はあたしに砂糖とナプキンを指さして、並べたテーブルの真ん中に置くように言った。

朝ごはんはオートミールと牛乳だった。女の人たちはみんな貧しくて、狂っていたり、酔っぱらっている人もいた。ホームレスで汚かった。それから並んでシャワーの順番を待ったけれど、あたしとヘススが浴びるころにはもう水は冷たくて、タオルも小さいのが一枚きりしかなかった。これであたしとヘススもホームレスになってしまった。昼間はこの場所は保育園になる。あたしたちは夜にまた戻ってきてスープと寝床をもらえることになっていた。男の人は親切で、ボルサをそこに置かせてくれたので、あたしはおむつだけを持ってそこを出た。昼間はイーストモント・モールを歩きまわって時間をつぶした。公園に行ったけれど、男の人たちが寄ってくるのでこわかった。あたしは歩いて歩いて、赤ちゃんは重かった。二日め、あたしを叩いたあの小柄な女の子が教えてくれたか、何となく言っていることがわかるかして、乗り換えチケットをもらえばバスに一日じゅう乗っていられることを知った。だからあたしはそれをした。ヘススはとても重くて、でもこれなら座って景色を見たり、ヘススが眠っているときにいっしょに眠ったりできる。あたしは夜はぜんぜん寝ていなかったから。ある日、あのクリニカがある場所を見つけた。それで次の日はあそこに行って、だれかに助けてもらおうと決めた。そう考えるとすこし気分が明るくなった。

でも次の日ヘススが泣きだして、いつもとはちがう、吠えるような泣き方だった。ヘルニアを見たら、うんとはみ出して硬くなっていた。あたしはすぐにバスに乗ったけれど着くまで長かった、まずバス、それからBART、またバス。さいしょお医者さんのところは閉まっていると思ったけれど、あのナースさんがいて、病院まで連れていってくれた。長いこと待たされたけれど、やっとあの子は手術してもらえることになった。今日はひと晩入院しますと言われて、赤ちゃんの小さい箱の横にあたし用の折りたたみベッドも置いてくれた。それから食堂で食べるようにとチケットもくれた。あたしはサンドイッチとコークとアイスクリームとクッキーと食後にフルーツを食べて、でも眠ってしまった。床じゃないところに寝られて本当にうれしかった。起きるとあのナースさんがいた。ヘススはすっかりきれいになって青い毛布にくるまれていた。「この子腹ぺこよ!」ナースさんはそう言ってにっこりした。「手術が終わってもあなたは起こさずにおいたの。全部うまくいったからね」

「ありがとう」ああ、神さまありがとうございます! この子が治った! お乳をあげながら、あたしは泣いてお祈りをした。

「もう泣かなくていいのよ」とナースさんは言った。彼女はトレイにコーヒーとジュースとシリアルをのせて運んできてくれていた。

フリッツ先生がやってきた。手術をしてくれた先生ではなく最初に見てくれたお医者さんだ。先生はヘススを見てうなずき、あたしを見てにっこりし、それからカルテをのぞいた。ヘススのシャツをめくってみた。肩のところにはまだすり傷とあざがあった。ナースさんがそのことをあたしに聞いた。あたしは前にいっしょに住んでいた子供たちにやられた、そこはもう出たと答えた。

「先生は、もしこの先またあざが増えるようならCPS〔児童保護局〕に連絡することになるとおっしゃってます。その人たちはあなたからお子さんを離すことになるかもしれないし、もしかしたらあなたがだれかと相談するようにしてくれるかもしれない」

あたしはうなずいた。はい、だれかにとても相談したいです、そう言いたかった。

ここ何日かはずっと忙しい。アデコ先生とマッギー先生が休暇に入ったので、残りのドクターたちはてんてこまいだ。ジプシーの家族が何組か——彼らの場合それは一族郎党という意味で、いとこから叔父さんから誰から誰まで集団で来る。いつも笑ってしまうのだけれど（本当には笑わない、フリッツ先生は冗談とプロらしからぬ態度が嫌いだから）、先生は診察室に入ってくると、かならず患者の親に礼儀正しく「おはようございます」とあいさつする。両親そろっていれば一人ずつに会釈しながら「おはようございます。おはようございます」と言う。それがこの人たちとなると、人ごみをかきわけて進みながら「おはようございます。おはようございます。おはようございます。おはようございます」……となるので、こっちは笑いをこらえるのに苦労する。フリッツ先生とウィルソン先生のところには尿道下裂の患者がたくさん来る。男の赤ちゃんのペニスの横側に穴があく病気で、穴が複数になるとおしっこがスプリンクラーとなる。あるとき、その病気のあるロッキー・ステレオという名前の赤ちゃんをフリッツ先生が治した。術後の診察に一族が総出でやってきて、大人十数人から子供までが順番に先生と握手をした。「ありがとう。ありがとう。ありがとう。ありがとう」おはようどころの騒ぎではなかった。愉快でほのぼのとした光景で、あとでそれについて何か言おうと口を開いたら先生ににらまれた。フリッツ先生は患者をいっさい論評しない。ドクターはみんなそうだ。例外はルーク先生だが、それもごくたまにだ。

レイナの最初の診断名が何だったかはもう思い出せない。今は十四歳だ。母親、姉妹、弟に付き添われて彼女がやって来る。ベビーカーと車椅子を合体させたような父親特製の巨大なものに乗せられて。姉妹は十二と十五、弟は八歳、いずれも陽気で快活な見目うるわしい子供たちだ。わたしが入っていくと、彼女は診察台に上体を起こして座らされている。素っ裸だ。胃ろうのボタンを除けば完璧な体をしていて、サテンのようにすべすべしている。胸がふくらんでいる。きれいな形の真っ赤な唇は薄く開き、歯のあるべき場所に生えているひづめ様の突起は外からは見えない。エメラルド色の瞳、黒く長いまつ毛。姉妹たちの手で髪はパンクなシャギーカットをほどこされ、小鼻にはルビーのピアス、太腿には蝶のタトゥーが描かれている。エレナが足の爪をみがき、トニーは両手を頭の後ろに持ちあげている。トニーはこの中でいちばん力が強いので、わたしが上半身を押さえるのを手伝い、姉妹たちは脚を受け持つ。けれどもいま彼女はマネの『オランピア』さながら横たわり、息を呑むほど清らかで美しい。ルーク先生もわたしと同じく思わず足を止め、しみじみと見入る。「まあ、ほんとにきれい」

「生理はいつから始まりましたか？」先生が訊く。

そのときはじめて、つややかな漆黒の毛のあいだからタンポンのひもが出ていることにわたしは気づく。母親は今回が初めてだと言う。そして皮肉でも何でもなく言う。

「この子はもう大人です」

この子はもう危険のまっただ中だ、とわたしは思う。

「はい、では押さえて」ルーク先生が言う。母親が胴を押さえつけ、娘たちが脚を、トニーとわたしは腕を押さえる。彼女は激しくもがくが、ルーク先生はなんとか古いボタンを新しいのと取り替える。

レイナで今日の患者は終わりだ。診察室を掃除し、診察台に新しい紙をしいていると、ルーク先生が戻ってくる。そして言う、「うちのニコラスを神に感謝するわ」。

わたしはほほえんで言う、「ええ、わたしもうちのニコラスを」。彼女が言っているのは自分の六か月になる息子のこと、わたしのは六歳の孫のことだ。

「お疲れさま」わたしたちは言い、先生は病院のほうに向かう。

わたしは家に帰り、サンドイッチを作ってアスレチックスの試合をつける。今日の投手はディヴ・スチュワート、対するはノーラン・ライアンだ。十回まで来たところで電話が鳴る。フリッツ先生だ。いまERにいる、すぐに来てほしい。「どうしました?」

「アメリア、覚えているかな。スペイン語のできる人間はこっちにもいるんだが、きみから話を聞いてほしいんだ」

アメリアはERのドクターの控室にいる。鎮静剤を打たれて、いつにも増して目がうつろだ。赤ちゃんは? 先生がカーテンの裏のベッドにわたしを連れていく。

ヘススは死んでいた。首の骨が折れている。腕には複数のあざ。いま警察がこっちに向かっているが、まずはわたしからおだやかに話しかけて、何があったか聞き出してほしい、とフリッツ先生は言う。

「アメリア? わたしよ、覚えている?」

「はい、もちろん《シ、コモ・ノ》。こんにちは。ミヒート、ヘススはどこですか?」

「あとでね。まず何があったか教えてほしいの」

少しずつ事のあらましがわかってきた。彼女は昼間はずっとバスに乗り、夜はホームレスのシェルターに泊まっていた。今夜そこに行くと、服の裏側にピンで留めておいたお金を若い女二人に奪われた。二人は彼女を殴る蹴るし、立ち去った。そこを運営する男性はスペイン語を解さず、彼女が何を訴えているのかわからなかった。ただ何度も声を出さないように言い、唇に指を当てて静かにしろ、赤ん坊を泣きやませろと言った。しばらくしてあの女たちが戻ってきた。二人とも酔っていて、部屋は暗く、ほかの人たちはみんな眠ろうとしていて、なのにヘススは泣きやまなかった。アメリアはお金をすべて失い、どうしていいのかわからなかった。何も考えられなかった。女二人がやって来た。一人が彼女をなぐり、もう一人がヘススをひったくったが、アメリアは奪い返した。男の人がやってきて、女二人は寝に行った。ヘススは泣きやまなかった。

「どうすればいいのかわかりませんでした。だからゆさぶって静かにさせようとしました、静かになれば、どうすればいいか考えられるから」

　わたしは彼女の小さな両手を握りしめた。「ゆさぶったとき、赤ちゃんは泣いていた？」

「はい」

「それからどうなったの？」

「それから泣きやみました」

「アメリア。ヘススは死んだのよ、わかっている？」

「はい。わかっています《ロ・セ》」それから英語で言った。「ファック・ア・ダック。アイムソーリー」

502

けさの『タイムズ』の横1のカギが「５０２」だった。簡単だ。これは警察の符丁で飲酒運転《ドライビング・ホワイル・イントキシケイテッド》、だから「ＤＷＩ」と書きこんだ。ちがった。コネチカットあたりの通勤客なら、ここはローマ数字が入ると誰でもわかるのだろう〔「５０２」をローマ数字で表すと「ＤＩＩ」。それがクロスワードの答えとなる〕。一瞬、気が動転した。酒びたりだったころの記憶がもどってくると、いつもそうなる。けれどもここボールダーに移ってからは、深呼吸して瞑想するという技をおぼえた。百発百中これで気分が落ちつく。

ボールダーに来る前に素面《しらふ》になっておいて本当によかった。四つ角ごとに酒屋のない街に住むのは人生ではじめてのことだ。ここではセーフウェイ〔スーパーマーケットの大手チェーン〕ですら酒を置いていないし、もちろん日曜はどこも酒を売らない。数えるほどしかない酒屋はどれも街のはずれにあるから、もし貧乏でふるえのきているアル中で、しかも雪が降っていたりしようものなら、万事休すだ。その酒屋というのがまたターゲット〔巨大ディスカウント店のチェーン〕並みにだだっ広くて、悪い夢を見ているようだ。ジム・ビームの棚にたどり着く前に譫妄《せんもう》で死にかねない。

その点アルバカーキは最高だ。あそこの酒屋はドライブスルーがあるから、パジャマを着替えるまでもない。ただ、あそこでさえ日曜日は酒を買えない。だから前もって備えておかないと、ふらりと訪ねていってワインクーラー〔ワインをジュースと炭酸で割ったカクテル〕なんぞを出されない家はどこだろうと頭を悩ますことになる。

この街に移る何年も前に酒とは縁が切れていたが、最初のうちは慣れなかった。運転中にバックミラーを見るたびに「やばい」と思う、でもそれはスキーラックで、ここの車はみんな屋根にそれがついている。パトカーが犯人を追いかけているところも、誰かが逮捕されているところも、ここでは見たことがない。たまに目にする警官はショッピングモールで半ズボンはいてベン＆ジェリーズのフローズンヨーグルトを食べているし、ＳＷＡＴチームはピックアップトラックに乗っている。迷彩服に大きな麻酔ライフル持った男が六人、何かと思えばメープルトン通りに出没した熊の子の捕物劇だ。

ここはまちがいなく、この国でいちばん健全な街だ。大学の寮のパーティやフットボールの試合でも誰も酒を飲まない。誰もタバコを吸わないし、牛や羊の肉も、アイシングのかかったドーナッツも食べない。夜ひとりで出歩けるし、家の鍵もかけなくていい。ギャングもいない、人種差別もない。そもそも人種がそれほどない。

あのいまいましい５０２。おかげで深呼吸の甲斐もなく、いろんな思い出がどっと押し寄せてきた。Ｕに初出勤したあの日のこと、セーフウェイでの悶着、サン・アンセルモのあの事件、Ａと演じた修羅場――。

今は万事うまくいっている。仕事も同僚も気に入っている。いい友だちもできた。住んでいるのはサニタス山のふもとの素敵なアパートだ。今日は裏庭の枝にニシフウキンチョウが来た。猫のコズモは日なたでお昼寝中で、鳥を追いかけもしなかった。今のこの仕合わせを心底ありがたいと思う。

なのにここだけの話、ときどきその仕合わせを、何というか、ぶち壊してやりたいという罰当たりな衝動にかられることがある。そんなことを考えるだなんて我ながら信じられない。今までさんざんどん底を見てきたというのに。ワン巡査に逮捕されたり、デトックス送りにされたり。

あの丁寧なの、ワン巡査のことを誰もがそう呼んだ。ほかの警官のことは豚呼ばわりだったけれど、彼だけはべつだった。本当にいい人だった。几帳面で礼儀正しくて。ほかの警官がやるみたいな手荒なまねはけっしてしなかった。車に乱暴に押しつけもしなかったし、手首にかけた手錠をぐいぐいねじりあげもしなかった。彼が違反切符に馬鹿ていねいに記入し、黙秘権などの要項を読みあげるのを、こっちは何時間でもじっと立って待っていた。手錠をかけるときは「すまないね」と言い、パトカーに乗せるときは「頭に気をつけて」と言った。

生真面目で実直で、オークランドの警官の中では奇特な存在だった。彼が巡回を受け持つ地域に住むわたしたちはラッキーだった。だから今になって、あの一件のことでひどく胸が痛む。断酒のステップの一つは、過去に悪いことをしてしまった人たちに償いをすることだ。わたしはできる償いはあらかた済ませたつもりだが、ワン巡査にはまだそれができていない。あれは本当に悪いことをしたと思っている。

当時わたしはオークランドにいて、アルカトラズ通りとテレグラフ通りの角にある、あの大きなターコイズ色のアパートに住んでいた。真下にはアルカテル酒店、目と鼻の先にホワイトホース、筋向かいにはセブンイレブン。けっこうな立地だ。

そのセブンイレブンは年寄りのアル中たちの集会場のようになっていた。わたしはほかのみんなとちがって毎日働いていたが、週末になるとあちこちの酒屋で彼らと鉢合わせた。朝六時のブラック・アンド・ホワイトの開店を待つ列に並んだり。夜中のセブンイレブンでパキスタン人のサディスト店員と打々発止やりあったり。

みんながわたしに優しかった。「よう元気かい、ミス・ルー？」たまに金をくれと言われればわたしはいつでもあげたし、わたしが失業したときには、こっちが彼らにお金を無心したこともあった。刑務所や病院に入ったり死んだりで顔ぶれは変わったが、エース、モー、リトル・リップルそれに〝チャンプ〟の四人は不動だった。この年寄りの黒人四人組は、午前中はセブンイレブンにたむろし、午後はエースの家の庭先に停めた褪せたアクアマリンのシボレー・コルベアの中で、うたた寝するか飲むかしていた。エースの妻のクララは、家の中では飲むのも吸うのも禁止にしていた。冬でも夏でも、降ろうが照ろうが、四人はいつも車の中にいた。ドライブ旅行の子供みたいに組んだ両手の上に頭をのっけて寝ていることもあれば、日曜ドライバーさながらまっすぐ前を向いて、道ゆく車や通行人にいちいち論評を加えながらポートワインの瓶を回し飲みしていることもあった。

わたしはバスを降りて通りを歩きながら大声で言う、「みんな、元気にしてた？」「おうよ！」

モーは言う。「おれにゃワインがあるからな！」エースも言う、「おれもマスカテルが手に入ったんでな、もうごきげんよ！」それからみんなはわたしの雇い主の、あの阿呆のドクターBはどうしてる、と訊ねる。

「そんな仕事、やめっちまえよ！　役所に行って生活保護もらってさ、おれたちとここでいっしょにのんびり過ごそうや。働くなんざ馬鹿げてるぜ、シスター」

あるときモーがわたしに言った。あんた具合が悪そうだ、ちょっとデトックス《禁酒》したほうがいいんじゃないか。

「デトックスだあ？」チャンプが鼻で笑った。「デトックスじゃない、リトックス《飲みなおし》よ。そうでなくっちゃあ！」

チャンプは短軀で太っていて、つやつやの青いスーツにぱりっとした白シャツを着て、ポークパイ・ハットをかぶっていた。鎖つきの金時計を持っていて、いつも葉巻をくわえていた。ほかの三人はチェックのネルシャツにオーバーオール、アスレチックスの野球帽だった。

ある金曜日、わたしは仕事に行かなかった。前の晩は酒を飲んでいたらしい。夜中にどこかに行っていたのかわからない。ただどこかから帰ってきたのと、ジム・ビームの瓶を抱えていたのを覚えている。車はアパートの向かいの路肩のバンの後ろに停めた。家に戻って眠った。けたたましくドアをノックする音で目が覚めた。

「ミズ・モラン、開けてください。警察のワンです」

わたしは瓶を本棚に隠してドアを開けた。「こんにちは、ワン巡査。何かご用？」

「あなた、マツダ626を持ってますか？」

「ええ。ご存じでしょ」

「その車はどこにあります？」

「この中にはないけど」

「どこに停めました？」

「教会の前に」よく思い出せなかった。

「ちゃんと考えて」

「思い出せません」

「窓の外を見て。何が見えます？」

「なにも。セブンイレブン。電話ボックス。ガソリンタンク」

「駐車スペースは？」

「そうそう。あらすごい。二つとも空いてる！　そうだ、あそこに停めたんだった。バンの後ろに」

「あなた、ギアをニュートラルにしてサイドブレーキをかけ忘れたんです。バンが動くとあなたの車も後ろから動き出して、ラッシュアワーのアルカトラズ通りを下っていき、対向車線にはみ出してあやうく何台かと衝突しそうになり、スピードを上げて歩道に乗りあげ、ご夫婦とベビーカーに乗った赤ちゃんを轢き殺しかけたんです」

「で、どうなったの？」

「どうなったか、これからお連れして見せますよ。いっしょに来てください」

「すぐに行きます。ちょっと顔を洗わせて」

「ここで待ちます」

「見られるの恥ずかしいのよ。ドアの外で待っててちょうだい」

わたしはウイスキーをぐっとあおった。歯をみがき、髪をとかした。

わたしたちは無言で通りを歩いた。まるまる二ブロック。きつかった。

「でも考えてみたら、あたしのマツダが誰も轢かなかったし何にもぶつからなかったのって、すごい奇跡。そう思わない？　まさに奇跡よ！」

「それがね、何かにはぶつかったんです。あの方々が車の中にいなかったことこそ奇跡ですよ。みなさん車の外に出て、あなたのマツダがこっちに向かってくるのを眺めてたんです」

わたしの車はシボレー・コルベアの右のフェンダーに頭から突っこんでいた。四人組はその横に立って首を振っていた。チャンプが葉巻をぷかりとふかした。

「シスター、あんたが乗ってなくてよかったぜ」モーが言った。「おれはいの一番にドアを開けて言ったね、『あの娘《こ》はどこだ！』って」

シボレーのフェンダーとドアは大きくへこんでいた。わたしの車はバンパーとヘッドライトが壊れ、ウィンカーも片方割れていた。

エースはまだ首を振っていた。「あんたが保険に入ってることを祈るよ、ミズ・ルシール。おれの大事なクラシックカーが、ひでえざまだ」

「心配しないでエース。ちゃんと保険入ってるから。見積書ができたらすぐ持ってきてちょうだい」

チャンプがほかの三人にひそひそと何か言った。みんなこらえきれずににやにや笑っている。エースが言った。「おれたちはいつもみたいにおとなしく座ってただけなのに、これだもんなあ！　まったくたまげたぜ！」

ワン巡査はわたしの車のナンバーとエースの車のナンバーを書きとめていた。

「この車、エンジンついてるんですか？」彼がエースに訊いた。

「こいつは一級の芸術品なんだ。ヴィンテージ・モデルさ。エンジンなんざ必要ないね」

「じゃああたし、そろそろ帰るわね。だれも轢かないように気をつけます」わたしは言った。

「いや、まだですよ」とワン巡査が言った。「違反切符を書かなくちゃなりません」

「切符だあ？　おまわりさん、馬鹿言うんじゃねえよ！」

「切符なんか切れるわきゃない。これが起こったとき、この人は家で寝てたんだからよ！」

年寄りたちに囲まれて、ワン巡査はたじたじとなった。

「ですが」彼は口ごもった。「これは無謀……無謀……」

「無謀運転じゃないわな。運転してなかったんだから！」

巡査は必死に考えた。老人たちはまださかんにぶつくさ言っている。「嘆かわしい。じつに嘆かわしい。善良な市民をつかまえてだ。気の毒になあ、女の独り身でよ」

「しかしアルコールの匂いがします」ワン巡査が言った。

「それはおれだ！」四人が同時に言って、はあっと息を吐いた。

「なあおまわりさん」チャンプが言った。「Dをやってないもんが、DWIを食らう道理がないだろう」

「そのとおり！」

「よく言った！」

ワン巡査は力尽きたような顔つきでわたしたちを見た。警察の無線がガーガー鳴りだした。巡査はそそくさと用紙をポケットにしまうと、回れ右し、足早にパトカーに戻り、赤色灯とサイレンをつけて走り去った。

保険の小切手はすぐに送られてきた。わたしあてだったが、受取人の名義はホレイショ・ターナーとなっていた。エースにそれを渡しに行くと、四人はやっぱり車の中にいた。千五百ドル。その日わたしは後にも先にも一度きり、そのぽんこつ車に乗った。ドアが片方開かなくなっていたので、チャンプのあとに続いて乗りこんだ。反対側の隣には、名前のとおり小柄なリトル・リップルが座った。みんなガロ・ポートを飲んでいたが、わたしのためにコルト45の大瓶を買ってくれた。みんながわたしに乾杯した。「われらがルシール様に！」この一件いらい、わたしはすっかり近所でその名前で通っていた。

気の毒なのは、これが起こったのが春先だったことだ。ワン巡査は春、そして夏まで同じ地区を巡回しなければならなかった。おかげで毎日シボレー・コルベアの前を通りかかるたびに、中から四人組に笑顔で手を振られるはめになった。

わたしはと言えば、もちろんその後も何度かワン巡査と顔を合わせることになった。もっとずっと楽しくない状況で。

B・Fとわたし

電話でいちど話しただけで、すぐに彼が気に入った。ハスキーでノンシャランで、笑いとセックスが見え隠れする声、というか。それにしても、声というのはどうしてその人のことがわかってしまうのだろう。電話会社の窓口の女性は恩着せがましくて権威ぶっていて、生身の人間ですらない。ケーブルテレビのセールスマンは、弊社はお客さまを大切にしております、お客さまの満足を第一に考えております、と言うその声の中に、小馬鹿にした調子が混じっている。

むかし病院で電話交換手をしていたころは、顔を知らないドクターたちと一日じゅう電話でやり取りをしていた。交換手たちはみんなそれぞれにお気に入りのドクターと死ぬほどどきらいなのがいた。ライト先生には誰も会ったことがなかったけれど、声が滑らかで涼しげで、みんな彼にぞっこんだった。先生を呼び出すときには、みんなが一ドルずつ交換台の上に置いて、かかってきた電話に競争で出て、取った人はそのお金もいただいてから言う、「もしもぉしライト先生？ＩＣＵがお呼びです」。ライト先生には一度も会わずじまいだったが、わたしはその後ＥＲに異動になって、電話で話していたほかのドクターたち全員と顔見知りになった。すぐに気づいたのは、みんなわたしたちの想像どおりの人だったということだ。いちばん優秀なドクターは電話にもすぐ出て、簡潔で感じよく話す人たちだったし、わたしたちに向かってどなり散らし、「ここの病院は能なしばかり交換手に雇ってるのか？」などと言うのは決まってダメ医者だった。自分の患者をＥＲに診させたり、メディケイド〔低所得者が対象の国民医療保障制度〕の患者を郡立病院送りにしたりするような手合いだ。ふしぎなもので、セクシーな声の人は実物もセクシーだった。でもだめ、どういう人の声が寝ぼけた声で、どういう人の声が寝てみたくなる声か、それを言葉で説明するのは至難の業だ。たとえばトム・ハンクスの声を聞いてみて。待って、今のはなし。じゃあ、ハーヴェイ・カイテルの声。それでもまだハーヴェイをセクシーだと思えないようなら、目をつぶってみて。

ところでわたしはとても声がいい。強い女で、正直きつい性格だけれども、この声のおかげでみんなに優しい人だと思われる。いま七十歳だが、声だけなら若い女だ。家具のセールスマンたちも言い寄ってくる。「ねえ、このカーペットの上で寝たらすごく気持ちいいですよ」とかなんとか。

このあいだから、トイレの床にタイルを貼ってくれる人を探していた。よく新聞にペンキ塗りやなにかの便利屋仕事の広告が出ているけれど、あの人たちは本当はちっとも働く気がない。みんな仕事がたてこんでいるか、メタリカのＢＧＭの留守電メッセージが流れて、かけ直してこないかだ。六回ふられて、やっと来ると言ってくれたのがＢ・Ｆだ。彼が電話に出て、はいよ、こちらＢ・Ｆ、と言ったので、わたしも言った、ハイ、こちらはＬ・Ｂよ。すると彼はとてもゆっくりと笑った。床をやってほしいのだと言うと、彼はお安い御用だと言った。いつでも行けるよ。たぶん二十歳そこそこの小生意気な若者、顔はハンサムで、タトゥーにつんつんに立てた髪、ピックアップトラックに犬を一匹乗せている、そんなところだろう。

彼は来ると言った日には来ず、次の日に電話をよこして、ちょっといろいろあった、今日の午後なら行けると言った。ま、いいでしょう。その日の午後、ピックアップトラックが来るのが見え、ドアをノックする音がしたけれど、出ていくのに手間取った。関節炎がひどいうえに、酸素吸入のチューブにつながれていたからだ。ちょっと待ってて！　わたしは叫んだ。

B・Fは壁と手すりにつかまって、階段を三段のぼっただけでぜいぜいいっていた。大男だった。背が高く、とても太って、とても年取っていた。ドアの外に立ってはあはあいっているだけで、もう臭かった。煙草と、垢じみたウールと、すえたアルコールの汗。血走ったベビーブルーの目が笑っていた。一発で好きになった。

あんたのその酸素、ちょっと吸わせてくれないかと彼は言った。あなたもボンベにしなさいよ、とわたしが言うと、でも煙草を吸ったら爆発しそうだよな、と彼は言った。B・Fは入ってくると、まっすぐトイレに向かった。もちろん案内の必要があったわけではない。いま住んでいるところはトレーラーハウスで、迷いようがないからだ。それでも彼は家全体を揺らしながら、いきなりどすどす向かっていった。わたしは彼が巻尺で床を測るのをしばらく見てからキッチンにもどって座った。そこにいても臭かった。そのきつい体臭はわたしにマドレーヌ効果をもたらして、お祖父ちゃんやジョン叔父さんや、その他おおぜいの記憶を呼び覚ました。

好ましい臭さ、というものがこの世にはある。森にただようスカンクの残り香。競馬場の馬糞のにおい。動物園の虎がいいのは、何よりもまずあのケモノ臭さだ。闘牛を見物するときは、オペラみたいに全体を見渡せるようにといつも上のほうの席に座ったものだけれど、防壁《バレーラ》のすぐ内側に座れば、牛のにおいまで嗅げる。

B・Fが珍しかったのは、とにかく彼が不潔だったからだ。ここボールダーの街には汚いものがない。人もみんな清潔。ランナーでさえ、まるでシャワー浴びたてだ。この人いったいどこで飲んでいるのだろうと不思議だった。ボールダーで汚いバーなど見たことがないからだ。きっと飲みながらたくさんしゃべる人だろうと思った。

彼はトイレでぶつくさひとり言をいい、床にしゃがんで戸棚の大きさを測りながら、苦しげにうめいたり息をついたりした。〈よっこらせっと!〉と言いながら苦労して立ち上がったときには、嘘ではなく、本当に家全体がゆさゆさ揺れた。彼は出てくると、タイルが四十四平方フィートぶん要る、と言った。うそ、聞いてくれる? とわたしは言った。あたし四十六ぶん買ったのよ! そうか、じゃあいい目をしてるんだな。二つともいい目だ。そう言って、茶色い入れ歯でにっと笑った。

「タイル敷いたら七十二時間は上を歩かないようにな」とB・Fは言った。

「冗談でしょ。そんな話、聞いたことがない」

「でもそうなのさ。タイルがくっつくまで」

「でも今まで生きてきて、誰かが『タイルがくっつくまでモーテルに泊まったよ』とか『うちのタイルがくっつくまでお宅に泊めてくれない？』なんて言うの、聞いたことがないけど」

「そりゃタイル貼りを頼むような人間は、たいていトイレが二つあるからだよ」

「じゃあ一つしかない人はどうすりゃいいのよ」

「今のカーペットのままにしとくんだな」

カーペットはこのトレーラーを買ったときについていたやつで、オレンジ色のシャギーで染みだらけだった。

「あのカーペットだけはいや」

「まあ無理にとは言わんさ。とにかく七十二時間はタイルを踏まないでくれってこと」

「無理よ。あたし、心臓があれだからラシックス飲んでるの。日に二十回はトイレに行く」

「そうか。じゃあ行ってもいいけど、タイルが曲がってもおれのせいだなんて言ってくれるなよ。おれはタイルの腕はいいんだから」

わたしたちは料金を取り決め、B・Fは金曜の朝に来ると言った。ずっとかがんでいたせいで、見るからにつらそうだった。ふうふういいながらキッチンで立ち止まってカウンターに手をつき、リビングのストーブに寄りかかり、よろめくように玄関に向かった。わたしもその後について、同じところで立ち止まってひと息入れた。階段を降りると彼は煙草に火をつけ、こっちを見上げて笑った。会えてよかったよ。トラックの中で、犬がおとなしく待っていた。

彼は金曜日に来なかった。電話もよこさなかったので、日曜日にこちらからかけてみた。出ない。わたしは新聞で見つけたほかの番号に片っ端からかけた。やっぱり誰も出なかった。わたしは西のバーがタイル職人でにぎわっているところを想像した。みんな手に手にボトルやトランプやグラスを握りしめ、テーブルに頭をつけて眠っている。

きのう、彼が電話をかけてきた。わたしがハローと言うと、彼は言った。「やあ元気かい、L・B?」

「ええ、すごく元気よB・F。また会えるかしら」

「明日あたり、行こうか?」

「そうね、いいわ」

「十時ごろ?」

「そうね」とわたしは言った。「いつでもいい」

謝辞

本書の編集にたずさわったここ数年間に、多方面から援助や励ましや便宜をちょうだいした。そのおかげで本来ならば悲しみをともなうこの作業も、しばしば喜びに満たされた。ルシアが知ったらどれほどよかったか。

過去に彼女の本を出版した編集者たち——その何人かは、すでに声の届かないところに行ってしまった——に最大級の感謝を捧げる。その炯眼《けいがん》者のリストに名を連ねるのはマイケル・マイヤーズとホルブルック・ティーター（ゼフュラス・イメージ）、アイリーン・キャラハンとボブ・キャラハン（タートル・アイランド社）、マイケル・ウルフ（トンブクトゥ・ブックス）、アラステア・ジョンストン（ポルトルーン・プレス）、ジョン・マーティンとデーヴィッド・ゴダイン（ブラックスパロウ）である。存命の方々からは寛大な協力をたまわった。

この本を形にするべく先頭に立って動いてくれたのは作家のバリー・ギフォードとマイケル・ウルフである。ジェニー・ドーン、ジェフ・ベルリン、ゲイル・デイヴィース、キャサリン・フォーセット、エミリー・ベル、リディア・デイヴィスは、この本のためにそれぞれの分野で惜しみない、素晴らしい仕事をしてくれた。FSG社では大勢の優秀なチームが情熱と誠意をもってエミリーを支えた。ルシアが生きていればどれほど喜んだか、きっと私が言うまでもなくみなさんご存じだろう。私も同じくらい感謝している。

——S.E.

訳者あとがき

本書は、二〇一五年に出版された作品集 *A Manual for Cleaning Women* の中から十九篇を選んで訳したものである。先に出た『掃除婦のための手引き書』と合わせて、これで収められた四十三篇すべてを訳せたことになる。

ボリュームの関係で底本を二冊に分けて訳すことになったとはいえ、作品の取捨選択についてはほとんど悩まなかった。なぜならこの本は（それを言うならルシア・ベルリンのすべての短編が）アルバムで言えば捨て曲なし、どの一つをとっても無類に素晴らしいからで、どのように分けても同じくらい面白い二冊にしかなりようがなかったからだ。

情景を最短距離で刻みつける筆致、ときに大胆に跳躍する比喩、歌いうねるリズム、ぴしゃりと断ち切るような結句。ルシア・ベルリンという作家の魅力は今回もすみずみまであふれている。何度も読んでいるにもかかわらず、一篇読むたびに本を置いて小さくうなり、深呼吸せずにいられない。このように書く作家はほかにはいないと、何度でも思う。

彼女がそれを描く手つきがあまりに見事なせいで、まるで現実に自分が見聞きしたかのように鮮やかによみがえるシーンがいくつもある。砂漠の真ん中の堕胎工場の中庭に咲くポーチュラカやオシロイバナ。患者に救命措置をほどこしながら不謹慎ジョークを飛ばしあう救急車のクルーたち。水を抜いた鱒の養殖プールで、鱗にきらきらまみれながらするスケートごっこ。水路を何百何千と流れていく切り花――。メキシコ、コロラド、カリフォルニア、テキサス。緊急救命室、中学校、デトックス施設、海の中。描かれる土地も場所もさまざまだが、どこを舞台に書いても瞬時にその場所に読み手を引きずり込む、その吸引力の強さに驚かされる。

そして人物。登場する人々はみな、ほんの一瞬しか出てこない人でさえもくっきりとした輪郭をもち、強烈に印象づけられる。たとえば庭先でエンジンのない車に座って昼から酒を飲んでいる年寄りの黒人四人組。あるいは救急外来の受付で〈テキサスの恋唄のよう〉な大泣きで仮病の芝居をうつ美女。裸の胸に十字架を下げ、〈チッチ、チッチと〉リズムを刻んで歩く不良少年。サングラスがわりに両目に紙のコースターをのせて裸で日光浴するファム・ファタル。さらには従姉のベラ・リンや息子たち、妹のサリー、鉱山町の幼なじみのケンチュリーヴといったおなじみの人たちも加わって、てんでに濃い存在感を放っている。

だがそれほどにぎやかに人物たちに彩られていながら、彼女の書くものにはつねに孤独がぴったりと貼りついている。〈一年に一度くらいは会って、それはそれは楽しいけれど、すでに息子たちの人生の中にわたしはいないのだとわかる〉あるところで彼女はそう書いた。〈わたしがここまで長生きできたのは、過去をぜんぶ捨ててきたからだ〉そうも書いた。「視点」で、つましい独り暮らしの医院事務の女が、夜更けにブラインドをそっと持ち上げて外の車から漏れてくるジャズの音色を聴く場面の、胸を刺すような孤独。だが作者はそれを寂しいとも悲しいとも書かない。独りであることはすでに人生の前提なのだとでもいうように。「ブルーボネット」では詩人の女が、やはり詩人の男と大自然に囲まれた農場で夢のような日々を過ごす。男と苦い別れ方をし、都会のアパートに帰ってきて独りベッドに横たわる女は、慣れ親しんだ孤独に抱きとめられているようでもある。最晩年に書かれた「B・Fとわたし」ともなると、トレーラーハウスで独居する七十歳の〝L・B〟は、もはや孤独を長年の友として楽しんでいるようにさえ見える。

一人称の語りを多く用いるルシア・ベルリンだが、本書には複数の視点から語られる物語がいくつかある。「哀しみ」では、メキシコのリゾート地に滞在して長年の溝を埋めようとする姉妹の物語に、二人の様子を興味ぶかげに観察する老婦人たちの視線が交差する。「笑ってみせてよ」では、息子の友人と恋人どうしになった元教師の独白と、二人と係わる弁護士の男の語りが交互に重ねられる。べつの視点を混ぜこむことで、読者は当事者のゼロ距離の心情から離れて〝引き〟の視点で起こっていることを見るように仕向けられる。それにより物語は奥行きと広がりを与えられ、より強度を増す。

「ミヒート」は、メキシコの田舎からアメリカに来て、頼る人もないまま母親になった少女アメリアの話だ。スペイン語まじりにたどたどしく語られる彼女の身の上は目を覆いたくなるほど悲惨で胸を締めつけるが、作者はここでも診療所に勤める看護師の視点を投入する。看護師は少女を気づかい親身に接するが、彼女にとってはこれも日常の一コマ、無数にある悲惨の一つの形にすぎない。するとアメリアの苦悩と絶望に寄り添っていた読者は急にぽんと肩を叩かれ、近視眼から俯瞰の視点に引き戻される。ある意味残酷な、突き放したような書き方だが、街の診療所に出入りするさまざまな人々とアメリアを等しくフラットに見る作者のまなざしには、慈愛と諦観のいりまじった温かさがにじむ。患者の親たちと相対するとき〈目をちょっと寄り目に〉して彼らの生《なま》の感情から身を守りながら、いっぽうでは〈言葉では言い表せない希望や悲しみをこめて〉彼らの目をまっすぐ見つめるという看護師の「わたし」の態度は、そのまま作者の対象との距離の取り方でもあるのかもしれない。突き放しながら温かい。にぎやかなのに孤独。その不思議なバランスに、ルシア・ベルリンという作家の魅力の秘密が隠れているように思う。

ルシア・ベルリンは六十八歳で世を去るまでに七十六の短編を書いた。アメリカでは *A Manual for Cleaning Women* にひきつづき、二〇一八年に二十二篇を収録した作品集 *Evening in Paradise* が出版され、ふたたび大きな話題となった。いずれはそれも、さらにはそこに収められなかった作品もすべて紹介できればと願っている。

現在、本書と『掃除婦のための手引き書』のほかに日本語で読める彼女の作品としては、「火事」（拙編訳『楽しい夜』二〇一六年、講談社　収録）がある。

本書を翻訳するにあたっては、おおぜいの方々のお世話になった。前作に引き続き訳者を励まし、導いてくださった講談社の須田美音さん、堀沢加奈さん。訳出上の疑問点に一つひとつ丁寧に答えてくださった満谷マーガレットさん。頻出するスペイン語を逐一チェックしてくださった翻訳者の佐藤美香さん。今回もまた素晴らしい装幀をしてくださったクラフト・エヴィング商會の吉田篤弘さん、吉田浩美さん。本当にありがとうございました。
この本を中田耕治先生と佐藤とし子さんに捧げます。

二〇二二年三月

岸本佐知子

本書には、作品が書かれた時代や前後の文脈に鑑み、今日では不適切と受け取られる可能性のある語もあえてそのまま翻訳した部分があります。

初出
「虎に噛まれて」「カルメン」「B・Fとわたし」群像2021年6月号
上記以外は訳し下ろしです。

岸本佐知子（きしもと・さちこ）
翻訳家。訳書にリディア・デイヴィス『話の終わり』『ほとんど記憶のない女』、ミランダ・ジュライ『いちばんここに似合う人』『最初の悪い男』、ショーン・タン『内なる町から来た話』、スティーヴン・ミルハウザー『エドウィン・マルハウス』、ジャネット・ウィンターソン『灯台守の話』、ジョージ・ソーンダーズ『短くて恐ろしいフィルの時代』『十二月の十日』など多数。編訳書に『変愛小説集』『居心地の悪い部屋』『楽しい夜』ほか、著書に『死ぬまでに行きたい海』『なんらかの事情』ほか。2007年、『ねにもつタイプ』で講談社エッセイ賞を受賞。

すべての月《つき》、すべての年《とし》
――ルシア・ベルリン作品集《さくひんしゅう》

二〇二二年四月二〇日　第一刷発行
二〇二二年五月二七日　第二刷発行

著者――ルシア・ベルリン
訳者――岸本《きしもと》佐《さ》知《ち》子《こ》

発行者――鈴木章一
発行所――株式会社講談社
東京都文京区音羽二―一二―二一
郵便番号　一一二―八〇〇一
電話　出版　〇三―五三九五―三五〇四
販売　〇三―五三九五―五八一七
業務　〇三―五三九五―三六一五

印刷所――株式会社KPSプロダクツ
製本所――加藤製本株式会社
本文データ制作――講談社デジタル製作

ISBN978-4-06-524166-0

KODANSHA